PAIXÃO EM HIGH PLAINS

AMOR EM HIGH PLAINS LIVRO 4

SIMONE BEAUDELAIRE

Tradução por

JU PINHEIRO

Publicado em 2021 por Next Chapter

Capa de CoverMint

PRÓLOGO

GARDEN CITY, KANSAS

Abril, 1889

11h40. O xerife Dylan Brody fechou o relógio com um suspiro. "Vamos, filho, está na hora."

O som sombrio de sua voz interrompeu o andar agitado de um jovem de cabelos escuros dentro da cela da cadeia e ele olhou com cara feia para Brody com um olhar que deveria ter derretido as grades e obtido sua liberdade.

Que pena. Ele é apenas uma criança. Sua vida no crime será curta ... mas não porque ele fez uma escolha melhor. "Você conhece o procedimento, filho. Vire-se. Mãos estendidas."

O garoto respondeu com uma série de palavrões, nitidamente jovem demais para encarar a morte com atitude ou dignidade.

E quem diz que você se sairá melhor, velho? "Agora, ouça, Will," Brody disse, "não há mais nada a ser feito. Você teve a sua chance. Isso é o que você escolheu. Você vai brigar comigo?"

"Não," Will rosnou. "Eu não preciso. *Eles* irão. Você vai lamentar, mas será tarde demais."

E para você, já é tarde demais, Dylan pensou, mas reprimiu a verdade brutal. *Não fazia sentido comentar isso agora.*

Will deu as costas para o homem da lei no que pareceu ser

um gesto de desafio e enfiou as mãos entre as grades. Dylan engoliu em seco e prendeu um par de algemas rudimentares ao redor dos pulsos do jovem. Em seguida, ele destrancou a porta da cela e conduziu o jovem para fora.

"Quer cobrir o rosto?" ele perguntou.

A única resposta foi um palavrão grosseiro.

Dando de ombros, Dylan agarrou as algemas e conduziu Will Blalock para a rua empoeirada. Os moradores da cidade saudaram a aparição deles com uma algazarra de vaias, assobios e palmas. Palavras feias foram ditas por eles.

"Assassino!"

"Você sabe quantas crianças você deixou órfãs, seu idiota?"

"O crime não compensa filho. O Bom Livro diz..."

Ao contrário dos seus amigos e vizinhos, Dylan não sentia tal mordacidade. Embora Will fosse, de fato, um assassino, ele não teve nada a ver com a criação de órfãos. Este atirador havia escapado, enquanto este jovem não. Dylan sabia que a multidão não se importaria com a diferença. Eles queriam um bode expiatório em quem despejar seu medo e tristeza e Will era inexperiente o suficiente para ser pego. Assim, ele pagaria pelos seus crimes, e pelos crimes dos seus colegas ladrões de trem, na extremidade de uma corda.

O tempo tinha ficado escuro e frio, comum em um lugar com um clima tão incerto e o vento mordiscava-os através das roupas, agressivo como as palavras que voavam da multidão que se encontrava nas ruas. A poeira enfunou-se em minúsculos tornados, rodopiando a grama morta do inverno que ainda não tinha ficado completamente verde e arremessando-a nas bocas que praguejavam, reduzindo seu abuso a suspiros asfixiados.

Obrigado, Senhor, Dylan pensou.

No final da rua longa e reta, a forca robusta estava pronta para fazer justiça de maneira violenta. Os passos de Will vacilaram e ele foi obrigado a confiar na força de Dylan para mantê-lo avançando.

Aos pés do cadafalso, um casal se aproximou. O homem,

jovem, bonito e com uma expressão sombria no lugar de seu enorme sorriso habitual, estava de braço dado com uma mulher alta e bastante sem graça. Ela olhou para o ladrão com olhos verde-azulados tristes.

"O que você quer, vadia?" Will rosnou.

Dylan deu um puxão nas algemas. *Vou tolerar seu abuso contra mim, mas Kristina não merece isso.*

Ela não se ofendeu. Em vez disso, lágrimas escorreram pelo seu rosto cheio de sardas. Ela fungou, o nariz curto e arrebitado franzindo. "Eu tinha de dizer a você..." ela soluçou. "Dizer a você..." Mais uma vez, sua voz falhou, impedindo a fala.

"O quê?" Will exigiu.

"Acalme-se, filho," Dylan sugeriu. "É o irmão dela que você matou. Ela merece falar o que pensa."

"Eu sei," o menino rosnou. "Deixe-me dizer uma coisa agora... Heitschmidt mereceu o que recebeu."

Kristina chorava abertamente agora. "Eu sei. Eu... tinha que dizer que te perdoo. Vá em paz."

Will ficou olhando. "É isso?"

Kristina é a melhor de nós, Dylan pensou. *Que classe.*

Ela assentiu, as palavras tendo finalmente falhado.

"Você gostaria de fazer uma oração?" Seu marido sugeriu, esperança brilhando em seus olhos.

Dylan balançou a cabeça. *Ele não falou com você na última vez que você veio vê-lo, Pastor ou na vez antes desta.* Embora entendesse por que Cody não desistiria, ele sabia que o esforço não daria em nada.

"Perdoe-me, pastor," Will respondeu com uma fala sarcástica arrastada, "mas como é sua culpa eu estar aqui, não quero nenhum consolo de você."

Cody abaixou a cabeça.

Garoto tolo. É sua culpa você estar aqui. Cody pode ter amarrado você, mas se você não estivesse roubando aquele trem, isso não estaria acontecendo. "Ok, pessoal," Dylan disse a Cody e Kristina, "Vocês dois vão embora agora. Vocês fizeram o seu melhor."

"Que Deus tenha misericórdia da sua alma," Cody disse com seu sotaque suave do Texas. "O arrependimento está no coração. Lembre-se, Jesus perdoou o ladrão na cruz."

A resposta de Will foi outro palavrão sórdido.

Cody empalideceu e deu um passo para trás, permitindo que a procissão sombria continuasse.

Parecia que o encontro com o pastor havia galvanizado a determinação de Will. Ele subiu no cadafalso sozinho, caminhou vigorosamente até o alçapão e ficou com uma postura ereta, lançando um olhar desafiador para a multidão que assobiava e gritava.

"William Blaylock," Dylan começou com uma voz sonora e sem emoção, "Você foi condenado pelo assassinato de Calvin Heitschmidt por um júri de seus pares e foi sentenciado à morte. Agora você será enforcado até a morte, de acordo com a lei. Que Deus tenha misericórdia da sua alma."

Dylan olhou de relance para Will e viu sua boca branca e olhos semicerrados. "Podemos simplesmente acabar com isso?" O garoto sibilou.

Dylan assentiu. "Últimas palavras?"

Will respirou fundo lentamente. Ele pigarreou e falou. "Vocês foram avisados. Vocês não ouviram. Agora irão lamentar. Está cidade pagará. Meu pai voltará e me vingará. Marquem minhas palavras. Vocês podem tirar minha vida." Seu tom desafiador vacilou em seguida ele se preparou e continuou. "Vocês podem vencer esta rodada, mas nunca vencerão a guerra. Nunca." Ele virou-se para Dylan. "Você será o primeiro, Xerife. Você e o pastor."

Dylan pressionou os lábios, abaixou um saco preto sobre a cabeça de Will e respirou fundo. Ele examinou os cidadãos reunidos até que fixou seu olhar em um par de olhos castanhos escuros eloquentes. Enquanto todas as outras pessoas olhavam para o condenado, o rosto manchado de lágrimas de Lydia permanecia fixo no de Dylan. Ele abaixou o queixo, cumprimentando-a com um aceno de cabeça e em seguida virou-se para prender a corda ao redor do pescoço de Will, arrumando com cuidado o nó atrás da orelha do condenado.

"Vaya con Dios," ele murmurou enquanto se afastava do alçapão. Colocando o pé com firmeza nas tábuas, ele sinalizou para o carrasco secreto.

Por um instante de tirar o fôlego, o quadro de um homem, uma forca e uma multidão, todos à deriva em uma planície varrida pelo vento pareceu congelar, gravando-se na memória de Dylan para sempre. Então, o piso do cadafalso caiu com um baque. A corda sibilou enquanto se alongava e rangeu ao atingir seu limite. Will grunhiu, mas não teve tempo de gritar. Sua exalação ruidosa terminou em um esmagar nauseante que disse a Dylan que mais uma vez ele tinha feito seu trabalho da maneira correta. *Que coisa para ser bom,* ele pensou.

CAPÍTULO 1

JULHO, 1889

Bang

Lydia sabia que horas eram sem ter que olhar para o relógio na parede dos fundos de sua cozinha abafada. A batida constante do abrir e fechar da porta da sala de jantar indicava que o meio-dia havia chegado e a multidão do almoço com ele, em busca de um repasto depois de uma manhã de trabalho árduo.

Enxugando a testa suada com o dorso da mão enfarinhada, ela pegou a bandeja de sanduíches da mesa de preparação e abriu a porta da sala de jantar com o ombro, saboreando o frescor relativo. *Bem, é claro que está mais fresco. Não há nenhum fogão aqui.* Ela percorreu o longo caminho ao redor da sala, passando pelas janelas do lado leste, que estavam abertas na esperança de que o movimento da brisa quente da pradaria atravessaria enquanto enfunava pela Rua Principal, carregando com ela a próxima carga de poeira. Os residentes do Kansas Ocidental tinham que ser tolerantes a sujeira soprando, especialmente no verão. A brisa não parecia fria, mas pelo menos estava se movendo. Um suspiro de alívio arrastou-se pelos seus lábios.

Ao chegar ao balcão de serviço, Lydia colocou a bandeja de

sanduíches ao lado de sua caixa e assistente geral, Esther, que começou a empilhá-los nos pratos.

Lydia circulou pela sala, suas botas pretas batendo nas tábuas do assoalho de madeira. *Bem, não é surpresa, estou longe de ser uma mulher pequena. Não consigo saltitar levemente como Becky pode... ou poderia,* ela corrigiu com um sorriso. O peso crescente da sua amiga havia acrescentado uma pancada incontestável aos seus passos normalmente leves como uma pena. *Mesmo aos trinta e cinco anos, ela ainda foi uma noiva radiante ... e sua 'lua de mel especial' ficava bem nela até agora.* Suprimindo um gemido interno petulante que questionava se ela algum dia encontraria o que Becky tinha, Lydia se concentrou em seu trabalho, arregaçando as mangas em uma tentativa de esfriar ainda mais sua carne suada.

A essa altura, os frequentadores habituais estavam acostumados a ver sua proprietária rechonchuda de cabelos negros com as mangas de seu vestido de guingão arregaçadas acima do cotovelo, mas ela captou alguns olhares de desdém de um casal de estranhos na mesa mais próxima à janela oeste.

Por dentro, Lydia deu de ombros. *O que me importa se esses dois pegam um vislumbre dos meus antebraços? Eles vão receber seu almoço como todos, apesar dos olhares. Está muito quente para fazer um estardalhaço, especialmente quando há trabalho a ser feito.*

Ela limpou as mãos enfarinhadas no avental, levantando uma nuvem branca na sala e circulou, cumprimentando todos os clientes e aqueles que passavam de trem. Ao passar, ela os informou sobre o cardápio do almoço do dia. Lydia não se preocupava muito com variedade. No verão, o almoço sempre consistia de um sanduíche em um dos pãezinhos caseiros que ela assava todas as manhãs, um pickle, um pedaço de fruta e uma bebida: café, água ou leitelho.

O casal exigente torceu o nariz para sua comida caseira. "Vamos, Marge," o homem disse. Poderíamos ter trazido sanduíches de casa. Vamos tentar o hotel do outro lado da rua."

Com outro olhar furioso para a proprietária, eles saíram.

Lydia sorriu. "Será que alguém não deveria dizer a eles o apelido do hotel?" ela perguntou.

Os outros clientes riram com sarcasmo em seus copos.

"O que você quer dizer, senhora?" Um estranho com cabelos prateados perguntou a ela, enxugando o café de um bigode luxuoso e ondulado.

Com uma risada, Lydia respondeu: "É verdade que eles têm um cardápio e variedade, mas também têm uma reputação, com o apelido de Hotel Acidental, porque se algum dia você fosse alimentado lá, seria por acidente."

O homem riu, os olhos escuros brilhando.

Lydia piscou para ele e seguiu em frente. Após cumprimentar todos os clientes, ela e Esther começaram a distribuir os pratos e os copos, movendo-se com cuidado pela sala para evitar tropeçar nas tábuas soltas que começavam a aparecer aqui e ali.

Uma forte rajada de vento abafado soprou pela janela aberta, atrapalhando os guardanapos de todas as mesas e jogando vários no chão.

O jovem Billy Fulton correu para pegá-los. Ele era um rapaz escrupuloso, talvez não o mais inteligente, mas bem-intencionado e Lydia gostava dele.

"Obrigada, Billy," ela disse a ele, pegando os guardanapos das suas mãos.

Ele sorriu, exibindo o dente da frente perdido.

Lydia sorriu de volta. "Agora sente-se," ela o encorajou. "Sei que você está com fome. Fiz um sanduíche extragrande só para você.

Billy se deixou cair na cadeira estreita, que gemeu sob seu peso substancial e aceitou o prato que Esther lhe trouxe. Ele ganharia aquela fatia extra de presunto mais tarde, quando voltasse para varrer.

A porta abriu mais uma vez, mas desta vez o barulho de botas pesadas pisando pelo chão acentuou seu retinir.

Lydia congelou, virou-se para olhar para o recém-chegado e

sentiu seu rosto corar. "Olá, Xerife," ela disse, tentando controlar o tremor nervoso em sua voz.

"Olá, Senhorita Lydia," ele respondeu, tirando seu Stetson preto como forma de saudação, colocando-o sobre a mesa e acomodando-se em uma cadeira.

Ela correu para trazer uma refeição para ele, lutando para conter o tremor de suas mãos. Colocando o prato na madeira áspera, ela se virou para sair.

Ele agarrou seu pulso.

Lydia ofegou com o contato inesperado. O xerife estendeu a mão grande e calejada e limpou seu rosto. Seus dedos ficaram brancos.

"Obrigada," ela disse, forçando as palavras acima das batidas do seu coração.

Ele soltou seu pulso e ela voltou ao balcão sem dizer mais nada.

"Ele gosta de você," Esther disse em um sussurro carregado.

"Eu sei," ela respondeu, com o rosto em chamas.

"E você também gosta dele, não é?"

Lydia respondeu com um breve aceno de cabeça.

"Bem, então vá pegá-lo, garota. Por que você não faz isso?" A velha pontuou seu conselho com uma gargalhada que atraiu a atenção.

"Vamos conversar sobre isso mais tarde," Lydia sugeriu. "Temos trabalho a fazer." O primeiro cliente a terminar o almoço, um trabalhador rural corpulento chamado Rooster McGee, aproximou-se do balcão e deixou cair um punhado de moedas na madeira polida.

"São de verdade?" Esther exigiu, dando ao homem um olhar desconfiado e de olhos apertados.

Ele ficou de queixo caído. "Sim, senhora," ele insistiu, perplexo.

"Vamos lá, Essie," Lydia encorajou a amiga com uma risada. "Faz quantos anos que ele deu a você aquele tostão furado? Ele é um homem adulto agora. Vamos esquecer isso."

"Obrigado, Senhorita Lydia," o jovem disse, tirando o cabelo loiro escuro dos olhos e recolocando o chapéu de palha enlameado. Dando um olhar azedo para Esther, ele correu para a porta. Ela gargalhou de novo.

"Pare de flertar com os rapazes, sua velha assanhada," Lydia provocou.

As risadas de Esther se transformaram em gargalhadas surpreendentemente musicais. "Vou flertar quando quiser," a velha retrucou. "Uma de nós deveria estar de olho nos homens bonitos. Se não vai ser você, bem, posso estar velha, mas ainda não estou morta."

"Você é uma velha obscena," Lydia respondeu de maneira empertigada, passando um pano sobre as migalhas no balcão.

"E você é uma jovem puritana tola," Esther retrucou. "Aquele xerife é uma bela figura de homem. Eu estaria pulando sobre ele se ele não tivesse 'propriedade privada de Lydia' estampada em cada centímetro."

"Bobagem. Não reivindiquei nada," Lydia retrucou, suas bochechas corando.

"E por que danação você não fez isso?" Esther exigiu. "Você não está ficando mais jovem. Se eu fosse você, eu me apressaria e o reivindicaria. Puxe-o para um beco, se for preciso... ou você está esperando por um anel?"

Devagar ocorreu a Lydia que o objeto de sua conversa indiscreta poderia estar sentado atrás dela, perto o suficiente para ouvir cada palavra. Lentamente, com a barriga vibrando de náusea, ela se virou ... e encontrou o café deserto. *Obrigada, Senhor*. "Dylan e eu somos amigos," ela disse enquanto circulava pela sala, recolhendo moedas e copos das mesas.

"Mas você quer mais." Parecia que, apesar da falsa discussão ter terminado, Esther não estava disposta a deixar o assunto morrer.

Pisando em uma tábua solta, Lydia virou-se para sua amiga. "Eu sei," ela respondeu, "mas você não acha que se ele estivesse interessado, *ele* deveria se aproximar de *mim*?"

"Se ele estiver, claro," Esther respondeu com um encolher de ombros, "mas se não estiver, você deveria. Você não é nenhuma pequena violeta tímida. Vá atrás dele."

"Eu poderia, eventualmente," Lydia respondeu, "mas serei eu quem decidirá quando."

"Quando estiver com um pé na cova, provavelmente," a mulher mais velha murmurou, abrindo a gaveta da caixa registradora para que Lydia pudesse colocar as moedas dentro. Lydia fingiu não ouvir.

Abandonando a conversa, Lydia limpou o pano do balcão e continuou trabalhando ao redor da sala, jogando migalhas da madeira de cada mesa com espasmos meio envergonhados e meio zangados.

Antes que pudesse entrar em uma agitação maior, a porta se abriu mais uma vez. Lydia franziu o cenho quando uma das suas pessoas menos favoritas entrou na sala em uma rajada de tafetá azul. Os lábios rosados carnudos da recém-chegada se curvaram em um sorriso que Lydia sempre considerava malévolo. Ela suspirou. "Boa tarde, Srta. Jackson. Como posso ajudá-la? O almoço acabou, sabe."

Ilse Jackson, a fofoqueira residente e encrenqueira geral, deu uma risada sedutora, como se Lydia tivesse dito algo engraçado, embora não houvesse nenhum homem rico por perto. *Ela deve estar praticando.*

"Ora, vamos, Senhorita Carré, você sabe que nunca como aqui. Temos uma cozinheira."

Pobrezinha, trabalhando para aqueles esnobes abarrotados, Lydia pensou, virando as costas como se fosse mexer na caixa registradora. Fora da vista do rosto zombeteiro de Ilse, Lydia rapidamente se benzeu. "Então, se você não está aqui para comer, por que está aqui? Nunca a vi colocar os pés no meu café." *E agradeço à Virgem Santíssima por isso.*

"Tenho uma proposta para você," Ilse respondeu, uma sobrancelha levantada, embora não causasse o menor vinco em sua testa perfeitamente lisa e perfeitamente branca. *Repugnante.*

Ela é como uma boneca de porcelana. "Esta cidade tem sido governada por homens por muito tempo, e é hora de nós, senhoras, deixarmos nossa marca. Aqui não é a fronteira. Somos uma cidade de verdade, já somos há mais de uma década, e precisamos afirmar nossa influência civilizadora."

Com certeza, isso é um monte de palavras que não significam nada. "Tudo bem, Senhorita Jackson, você coloca um ponto interessante. No entanto, não tenho certeza se concordo que os homens estão completamente no comando por aqui; afinal, muitos negócios locais são administrados por mulheres, mas estou ouvindo." Vá direto ao ponto. Estou acordada desde as três da manhã e quero fechar o café e descansar. Lydia mordeu a língua para evitar que palavras amargas saíssem. Ilse podia ser uma pirralha detestável, mas já que ela estava sendo relativamente educada, Lydia poderia se igualar a ela.

"Estou propondo que fundemos um Conselho de Senhoras. Muitas vezes meu pai me disse que não há dinheiro no orçamento da cidade para as atividades e eventos que considero importantes, mas se todas as mulheres influentes da cidade juntam seus recursos, não precisamos nos preocupar com o que eles pensam. Podemos fazer o que precisamos fazer, independentemente da opinião deles."

"É uma ideia interessante," Lydia disse com cautela. *Com o pai dela concorrendo à prefeitura, não é surpresa que ele esteja controlando com mais força os cordões da bolsa da cidade. De qualquer maneira, seus anos como presidente do conselho municipal não foram marcados por gastos generosos.* "Conte-me mais."

"Abordei todas as esposas e filhas de todas as famílias influentes desta cidade." Ela percorreu uma lista de nomes, terminando com uma expressão azeda enquanto acrescentava, "E, é claro, Kristina Williams e as irmãs Spencers. Você era a última da minha lista."

Lydia piscou. "Bem, então. Não tenho certeza se me qualifico como filha ou esposa de alguém influente, mas tenho certeza de que sou a dona do negócio dirigido por mulheres de maior sucesso na cidade."

"Isso é verdade. É por isso que estou aqui." Os lábios de Ilse se contraíram com a acidez do limão. Lydia não conseguia decidir se batia nela ou lhe oferecia um torrão de açúcar. "Isso e precisamos de um lugar para nos reunir. Se você oferecesse seu café... e talvez alguns refrescos, isso seria apreciado."

"Então, deixe-me ver se entendi," Lydia respondeu. "Você quer que eu ofereça meu local de trabalho e dê comida de graça para uma organização que você não tem certeza se quer que eu participe e que eu ainda não concordei em participar?"

Ilse sequer teve a graça de parecer envergonhada. Ela apenas assentiu.

"E quais seriam os itens da agenda?" Lydia exigiu.

"Deixe-me usar o café e você descobrirá. Próxima terça-feira. 15:00h, você já deverá estar fechada, certo?"

"Sim, fecho às duas. Você sabe disso." Lydia suspirou. *Normalmente, estou descansando a essa hora.* "Muito bem. Vou permitir que você use meu café desta vez e vou até oferecer algumas guloseimas, mas se isso vai se tornar uma coisa contínua vai depender de como a reunião transcorrer. Acordado?"

Ilse lançou um olhar estranho para ela, como se não tivesse certeza da sanidade de Lydia, mas deu de ombros. "Imagino que sim. Até mais."

Ilse saiu apressada da sala em uma agitação barulhenta de saias, parecendo não perceber que nem teve a cortesia de agradecer a sua anfitriã pela oferta generosa.

"Pirralhinha," Esther comentou atrás do balcão. "Que bom que não fui convidada. Essa intrometida não está fazendo nada de bom, eu garanto."

"Eu concordo," Lydia respondeu. "Estou apenas oferecendo na esperança de evitar algum desastre mal concebido que possa afetar a todos nós."

"Você é uma mulher corajosa, Lydia," Esther disse com fervor.

"Você teve alguma notícia?" Dylan deixou escapar no segundo em que contornou a porta do escritório do banco. A cabeça de Wesley Fulton disparou da pilha de papelada que estava laboriosamente inscrevendo, então ele enfiou rapidamente a caneta de volta no tinteiro antes que pudesse pingar nas páginas. Levantando-se, o jovem banqueiro se aproximou do xerife e estendeu a mão.

"Olá, Xerife. Não, lamento desapontá-lo. Enviei uma carta a Jesse, mas ele anda tanto que é difícil rastreá-lo."

"Você tem *certeza* que ele é um bom candidato?" Dylan perguntou pela centésima vez.

Wesley ergueu uma sobrancelha. "Sim, tenho certeza. Ele é daqui. Conhece cada homem, mulher e criança com mais de cinco anos que vive nesta cidade. Ele também está no cumprimento da lei há anos. Ele é apenas o subdelegado experiente de cidade pequena que você precisa." Então Wesley parou para refletir. "Bem, se ele receber a carta ... e se ele decidir vir."

Desta vez, as sobrancelhas de Dylan se ergueram. "Ele pode não vir?"

Wes deu de ombros. "Ele disse que não voltaria. Sua amada morreu na epidemia de cólera que aniquilou metade da cidade. Este surto é o motivo pelo qual você está aqui, Xerife. O motivo pelo qual Cody também está aqui e Kristina, ela nunca teria ficado se sua mãe tivesse sobrevivido, mas imagino que já se passaram cinco anos. O tempo dissipa lembranças e a dor. Talvez ele esteja pronto para enfrentar o que perdeu."

Dylan não perguntou a Wesley se ele já tinha enfrentado suas perdas. Parecia que o jovem tinha a tendência de seguir em frente sem refletir. *Não julgue. Ele pode seguir em frente com sua vida rápido demais, mas você certamente leva tempo demais.* Não querendo obscurecer a conversa com pensamentos não relacionados, Dylan voltou ao seu objetivo principal. "Então, você enviou uma carta, mas não faz ideia se chegará a ele ou quando, ou se ele virá quando a receber ou se ele sequer responderá? Wes, não posso esperar para encontrar um subdelegado até que seu amigo decida responder, se responder. Não posso vigiar a cidade toda com um único subdelegado. Nenhum de nós está conseguindo dormir e a cadeia fica desprotegida metade do tempo. Preciso de um homem agora, não 'um dia desses'."

"Eu sei, eu sei." Wesley ergueu as mãos em um pedido de desculpas. "Não é minha intenção dificultar sua vida, Xerife. Só acho que Jesse West seria perfeito para o trabalho. Se você conseguir encontrar outra pessoa, ótimo. Vá em frente. Sei que mesmo com as vigilâncias voluntárias à noite, há muito o que fazer, mas talvez ele apareça. Espero que você o considere."

"Wes, se seu amigo aparecer, vou falar com ele," Dylan prometeu. "Mesmo se já tiver preenchido a posição, pode haver outra coisa que ele possa fazer por aqui e eu não me importaria de ter um homem da lei na cidade, mas não vou esperar por ele. Eu não posso. Ok?"

"Tudo bem," Wes concordou.

Ao olhar para o homem de cabelo escuro, Dylan viu o rosto bonito de Wesley ficar amuado. *Ele tem estado mais infeliz do que o normal ultimamente,* ele pensou. *Eu esperava que, tendo casado com sua namorada de infância, com um bebê para nascer em alguns meses, ele estaria mais feliz.* Claro, Wesley Fulton sempre foi um filho mimado da mamãe, e se havia uma pessoa que a velha Sra. Fulton não tolerava, era a esposa de Wesley, Allison, nascida Spencer. *Mãe substituída e mal-humorada e esposa grávida e mal-humorada. Talvez sua careta seja justificada.*

"Até mais, Wes," Dylan disse, saindo do cubículo para a área principal do banco. Parecia que o mau humor do jovem tinha passado para ele. *Ou talvez seja a pressão para substituir o Subdelegado Charles. Eu gostaria de não precisar, pobre rapaz.*

Uma voz feminina animada e bem modulada chamou sua atenção para a janela do caixa. No início, uma fila de clientes suados obscurecia a vista, mas Dylan persistiu, e com certeza, sua suspeita se dissolveu na realidade de Lydia Carré fazendo seu depósito diário dos rendimentos do café.

"Obrigada, Jack," ela disse ao jovem caixa, um dos muitos meninos Fulton, primo de Wesley.

"De nada, Srta. Carré," o jovem disse, escrevendo devagar em um pedaço de papel e em seguida, entregando a ela. "Aqui está seu recibo."

Ela aceitou o pedaço de papel e o enfiou em sua *reticule*, uma bolsa intrincada de contas em um tom suave de rosa. *É da mesma cor de seus lábios*, Dylan percebeu. Seu rosto queimou quando ele percebeu que reflexão apaixonada acabara de fazer. *Sim, estou atraído por ela*, ele admitiu para si mesmo, não pela primeira vez, *mas ...*

Ele deixou o pensamento ir embora. Lydia, entretanto, não teria permissão para fazer o mesmo. "Boa tarde, Senhorita Carré," ele disse com uma voz baixa retumbante.

As palavras pareceram atrair seu olhar como um imã. "Xerife Brody," ela respondeu. Foi isso. Nenhuma outra palavra foi trocada entre eles. Nenhuma foi necessária. Em vez disso, sua conexão intensa fluiu entre seus olhos. Ela respirou fundo, suas narinas dilatando e puxou o lábio que ele estava admirando em sua boca.

Dylan queria gemer. Em vez disso, ele diminuiu a distância entre eles em duas passadas longas e ofereceu seu braço. "Cuidado com seus passos," ele disse, verbalizando o que deveria ser o comentário mais fútil em um século. "É uma descida longa."

Apesar do fato dela ter navegado pela entrada íngreme do banco todos os dias nos últimos cinco anos, sem nunca ter tropeçado uma vez que ele soubesse, ela aceitou seu braço. "Obrigada."

Risadinhas irromperam atrás deles e a queimação no rosto de Dylan se intensificou, mas ele ignorou o espetáculo que estava criando, porque o cheiro de Lydia Carré — de pão recém-assado, sabonete com perfume de lírio e algo mais que ele não conseguia definir, mas saberia no momento em que compreendesse, mesmo se não pudesse vê-la — encheu seu ser. Ele engoliu em seco quando a frente da sua calça de repente pareceu apertada demais.

Ele deu um suspiro e conduziu Lydia pela porta, para longe de olhos curiosos.

A luz do sol brilhava forte e quente no lado de fora do banco, transformando a proximidade abafada em um calor cortante que parecia ter criado presas e garras.

"Minhas terras, está quente," Lydia reclamou.

Ele olhou para ela enquanto a ajudava a descer da varanda alta do banco para a rua de tijolos empoeirados.

Ela enxugou uma gota de suor da testa e abanou o rosto com a mão. Seus olhos semicerraram com o brilho doloroso e Dylan ficou encantado mais uma vez com a visão das pequenas rugas nos cantos de seus olhos. *Nenhuma senhorita inocente, Lydia Carré é uma mulher madura e atraente. Eu poderia desejar que ela fosse minha.*

"Está," ele concordou de maneira cordial, mas a intensidade do seu tom atraiu seus olhos para ele novamente e outro relâmpago escaldante de atração passou entre eles. A expressão em seu rosto adorável passou de nostalgia e desejo insensato para decepção. *Ela também deseja você. Você sabe que ela deseja.* Sem saber o que fazer com seu interesse mútuo, Dylan voltou com firmeza a conversa para o mundano. "Ficarei feliz quando o calor acabar. O outono não pode vir rápido o suficiente para me satisfazer."

"Eu também." Uma torção irônica dos seus lábios revelou seu desagrado. Ela puxou a gola do vestido para permitir que uma brisa quente e rançosa entrasse. "Amo o que faço, mas mesmo antes do nascer do sol a cozinha está horrível."

Dylan tentou imaginar e sua boca curvou para baixo para imitar a curva de seu bigode. "Parece terrível."

Ela assentiu. "Nessas manhãs frescas de outubro, adoro aquecer a cozinha com o cheiro de pão e pastelaria. É tão aprazível." Eles desceram a calçada, passando pela igreja, onde a música abafada do órgão irritava e rugia. "Minhas abóboras vão ser espetaculares este ano." Eles pararam na sombra escassa criada pela torre do sino.

"Mmmm," Dylan cantarolou quando eles começaram a se mover mais uma vez. Sua boca salivou. "Sonho o ano todo com seu bolo de abóbora com especiarias. Você vai guardar um pedaço para mim quando chegar a hora?" Ele implorou, parecendo um garoto de oito anos e não se importando. "Faria maravilhas para o meu jantar lamentável."

Eles suspiraram em uníssono quando uma nuvem minúscula passou sobre o sol, momentaneamente matando o calor. "Por que você diz lamentável?" Lydia exigiu, gemendo baixinho quando o sol forte reapareceu.

Enquanto considerava sua resposta, Dylan observou a fileira de estruturas multicoloridas de um único andar que formavam a rua principal da cidade, intercaladas com o comércio. O campanário da igreja e o Hotel Ocidental parecem elevar-se sobre a rua. "Não sei cozinhar," ele respondeu finalmente. "Normalmente, depois do trabalho, estou tão cansado que adormeço e queimo tudo. Você não quer ver o que acontece com uma lata de feijão cozido depois de duas horas fervendo em um fogão quente." Ele riu com a lembrança.

Lydia congelou na frente de seu café e ofegou. "Oh, Dylan, por favor, me diga que você não está comendo comida enlatada." O horror em seu rosto pareceu-lhe algo muito significativo para uma admissão tão comum. *Afinal, quantos viúvos de trinta e poucos anos não comem comida enlatada?*

"Quase todas as noites," ele respondeu, intrigado com a veemência dela. "Por quê?"

Ela franziu o cenho, os olhos castanhos, da cor de chocolate, cheios de desgosto. "Cresci perto das fábricas de conservas lá no leste. Às vezes, os trabalhadores comiam no restaurante dos meus pais. As histórias que eles contavam." Ela estremeceu. "Ouvi coisas sobre esses lugares que fariam você ficar doente, se a comida já não tivesse deixado. Por favor, me prometa que você não vai comer mais nada disso. Aceite apenas potes de pessoas que você conhece pessoalmente, aqueles que sabem o que estão fazendo."

Dylan deu um tapinha na mão dela. O calor da sua pele superaquecida e suada ainda era agradável, apesar do desconforto do dia escaldante de julho. "Não sei o que devo fazer em vez disso, Senhorita Lydia. Você está fechada à noite e o hotel é muito caro para comer todos os dias. Pelo menos para um servidor público como eu."

A careta de Lydia se transformou em uma risadinha culpada. "Isto é, se servirem alguma coisa para você," ela disse, zombando do serviço de má qualidade pelo qual o restaurante do hotel era famoso. "E quanto a pensão? Sei que June Fulton é uma ótima cozinheira. Trabalhamos juntas no *potluck*[1] de Natal do ano passado."

"Eu me sinto mal comendo com ela agora que tenho minha própria casa," ele respondeu. "Ela tem todas aquelas bocas para alimentar e não me deixa pagar." *E seus olhares suplicantes me enlouquecem. June é uma mulher doce, mas tem cinco filhos, incluindo um filho adulto que é lento da cabeça e nunca vai sair de casa? Eu simplesmente não consigo fazer isso.*

Ao olhar para Lydia, ele sabia que não era Billy Fulton, que apesar de ser lento era uma das pessoas mais simpáticas da cidade, ou seus três irmãos mais novos indisciplinados, ou sua irmã nascida um pouco depois do falecimento do marido de sua mãe o que tornou June além da consideração. *Sei o que quero. Apenas não sei como ... ou sequer se devo tentar.*

Lydia olhou para ele com aqueles olhos comoventes, olhos que pareciam ter visto coisas que nenhuma jovem dama protegida entenderia. *Um oceano de tristeza jaz além do calor do chocolate. Um rio de dor. Uma piscina infinita de compaixão. Seria tão fácil se afogar.* Algo sobre Lydia tocava partes há muito adormecidas de sua alma. Seus pensamentos piegas o tiraram do redemoinho hipnótico. *Maldição, homem, você é um xerife, não um poeta.*

"É muita gentileza da sua parte considerar o bem-estar dela,"

ela respondeu, uma torção irônica do lábio demonstrando que ela estava ciente do flerte de June. "Agora, como pode uma senhora de espírito cívico como eu garantir que nosso xerife sofredor permaneça saudável ..."

"Em primeiro lugar," ele disse com um sorriso provocante brincando em seus lábios, "você pode tirá-lo do sol quente."

Lydia corou e deixou o braço deslizar para longe do dele, agarrando sua mão para que pudesse arrastá-lo para a sombra sufocante do seu café.

Realmente não há alívio real do verão, ele percebeu. Mas embora o ar dentro do café parecesse se fechar sobre ele e roubar seu fôlego, o sol escaldante não atormentava mais sua pele. Ele afundou em uma das cadeiras bambas. Lydia puxou uma ao lado dele, mas permaneceu em pé. "Posso pegar alguma coisa para você?" Ela perguntou.

"Eu ficaria muito feliz com um copo de água," ele respondeu.

Ela sorriu para ele, a curva dos lábios carnudos esculpindo uma covinha em sua bochecha direita. Seus olhos escuros enrugaram nos cantos. "Já volto."

Dylan se acomodou na cadeira bamba e examinou o café pela milionésima vez. Depois de tomar café da manhã e almoçar ali quase todos os dias, ele conhecia o interior de cor. Janelas bem abertas, normalmente limpas e cintilantes, mas cobertas de poeira do calor e do vento recentes. Mesas e cadeiras deliberadamente deixadas em estado bruto, resistentes o suficiente para sentar, mas conscientemente humildes. Um balcão de madeira comprido e cheio de cicatrizes em frente à porta externa e ao lado da entrada da cozinha onde Lydia acabara de desaparecer. Uma pesada caixa registradora de ferro brilhava, embora não muito, em seu tom natural de preto metálico. As paredes tinham sido caiadas de branco em vez de pintadas e as tábuas do assoalho faziam um declive e enrolavam nos cantos.

No geral, parecia um restaurante caseiro, confortável para aqueles que não tinha pretensão. A maioria dos habitantes da cidade preferia o hotel, que era sua única opção além de comer em casa e os transeuntes que saíam do trem do meio-dia em busca de sustento às vezes reclamavam da decoração miserável, mas aqueles que a toleravam apreciavam uma refeição saborosa e barata.

A porta da cozinha se abriu e Lydia entrou na sala. Seus olhos se encontraram e ela fez uma pausa, capturada mais uma vez, aparentemente, pelo chamado potente de sua atração mútua, embora não verbalizada. A porta parecia emoldurá-la, como se a mulher vibrante e cheia de vida tivesse se tornado um retrato de si mesma, que Dylan poderia guardar na memória.

Cabelo preto pesado preso em uma enorme espiral trançada na parte de trás da cabeça, as laterais encaracolando e dobrando com o calor. Rosto redondo e pálido com algumas sardas no nariz e aqueles olhos castanhos atraentes emoldurados por cílios exuberantes e sobrancelhas grossas e escuras.

Sim, seu nariz tinha uma certa circunferência e comprimento. Alguns poderiam chamá-lo de grande, mas para Dylan, dava personalidade a um rosto que de outro modo poderia ser muito bonito, muito angelical para ser real.

As bochechas rechonchudas e rosadas, uma delas com uma covinha toda vez que ela sorria, fazia seu coração disparar. Lábios carnudos imploravam para serem beijados, embora ele ainda não tivesse tentado.

A gola de seu vestido ficava perto de seu pescoço esguio, embora ele tivesse conseguido dar uma olhada em suas clavículas quando ela o puxou. E abaixo ... ah, abaixo a perfeição de uma figura feminina em plena floração. Seu seio era grande o suficiente para deixá-lo dolorosamente de prontidão, só de vê-lo empurrar o corpete de seu vestido. Sua cintura estreita se alargava em quadris redondos largos que ele venderia a alma para agarrar, mas embora a saia longa e solta não desse nenhuma indicação do que havia entre seus quadris e as delicadas botas pretas em seus pés, ele podia imaginar coxas rechonchudas e macias.

Dylan engoliu em seco, mas sem saliva suficiente para

realizar a tarefa, ele engasgou. *Sufocando com o ar*, ele pensou com ironia quando o feitiço se quebrou mais uma vez.

Ela atravessou a sala apressada, evitando habilmente tropeçar em uma tábua solta e entregou-lhe a água.

Ele engoliu e a bebida gelada umedeceu sua garganta seca o suficiente para encerrar sua crise de tosse. Olhos lacrimejando, ele olhou para sua companheira em consternação. "Obrigado," ele ofegou.

Lydia deu um tapinha em sua mão. Seu sorriso triste revelou muito.

Seus dedos permaneceram apoiados nos dele. *Este é o momento? Devo falar?* E então lembranças horríveis surgiram como água de uma fonte amarga e fluíram sobre suas palavras.

O rosto aberto de Lydia se fechou e ela tirou a mão da dele.

Seja paciente, doce senhora. Por favor, espere por mim, Dylan implorou em silêncio. *Há um abismo que você não consegue imaginar entre nós e estou tentando atravessá-lo, mas é difícil. A vida tem sido difícil e meu coração não é jovem e fresco. Ele não se recupera.*

O sorriso morno e parecido com uma careta no rosto bonito de Lydia não fez nada para tranquilizá-lo.

CAPÍTULO 2

Lydia olhou para seu restaurante cheio e não pôde deixar de sorrir. Os cinco anos que passou em Garden City, quase seis agora, foram alguns dos melhores da sua vida. *É incomum que uma cidade permita que as mulheres façam tanto quanto nós fazemos aqui. Meu café. A música da igreja de Kristina. A loja de Becky. Quando desci do trem nesta parada e não havia almoço, tomei uma decisão repentina e olhe para mim agora.*

Meia década depois, os passageiros do trem que paravam em Garden tinham a oportunidade de se juntar aos locais para seja o que fosse que ela quisesse servir. Sanduíches, sopas, caçarolas e ensopados deixavam moradores e transeuntes igualmente empanturrados e sorridentes, o que por sua vez fez Lydia sentir como se tivesse feito uma pequena, mas positiva, contribuição para o mundo. O café da manhã tinha sido um empreendimento mais recente, mas igualmente popular. Esta manhã, lavradores, homens de negócios e mulheres locais e alguns hóspedes que pernoitavam no hotel estavam sentados tomando café e mastigando torradas.

O jovem casal que ela acabara de conhecer, que ia se casar e mudar para a cidade, saiu correndo para continuar seus preparativos. Lydia virou-se para olhar para seu café enquanto uma empolgação por causa do desafio de criar um bolo de casamento sem aviso prévio guerreava com a felicidade pelo jovem casal e com a angústia pelas suas próprias oportunidades frustradas. *Não posso deixar de desejar que meu próprio pretendente tivesse metade da iniciativa daquele jovem.*

"Que jovem casal adorável," uma voz masculina disse da porta em um tom bem modulado e com sotaque oriental.

"Eles são," Lydia concordou, liberando seu momento de autopiedade e voltando sua atenção para seu cliente. Para sua surpresa, ele parecia familiar. "Você esteve aqui ontem, não foi, senhor? Achei que você estava de passagem."

"Oh, não," ele respondeu, torcendo um fio fino e encerado de bigode entre as pontas dos dedos e moldando-o em um cacho perfeito e elegante. Um triângulo perfeito de barba preta completava o cavanhaque. Seu cabelo, cinza prateado e alisado com pomada, contrastava com um rosto pálido que parecia mais marcado de dor do que de sol. "Estou me mudando para esta cidade. Parece um lugar agradável. Estou examinando a situação para ver se há espaço para um novo negócio."

"É," Lydia concordou, "e muito amigável com os forasteiros, embora ainda seja uma cidade pequena. Tenho certeza que você entende o que isso significa."

Ele assentiu.

"Então o que você estará fazendo aqui? Garden não é tão entusiasta da indústria neste momento."

Ele deu de ombros. "Tenho muitos anos de experiência organizando e administrando coisas e sou abençoado por ter muitas economias enquanto penso em algo."

"Isso é uma bênção," ela concordou. "Quando vim para a cidade, tinha um pequeno pé-de-meia, que investi neste local. Você acreditaria que já foi um estábulo? Então agora tudo está como deveria ser." *Bem, quase tudo,* ela emendou em silêncio.

O cavalheiro esticou a boca em uma careta pensativa, o bigode ondulando nos lábios como uma canoa no oceano. "É bom saber que, se uma pessoa tenaz se esforça, a cidade a recompensa."

"Oh, sim," ela concordou. "Pelo menos foi assim que funcionou para mim. Boa sorte para você, Sr. ..."

"Senhor Blaylock," ele respondeu. "Samuel Blaylock. Você é a Senhorita Lydia Carré, não é?" Ele sorriu, exibindo dentes brancos e retos.

"Sim, você está certo," ela respondeu.

"Obrigado pelos bons votos... e pelo delicioso café da manhã, Senhorita Carré. Tenho certeza de que voltarei em breve para mais do mesmo." O olhar dele permaneceu em sua figura antes de retornar aos seus olhos, uma expressão muda de interesse.

Nenhuma onda de atração em resposta brotou nela, embora sua consideração tivesse sido lisonjeira. Por anos Dylan vinha dando a ela o mesmo olhar e isso não expressava mais nada para ela. *Ou pelo menos não deste sujeito.*

Ele se levantou, tirou algumas moedas do bolso e deixou o pagamento da refeição na mesa. Colocando um chapéu-coco preto liso na cabeça, ele acenou para Lydia e saiu do restaurante, seu passo visivelmente instável.

Lydia recolheu os pratos de maneira distraída, enfiando as moedas no bolso do avental. Mas em vez de pensar no almoço, sua mente se voltou para os homens. *Dylan não é o único homem na cidade. Eu poderia encontrar outra pessoa se quisesse.* Seu coração palpitou com o pensamento e ela sabia que era mentira. *Eu poderia encontrar um homem que quisesse me levar para a cama, sem dúvida, com essa figura de meretriz. Ele poderia até importar-se comigo, mas meu coração já tem dono. Enquanto eu mantiver a esperança de que Dylan possa voltar, seria injusto buscar outra pessoa.*

"Sabe," Esther comentou enquanto Lydia colocava os pratos sujos no balcão e pegava as moedas do avental para a assistente colocar na caixa registradora. A besta negra abriu com um clangor ruidoso. "Aquele é um moço agradável, aquele recém-chegado."

Lydia deu de ombros. "Parece rebuscado para mim. A cera do seu bigode vai derreter e ele não vai parecer bobo? Posso fazer melhor."

"Sim, você pode," Esther respondeu. "Não estou sugerindo que você convide aquele aleijado em miniatura lá para cima."

Lydia engasgou.

Esther continuou como se nada tivesse acontecido. "Se você for vista na cidade falando com o sujeito uma ou duas vezes, isso pode convencer seu xerife relutante a falar."

Lydia considerou a possibilidade. "Não é simpático chamá-lo de aleijado," ela comentou, "e não é simpático brincar com o coração dele. Não me importa quão dândi ele seja. As pessoas têm sentimentos. Percebo que ele está interessado. Eu não estou, então seria injusto encorajá-lo."

"Senhor, tenha piedade, Senhorita Lydia, você estará solteira quando ficar velha e grisalha nesse ritmo. Faça algo antes que você termine tão murcho quanto eu e ainda sozinha."

Lydia sorriu com indulgência para a amiga. "Seu destino não me parece tão ruim. De qualquer maneira, tenho o suficiente em minha mente. Eu me pergunto que tipo de bolo aqueles dois jovens gostariam para o seu casamento. Bolo de frutas demora muito, mas um bom bolo branco funcionaria ou um bolo de especiarias ..."

"Eu diria branco," Esther comentou. "Você pode decorar com frutas ou flores açucaradas. Está quente demais para bolo de especiarias. O que você gostaria de ter no seu próprio casamento?"

Em seu lugar distante, onde ela vivia para criar novas receitas e aperfeiçoar as antigas, ela falou sem refletir. "Flores cristalizadas em um bolo branco com cobertura branca. Os pêssegos estão deliciosos este ano. Recheio de pêssego seria maravilhoso." Ela conseguia visualizar a beleza branca de duas camadas, provocando os olhos com flashes cores cintilantes revestidas com açúcar. "Para mim, eu adoraria me casar no outono, com um bolo de especiarias." Então ela percebeu o que tinha dito e prendeu a respiração. *Não comece por esse caminho, Lydia. Seja grata pelo que você tem.* "Tenho que lavar esses pratos e me preparar para o almoço. Alguma ideia de quando Billy vai voltar?"

Esther assentiu. "Ele está muito doente, disse sua mãe, mas ela acredita que ele está se recuperando. Talvez em alguns dias."

"Graças a Deus," Lydia respondeu. "Não sei quanto tempo ficaríamos sem aquele menino."

Esther olhou para ela com uma expressão pensativa enquanto começava a contar as moedas no caixa. "Você é uma boa mulher, Senhorita Lydia. Sou grata por você todos os dias."

Corando, Lydia levou os pratos manchados de ovo para a cozinha.

Dylan estava com os pés em cima da mesa. Ele sabia que era um péssimo hábito, mas não tinha intenção de mudá-lo. Além disso, ele tinha um Angus Fulton bêbado na cela mais uma vez e antagonizar o primo mais detestável de Wesley o entusiasmava.

"Você não consegue se sentar direito?" Angus disse com a fala arrastada, conseguindo soar petulante e irritado ao mesmo tempo. Dylan virou a página do jornal e ignorou a voz lamuriosa, sorrindo para si mesmo apesar das notícias diante dele, ou melhor, da falta delas.

Os ladrões de trem não irão se esconder completamente. Não sei quantos eram, mas suspeito que eram vários. Eles não teriam sido capazes de realizar tantos assaltos apenas com o punhado de homens que prendemos em dezembro passado. Eu me pergunto o que aconteceu com o resto da gangue. Apesar do que Cody e Kristina disseram, o homem que o irmão de Kris matou era certamente o chefe daquela operação, não da coisa toda.

A porta da cadeia se abriu e um estranho entrou. Jovem e loiro, com uma mandíbula firme e olhos azuis astutos, ele examinou a cadeia. Então seus lábios franziram. "Sou Jesse

West," o homem afirmou. "Ouvi dizer que vocês podem ter um cargo de subdelegado?"

O alívio fez o coração de Dylan disparar. "Graças a Deus você está aqui, West. Achei que teria que fazer de Billy Fulton um subdelegado."

"Ele faria um trabalho entusiasmado," Jesse comentou.

"Sim, mas o pobre garoto tem medo de armas. De qualquer maneira, West, seu telegrama e o endosso de Fulton me deixaram intrigado. Fale-me um pouco sobre você."

"Bem," Jesse começou, "tenho trabalhado nos últimos cinco anos como caçador de recompensas, então você pode ver que sou qualificado. Você precisa de um subdelegado?"

"Oh, sim," Dylan respondeu. "Estamos em uma bagunça infernal aqui."

"Assim compreendi," Jesse respondeu. "Vou ser honesto, Xerife, não estou muito feliz em saber que minha cidade natal está tendo problemas. O que está acontecendo?"

Dylan ergueu a sobrancelha para a avaliação direta do homem. "Também não estou muito feliz, West. Esta é minha cidade agora também, não se esqueça. Preciso da ajuda de um homem da lei experiente para decifrá-lo. Toda a maldita bagunça começou com um assalto ao trem em dezembro. Kristina Williams - Kristina Heitschmidt e seu marido Cody, nosso novo pastor - quase foram mortos, mas aquelas duas pessoas corajosas conseguiram salvar alguns passageiros do roubo. O irmão dela morreu naquele dia."

"Espere," West interrompeu, "Cal Heitschmidt voltou?"

"Ele estava naquele trem," Dylan respondeu. "Ninguém sabe por quê e ele não está mais por perto para responder a essas perguntas."

Jesse baixou os olhos, seu olhar astuto ficando triste. "Ele era como um irmão mais novo enquanto crescia. Eu praticamente morava com os Heitschmidts. Aposto que foi difícil para James."

Dylan assentiu. "Se não fosse por sua esposa, não sei como ele teria superado."

"Espere, o quê?" Jesse agora parecia chocado. "Que esposa? A esposa de James Heitschmidt morreu ... ela morreu pouco antes de eu deixar a cidade."

"Desculpe, quero dizer Rebecca. Ela e James estão fazendo a corte há algum tempo e se casaram no mês passado. Outra das coisas malucas que aconteceram por aqui foi que sua loja de roupas foi bombardeada com bombas incendiárias. Se James não tivesse entrado lá e a retirado, ela teria morrido. Foi uma distração, porque a gangue de ladrões tentou tirar um dos seus da cadeia."

"Minha cabeça está girando. Espere um segundo. Então você está dizendo que dois atos violentos foram cometidos contra o povo da nossa cidade, além do casamento de Kristina Heitschmidt e Rebecca Spencer. Onde eu pousei, na lua? O que aconteceu com a cidade pacata que eu deixei?"

Ele se virou para olhar pela janela para a rua empoeirada.

Dylan deu-lhe um momento para se recompor. Finalmente, o jovem voltou sua atenção para o Xerife, seus olhos patinando ao redor da sala para ver as tábuas ásperas, as grades de ferro, a mesa marcada com jornais espalhados. "Mais alguma coisa?"

"Bem, o ladrão que pegamos foi enforcado há alguns meses. Ele ameaçou toda a cidade com vingança, especialmente Cody e eu." *Outro motivo pelo qual eu deveria ter cuidado com Lydia. Esses bastardos são espertos e astutos. Posso não estar por perto para amá-la por muito mais tempo.* "Desde a sua morte," Dylan continuou, sua voz rouca, "Tenho recebido bilhetes ameaçadores. Todos são com carimbo postal de Pueblo, Colorado."

Jesse suspirou. "Bem, se eles estão escondidos no Colorado, talvez você tenha algum tempo para se reagrupar. Por que você precisa de um subdelegado?"

"Porque meu último foi morto no assalto ao trem," Dylan respondeu sem rodeios. "Wade Charles. Uma coisa dos diabos. Deixou uma esposa e quatro filhos pequenos para trás. Odeio substituí-lo, mas não posso administrar esta cidade com apenas um subdelegado."

Jesse abaixou a cabeça em reconhecimento à posição execrável de Dylan. "Bem, estou aqui se você precisar de mim. Preciso de um emprego mais estável."

"Bem agora, espere um segundo, West," Dylan protestou. "Preciso saber mais sobre você. Sei que seus amigos podem atestar seu caráter, mas e quanto ao seu trabalho? Depois da emoção da trilha aberta, por que diabos você estaria com pressa para se estabelecer? Além dos ladrões de trem, policiar esta cidade é muito enfadonho."

"Eu sei," Jesse respondeu com um sorriso irônico. "Eu conheci uma garota..."

"Ah, a história perene," Dylan provocou, embora a honestidade o obrigasse a admitir para si mesmo que conhecer uma garota realmente mudava tudo. "Garotas vêm e vão."

Jesse sorriu. "Não para mim," ele admitiu. "Não mais. Addie é especial." Ele pigarreou. "Ela também está grávida. Então, pronto ou não, é uma cidade colonizada e vida de família para este caçador de recompensa."

Dylan mordeu o lábio para não rir. "Ops. Bem, isso eu posso certamente entender. Você pode querer uma vida estável para sua esposa e filho."

Jesse concordou. "Assim que nos casarmos, sim."

"Oh, HO!" Dylan exclamou. "Tem certeza que quer espalhar isso por aí? Esse cara tem orelhas grandes." Ele indicou a cela.

Angus deu a ele um olhar ressentido. "Tenho ore ..." Ele arrotou. "Orelhas perfeitamente elegantes. Da minha mãe. Ela é da Europa, você sabe."

Jesse riu alto. "Angus Fulton. Você ainda está espalhando essa história? Sabe o que eu ouvi? Sua elegante mãe veio de um bordel na Europa."

"Retire isso, Jesse West ou quando eu sair desta jaula, eu vou ..."

"Você não vai se lembrar de nada," Jesse respondeu. "Você está bêbado. Você ainda não aprendeu que não consegue beber? Não há vergonha nisso, sabe."

"Cale a boca, West." O homem afundou no beliche sujo, praguejando baixinho.

"Huh," Dylan disse, impressionado, "Acho que você realmente é daqui. Isso é verdade sobre a mãe dele?"

"Quem sabe? Só digo isso para irritá-lo. Funciona sempre," Jesse disse, os olhos brilhando.

"Gosto do seu estilo, cara. Ok, vamos tentar. Você está planejando ficar por muito tempo, certo?"

"Claro," Jesse respondeu. "Obrigado, Xerife. Estou muito feliz por termos conseguido resolver isso."

"Eu também," Dylan concordou, estendendo a mão para seu novo subdelegado. "Então, quando você pode começar?"

"Você pode me dar alguns dias?" Jesse pediu. "Preciso casar com minha garota. É muito importante. Ela já está mostrando, sabe?"

"Isso é justo," Dylan respondeu. "Sim, certifique-se de manter sua senhora feliz."

Jesse assentiu. "Vou fazer isso imediatamente. Ela é minha prioridade agora. Tenho que ter certeza que ela está bem." Então suas bochechas escureceram como se percebesse que ele tinha falado demais.

Amor, pensou Dylan. *É bom se ele se importa com ela. A vida é muito curta para desperdiçar um momento de amor.* Então ele percebeu quantos momentos havia perdido e decidiu com firmeza mudar sua linha de pensamento.

"Ok, West. Vá cuidar dos negócios. Te vejo de volta aqui em três... não dois, três, ouviu? Vamos examinar os assuntos básicos de homem da lei, seus deveres e depois o caso do ladrão de trem."

"Obrigado, Xerife," Jesse respondeu. "Até mais."

O sorriso do jovem rivalizava com o sol do lado de fora enquanto ele caminhava pesadamente pelas tábuas do piso de madeira e se apressava para a rua.

Dylan afundou em sua cadeira e recostou-se, colocando as botas na superfície de madeira da mesa novamente, desta vez amassando os jornais. Sua mente mal registrou os xingamentos e murmúrios contínuos de Angus. *Graças ao Senhor por me enviar um subdelegado. Parece um bom também. As coisas podem ficar bem no final das contas.* "Dois dias para se casar com sua amada grávida." Dylan balançou a cabeça. "As crianças nos dias de hoje. Ainda bem que ele a ama." Isso, é claro, imediatamente voltou sua mente para seu próprio romance estagnado. *Talvez seja a hora de seguir seu próprio conselho, meu velho,* ele pensou.

Ele não percebeu, mas a ideia trouxe um sorriso aos seus lábios.

CAPÍTULO 3

Lydia quase conseguiu esquecer que Ilse Jackson ofereceu seu café para uma reunião. Isso acalmou sua mente de maneira considerável e permitiu que ela se entregasse a sua atividade favorita - ficar obcecada pelo Xerife - mas a deixou um pouco despreparada. Foi por isso que ela se viu naquela tarde ensolarada e escaldante de julho, enrolando pequenos pedaços de frutas na massa folheada de torta enquanto seu ajudante, finalmente saudável, lavava os pratos.

"Você está melhor, Billy?" Ela perguntou ao garoto enquanto fechava os pastéis. Seu cabelo úmido grudava em sua testa e seu vestido suado grudava em sua pele.

"Uh-huh, sim, senhora," Billy respondeu, jogando água alegremente na pia. Embora sua voz se arrastasse por causa da sua deficiência, Lydia há muito aprendera a entendê-lo. "Eu estava muito doente, mas estou melhor agora."

"Lamentei saber que você estava doente," Lydia disse a ele com toda sinceridade. Ela untou os pastéis com leite e polvilhou com açúcar. "Estou feliz que você esteja melhor."

"Obrigado, Senhorita Lydia. Estou feliz por estar melhor e por voltar ao trabalho. Você estava com saudades de mim?" Ele sorriu, os lábios grossos entreabrindo para revelar um dente faltando.

"Senti muitas saudades de você, Billy," ela respondeu, colocando os pastéis no forno e virando-se para o fogão para renovar o café. *Por que você está fazendo isso? O forno deveria ter sido deixado para esfriar horas atrás. Agora toda a casa ficará quente a noite toda. Você precisa decorar aquele bolo de casamento enquanto a cozinha está fresca para que a cobertura não derreta. Quem se importa com o que a maldosa Ilse Jackson tem a dizer, afinal?*

Ela sabia que era tarde demais para discutir, então, embora permitisse que sua mente continuasse choramingando, ela colocou xícaras e pratos em uma bandeja e os levou para a sala de jantar, pronta para recepcionar esta misteriosa reunião do comitê.

Algumas senhoras já haviam chegado. Allison Spencer Fulton, parecendo inchada e desconfortável com apenas alguns meses restantes de sua gravidez, desafiou as convenções aparecendo com um vestido de guingão azul alterado às pressas. Sua irmã Rebecca Spencer Heitschmidt estava sentada ao lado dela. Também grávida, Rebecca não teve nenhum problema para disfarçar sua própria protuberância diminuta com um giro inteligente da agulha de costura, transformando uma necessidade social em uma declaração de moda. Terceira, à mesa, Kristina Heitschmidt Williams parecia esbelta como sempre em uma saia marrom lisa e blusa branca de botões, seu cabelo loiro avermelhado escapando de um nó normalmente arrumado. No sol de verão, suas sardas pareciam ter unido em uma zombaria de bronzeado.

Lydia sorriu ao ver suas amigas. *Não importa que absurdo Ilse tenha na manga, essas três verão a razão.* Ela colocou a bandeja de pratos no balcão, não confiando em nenhuma das mesas bambas para suportar tal fardo sem se inclinar e correu para suas amigas, cumprimentando-as com gestos de mão efusivos. Elas se levantaram para receber abraços suados, mas sinceros.

"Allison, como você está se sentindo? Onde está Melissa?" Ela perguntou a loira robusta.

"A Sra. Fulton concordou em tomar conta dela." Os lábios de Allison se contorceram ao pensar na sogra. "Odeio pensar que isso significa que elas estarão fazendo a tarde toda. Provavelmente limpando o salão de acordo com suas especificações. Deixei Missy cochilando. Talvez ela durma até eu voltar."

"Vamos ter esperança," Lydia concordou. Ela mal conseguia alcançar a barriga da futura mamãe para abraçar seus ombros. Então Allison recostou-se na cadeira parecendo mal-humorada e infeliz.

Todos os seus sonhos se realizaram, Lydia pensou, *e nada disso a fez feliz. Pobre moça. Seu marido deveria ser chicoteado e sua mãe coberta de alcatrão e penas.*

Afastando o pensamento, ela se virou para Kristina. Agora aqui estava uma mulher para quem nenhum de seus sonhos havia se tornado realidade, e ainda assim ela brilhava de alegria. "Como está o Pastor Cody?" Lydia perguntou.

Kristina sorriu, mostrando dentes limpos, mas tortos. Seus sorrisos deixavam seu rosto bastante simples radiante. "Ele está indo muito bem. No momento, ele está sofrendo com uma alguma escritura difícil. Espere um sermão selvagem no domingo."

"Você terá alguma música selvagem para acompanhar?" Lydia quis saber enquanto apertava a mulher mais alta.

"Acho que sim," Kristina respondeu. "Terei que pesquisar minha partitura e ver se há algo adequado."

"Mal posso esperar," Lydia disse a ela. "Somos tão abençoados. Que outra pequena cidade tem um concerto todos os domingos?"

Corando, Kristina torceu o nariz curto, fazendo suas sardas rolarem pela sua pele.

Por último, Lydia se virou para sua melhor amiga, observando o sorriso radiante de Becky. *Ela parece muito mais feliz. Aquela expressão serena que ela sempre usava nunca me convenceu, mas esse sorriso vem do fundo de sua alma.* "Como está a loja?" Ela apenas perguntou.

"Está indo bem até agora," Becky respondeu. "Estou me divertindo muito dividindo o espaço com James. Aqueles ladrões podem ter pensado em me desmoralizar ao queimar minha loja, mas muita coisa boa resultou disso, nem sinto falta do espaço. Além disso, posso costurar em qualquer lugar em que minha máquina couber. Conheci o cliente novo mais empolgante ontem," ela continuou, os olhos brilhando enquanto ela compartilhava a fofoca suculenta.

"Quem é empolgante nesta cidade?" Allison reclamou. "Já conhecemos todo mundo."

"Nem todo mundo,", Becky contradisse a irmã. "Você nunca vai adivinhar."

"Não, não irei," Allison concordou. "Diga-me."

Da cozinha, o aroma dos pastéis flutuou para a sala de jantar e Billy enfiou a cabeça através da porta. "Acho que estão prontos, Senhorita Lydia."

"Ok," Lydia disse a ele. "Agora, segure essa fofoca por mais um minuto e permita que eu me organize para seja qual for a bobagem que a Senhorita Jackson tenha reservado."

Gemidos e revirar de olhos uniram-se ao seu anúncio enquanto Lydia corria para a cozinha. Pastéis e café aguardavam pelo resto do grupo após algumas viagens.

Ela voltou para a mesa com suas amigas. *É estranho ficar sentada.*

"Ok, Becky," Allison disse a irmã, "qual é a fofoca? Quem diabos poderia ser empolgante nesta pequena parada obrigatória?"

"Jesse West está de volta," Becky declarou.

Allison olhou boquiaberta para a irmã.

"Isso mesmo!" Kristina concordou. "Eu o vi ontem. Ele me disse que voltou para ficar."

Allison olhou de uma mulher para outra. "Que diabos vocês estão dizendo? Por que ele não veio me ver?"

Lydia respondeu. "Ele trouxe uma mulher com ele. Eles estão correndo para se casar o mais rápido possível. Tenho certeza de que ele teve que começar com o que precisava para um pequeno casamento. Música, um vestido para sua garota e comida."

"Espere, você também o viu, Lydia?"

A cozinheira assentiu.

Allison fez uma careta.

"Mas tenho certeza de que você é a próxima na lista," Becky tranquilizou a irmã. "Vocês quatro eram carne e unha quando estavam crescendo."

"Sei disso," Allison falou de maneira ríspida.

Uau, ela está realmente de mau humor hoje, Lydia pensou, olhando para sua amiga normalmente alegre.

Não parecia haver mais nada a dizer. A expressão azeda de Allison matou qualquer desejo remanescente de falar e, naquele momento, outras mulheres da cidade começaram a vagar pelo café, recolhendo refrescos e sentando-se nas mesas instáveis.

Ilse entrou com a mãe a reboque, ambas torcendo o nariz para a atmosfera miserável e recusando a comida.

Esnobes, Lydia pensou.

"Se todas se acomodassem," Ilse disse com um tom estridente e carregado, "podemos começar."

As mulheres que murmuravam acalmaram suas fofocas e se viraram para encarar a organizadora do evento, que estava parada entre as janelas do lado leste como um potentado, embora até seu vestido de cetim azul parecesse um pouco mole no calor implacável.

"Garden City foi oficialmente incorporada como uma cidade há mais de uma década," ela começou. "Lembram-se da festa de dez anos do dia do nosso fundador?"

As mulheres na sala se viraram umas para as outras com expressões perplexas e começaram a sussurrar.

"Nem eu," Ilse as interrompeu. "Isso porque não tínhamos um. Eu disse a meu pai que precisávamos fazer isso. Somos uma cidade, uma cidade de verdade, não algum tipo de assentamento mal concebido e precisamos fazer coisas que o povo da cidade faz. Uma delas é comemorar o dia em que nos tornamos civilizados." Ela olhou ao redor da sala para ver se tinha a atenção de todos.

Ela não é uma grande oradora, Lydia pensou, *mas apresenta um ponto de vista.*

"São as mulheres que civilizam uma cidade," ela continuou. "Os homens têm muito trabalho a fazer. São as esposas e filhas que fazem um lugar parecer um lar."

Acenos de cabeça saudaram este pronunciamento.

"Mas os homens, é claro, também controlam a maior parte do dinheiro e, por isso, decidem o que é melhor para a cidade. Não concordo com as decisões deles sobre muitas coisas e acho que é hora de nós, como mulheres, assumirmos um papel mais ativo em mudar a imagem de fronteira de Garden City. Dodge pode ter seus famosos pistoleiros e shows do Velho Oeste. Somos Garden City. Isso não esboça uma imagem refinada? Nada a se esquivar. Sem balas voando."

Becky bufou e Kristina estremeceu. *Há menos balas voando em Dodge City do que aqui neste momento,* Lydia disse em silêncio para si mesma.

Parecia que os fatos não interessavam a Ilse tanto quanto o ponto que ela estava desenvolvendo. "Portanto, o que proponho é o seguinte: ao unir nossos recursos, as mulheres donas de negócios e as esposas e filhas de homens ricos podem criar um pouco de influência. Se lutarmos muito pelo que queremos, podemos transformar esta cidade no que deveria ser...um farol de civilização na pradaria!"

Suas palavras apaixonadas atraíram aplausos de algumas das suas mais fervorosas apoiadoras.

Bajuladoras. Isso foi um monte de palavras que não significava nada.

"Sobre o que exatamente você está falando, Ilse?" Allison exigiu. "O que você está propondo que façamos? Ficar sentada e beber chá? Intrometer-se nos negócios de outras pessoas?"

"Dificilmente eu esperava que você entendesse minha visão, Allison Fulton," Ilse zombou. "Você é praticamente um homem e somente quase tão civilizada."

"Bem, então," Allison disse, puxando seu corpo pesado da cadeira e lançando adagas com o olhar para a outra mulher do outro lado da sala, "Vou simplesmente levar meu eu 'não civilizado' para fora daqui. Você é bem-vinda para chafurdar em sua merda de cavalo habitual sem mim."

Suas palavras grosseiras provocaram suspiros e risadinhas enquanto ela caminhava lentamente para a porta. Lydia não pôde deixar de sorrir. Ela também queria ir embora. As palavras de Ilse deram a ela um mau pressentimento, mas como elas estavam posicionadas em seu local de trabalho, ela se sentiu obrigada a ficar. Recostando-se na cadeira, ela verbalizou a questão levantada pelo discurso de Allison. "Então, Senhorita Jackson, você deixou o tema da sua apresentação bastante claro, mas ainda estou um pouco intrigada com os detalhes. Que tipos de atividades você acha que deveríamos reunir nossos recursos para realizar?"

"Uh, eu estava chegando lá," Ilse respondeu. Algo em seu rosto sugeria um sorriso de escárnio, mas Lydia não tinha certeza se era intencional ou apenas sua expressão habitual. "Em primeiro lugar, como eu disse, não comemoramos o aniversário da nossa própria cidade. Acho que deveríamos fazer um piquenique e uma celebração do Dia do Fundador todos os anos."

Acenos de cabeça saudaram isso. Afinal, planejar uma festa definitivamente qualificava-se como civilizado e era algo que qualquer um poderia apoiar.

"Mas este ano nós o perdemos, pois a data real é na primavera. No entanto, podemos comemorar quando quisermos neste ano e mover a celebração para a data real no próximo ano. Isso parece agradável?"

As senhoras murmuraram em concordância.

"Quanto tempo vocês acham que demoraria para planejar algo?" Ilse perguntou, passando a conversa para o grupo. As mulheres começaram a conversar em suas mesas, sem saber como responder a pergunta, mas refletindo sobre isso, no entanto.

Finalmente, as mesas voltaram a ficar quietas e Lydia, que parecia ter sido indicada como líder das perguntas, perguntou: "Quanto tempo vai demorar depende do que planejamos. Um piquenique potluck pode ser organizado em uma ou duas semanas, embora eu achasse que deveríamos esperar até que esfriasse um pouco. Se você quiser algo sofisticado com fogos de artifício ou um desfile, isso poderia demorar mais."

"Hmmmm." Ilse considerou. "Não acho que deveríamos nos preocupar com fogos de artifício nesta época do ano, provavelmente incendiaríamos a pradaria, mas um potluck não parece suficiente. Que tal se organizássemos alguns eventos e atividades. Competições de culinária e cobertores acolchoados. Corridas de saco e de três pernas. Talvez uma cabine de beijo. Também algumas comidas especiais. Quanto tempo levaria para organizar isso?"

Mais uma vez as mulheres se voltaram para conversar entre si. Finalmente, Lydia respondeu, "Acho que poderíamos ter isso pronto por volta do primeiro sábado de setembro."

Sorrisos cumprimentaram as palavras. Até Ilse deu a ela um sorriso um pouco menos condescendente do que o habitual. "É claro! Vou chefiar o comitê de decoração. Lydia, você vai se encarregar das comidas e dos concursos de culinária? Rebecca, você pode fazer as faixas do prêmio. O que mais?" Ela bateu a ponta do dedo no lábio.

"Não se preocupe," Rebecca disse baixinho, "Tenho certeza de que vamos resolver tudo isso. Que tal se todas nós pensássemos sobre isso e nos reuníssemos na próxima semana com nossas decisões e atribuições?"

Incapaz de refutar a lógica da mulher mais velha, Ilse a reconheceu com um aceno de cabeça. "Tudo bem, então isso está decidido por enquanto. Para a minha próxima e mais difícil missão. Veja, bem aqui, nesta cidade, estamos abrigando o Diabo. Puro mal e pura tentação."

Ela olhou ao redor da sala, aparentemente avaliando se havia capturado a atenção delas. A multidão de senhoras estava sentada em um silêncio fascinado, interrompido apenas pelo rangido de uma das cadeiras irregulares quando alguém reposicionou seu peso.

Oh, aí vem, Lydia pensou, carrancuda.

"Os bons homens de Garden City estão sendo seduzidos para longe de suas casas e famílias pelos males da bebida destilada e das mulheres perdidas, e nós, o pilar moral de nossa comunidade, ficamos sentadas e não fazemos nada."

Ela fez uma pausa para respirar enquanto Lydia revirava os olhos. *Ela está tendo aulas, suponho, para se imaginar como uma oradora.*

"Tenho aqui em minha posse uma petição que pretendo apresentar ao Xerife, ao prefeito e a qualquer outra pessoa com autoridade nesta cidade, exigindo o fechamento do estabelecimento conhecido como Saloon do Chester. Espero que todas vocês assinem. Tenho certeza que vocês concordarão."

Mais uma vez, por toda a sala, as mulheres murmuraram sua concordância enquanto Lydia fervia de raiva.

Encerrada a reunião, as senhoras levantaram-se e aproximaram-se de Ilse, ansiosas por colocar os seus nomes na maldita folha de papel enquanto se dirigiam para a porta. Lydia tentou ignorá-las, juntando os pratos e xícaras e arrastando-os para a cozinha antes de retornar à sala de jantar para ver as poucas convidadas restantes saírem.

Maldição, agora vou ter que falar com a Ilse em particular e que bagunça adorável isso vai ser. Espero que ela tenha um lugar alternativo em mente para se reunir.

Enquanto a assembleia saía do restaurante, a voz zombeteira e odiada surgiu mais uma vez. "Oh, Senhorita Carré, você não assinou a petição."

Lydia engoliu sua raiva para poder responder com calma, embora a cada palavra desse um passo deliberado à frente. "Senhorita Jackson, terei o maior prazer em chefiar o comitê gastronômico para sua celebração. É uma excelente ideia. No entanto, nenhum poder na terra poderia me obrigar a assinar este papel." Os olhos de Ilse arregalaram quando a mulher maior e mais pesada se aproximou dela. Ela cruzou a soleira. Lydia avançou para a porta. "Nem irei permiti-lo dentro do meu estabelecimento novamente. Então, a menos que você queira se reunir em outro lugar, sugiro que pare, pelo menos na minha presença. Bom dia."

Ela fechou a porta e trancou-a, ignorando as batidas altas e imediatas e voltou para a cozinha para lavar os pratos extras gerados pela sessão de ideias de Ilse. *Espero não ter perdido todos os amigos e clientes que tenho nesta cidade,* ela pensou enquanto pegava a escova e começava a trabalhar nas migalhas dos pastéis. *Ah, bem. Pelo menos tenho um projeto para me manter ocupada por um tempo.*

Dylan entrou na igreja e sentou-se em um banco perto do altar. Lydia ainda não havia chegado, mas ele observou os outros convidados, curioso para saber quem seu novo subdelegado havia escolhido para testemunhar seu momento especial. Cody estava na frente, é claro. Dylan não se surpreendeu ao ver que seu olhar permanecia fixo na varanda atrás dele, onde, Dylan tinha certeza, sua esposa Kristina estava proporcionando o alegre solo de piano que preenchia o silêncio antes da chegada da noiva.

Ao lado do pastor, Jesse segurava uma das mãos no pulso oposto enquanto mudava nervosamente seu peso de um pé para o outro.

Sentados à frente de Dylan, James e Rebecca Heitschmidt estavam sentados o mais perto humanamente possível, o braço dele apoiado no encosto do banco atrás dos ombros dela, o braço dela pressionado contra o seu lado. Um brilho quase parecia emanar do casal, tão forte era seu amor.

Ao lado deles, Wesley Fulton tinha sua filha minúscula, de cabelos dourados, empoleirada em seu colo. De sua esposa, Dylan não via sinal.

O silêncio caiu sobre a igreja, como a inspiração de ar à beira de um mergulho em águas profundas. Um leve farfalhar de saias disse a Dylan que a esposa do pastor estava mudando do piano para seu instrumento favorito, o órgão. Com certeza, a melodia alegre de Jesus, Alegria dos Homens saiu dos tubos que se enfileiravam na igreja atrás da sua cabeça, enchendo o santuário e se espalhando pela rua.

Outro farfalhar de saias indicou que todos os convidados deveriam se levantar. A minúscula assembleia obedeceu à tradição, virando-se para contemplar uma mulher pequena com cabelo ruivo escuro e olhos castanhos calorosos, sua figura florescente envolta em um vestido azul claro. Lentamente, ela caminhou sozinha pelo corredor central em direção ao seu homem. O amor que ela nutria por ele brilhava em seus olhos.

Dylan olhou para o noivo e viu que sua inquietação nervosa congelou diante da beleza da pequena mulher. Seu olhar se transformou em um afeto possessivo. A visão mexeu com o coração de Dylan.

Vamos lá, homem. Ao seu redor, as pessoas estão se apaixonando e se casando. Quantos anos você acha que Lydia vai esperar que você que você se decida? Você a ama. Você sabe que a ama. Não a mantenha em suspense. É injusto. Se você a ama, diga a ela. Corteje-a. Case-se com ela. Se você a ama demais para se casar com ela, deixe-a ir.

A noiva passou por Dylan e encontrou o caminho até seu futuro marido, segurando-o pelo braço. Cody começou o breve serviço, que Dylan tinha certeza que o casal não ouviu nada, por mais que estivessem se olhando nos olhos.

Na frente de Dylan, Rebecca encostou a cabeça no peito do marido. James apertou o braço ao redor dela enquanto eles voltavam para suas posições sentadas.

Mesmo enquanto falava sobre Jesse e sua noiva, os olhos de Cody continuavam a se desviar para a varanda, como se afirmando seus próprios votos de casamento.

A pequena Melissa Fulton apertou o pescoço do pai Wesley e ele deu um tapinha nas suas costas.

Está sala está cheia de amor.

A porta nos fundos da igreja abriu ligeiramente e fechou novamente. Dylan podia sentir olhos cravados em suas costas. De maneira sutil, ele se afastou do braço do banco e um instante depois, o corpo quente e amplo de Lydia deslizou para o espaço. Sem pensar, ele colocou o braço sobre os ombros dela, imitando o abraço carinhoso de James. Ela respirou fundo e depois relaxou na curva de seu corpo. Ela se encaixa ali. Ele fechou os olhos enquanto a poesia dos Cânticos de Salomão tomava conta dele na voz com sotaque suave de Cody.

Você a ama o suficiente para mantê-la ou deixá-la ir? Decida, Dylan.

Na verdade, não havia decisão a ser tomada. O cheiro de seu cabelo disse a ele o que ele precisava saber. A suavidade de seus ombros carnudos. A curva de seu quadril. Ele a abraçou com mais força. Apesar do calor, ela se aproximou dele.

Imerso em sua mulher, Dylan não percebeu a passagem do serviço, perdeu a música que conduziu os recém-casados para fora da igreja e até mesmo o êxodo dos outros convidados. Foi o silêncio repentino na sala que o despertou do seu devaneio. Ele piscou para se encontrar sozinho com Lydia.

"Para onde todos foram?" Ele perguntou de maneira pouco inteligente.

"Acho que foram até a casa de James e Becky para a recepção. Cheguei atrasada porque tinha que levar o bolo até lá."

"Ah, tudo bem," Dylan respondeu. "Suponho que eles também estão nos esperando," ele acrescentou. *Maldição, homem, pare de dizer coisas estúpidas.*

"Não acho que alguém esteja esperando alguma coisa," Lydia respondeu, "exceto ver Jesse e Addie comerem o bolo."

"Esse é o nome dela?" Dylan perguntou, assustado. "Jesse nunca me contou. Ela é uma coisinha bonita, não é?"

Lydia sorriu. "Ela é corajosa. Ele vai ter muito trabalho com ela. Eu gosto muito dela."

Levantando-se, Dylan ajudou Lydia a se levantar. "Isso me faz gostar mais dele. Nem todo mundo é homem o suficiente para se apaixonar por uma mulher forte." A convicção em suas próprias palavras caiu sobre ele como gotas de fogo. *Eu me apaixonei por ela, mas nunca disse a ela.*

Dylan acompanhou Lydia para fora da igreja, mas em vez de seguir para o sul até a casa dos Heitschmidt, ele a conduziu até o cemitério adjacente, sob a sombra de uma macieira com frutas semi-maduras abaixando cada galho.

O sol penetrava pelos galhos para pintar seus rostos com a mudança de luz. *Leve como a vida. Nunca permanece a mesma. Sempre em movimento, nada em que se agarrar, mas o padrão é de uma beleza inegável.* Um triângulo dourado pousou nos lábios de Lydia, atraindo sua atenção e ele abaixou a cabeça. Sua boca acariciou a dela de maneira terna. Depois de um momento de surpresa, Lydia derreteu-se no beijo, agarrando-se nele como se o abraço contivesse a resposta para todos os sonhos que ela havia perdido.

Longos instantes se passaram enquanto eles se demoravam, lábios acariciando, em um lugar público em plena vista da rua. O sol escaldante do verão não abafava mais com uma fração do calor que sua paixão há muito negada gerava. Uma brisa quente e rançosa agitou suas roupas e eles finalmente se separaram enquanto Lydia lutava para manter as saias em seu devido lugar. Dylan não fez nenhum movimento para recuar.

Ela inalou lentamente, o que fez coisas interessantes com sua figura exuberante. "Por quê, Dylan?" Ela finalmente perguntou.

Ele franziu o cenho, as sobrancelhas se unindo. "Já passou muito tempo, você não acha?"

Ela baixou o queixo e ergueu os olhos para encontrar os dele novamente. "É claro. Anos atrasados. Essa é a minha pergunta. Por que agora?"

O delicado arco de uma sobrancelha escura chamou sua atenção e ele o traçou com a ponta do dedo. "Muitos motivos, eu acho," ele respondeu. "Faz tempo que me arrependo da minha procrastinação, pensando que estava sendo injusto com você. Acho que esse casamento suscitou isso." Ele apontou para uma lápide dolorosamente nova à esquerda. "Bem, aquilo e isso."

Ela olhou de relance. "Sim. Pobre Subdelegado Charles. Tinha a minha idade. O que ele tem a ver com qualquer coisa?"

"Você sabe que Jesse West é o substituto dele, certo?" Dylan disse, esperando ser capaz de articular seus pensamentos em torvelinho em algo coerente.

"Sim," Lydia respondeu, seu tom o encorajando a dizer algo que fizesse sentido.

"A morte de Wade teve o efeito mais estranho em mim. Vivi toda minha vida adulta sabendo que meu trabalho poderia causar meu fim prematuro ou o de um de meus subdelegados. É apenas um dos fatos da aplicação da lei. Na maioria das vezes, isso não me incomodou. Eu não tinha nada tão importante que hesitaria em sacrificar minha vida por isso. Bem, pouco antes do roubo, Wade e eu estávamos conversando sobre isso. Ele tinha uma perspectiva diferente da minha, e nenhuma surpresa nisso, com uma esposa e quatro filhos. Ele me disse que daria sua vida alegremente se isso tornasse a deles mais segura ou melhor. É o que um homem de família faz, Xerife, subdelegado ou outro."

"Tudo bem," Lydia respondeu. Ele praticamente podia ver as engrenagens girando em sua mente.

"Então eu percebi que não tinha nada parecido e senti que minha vida estava um pouco vazia como resultado. E então ele foi morto do jeito que foi, e com tudo o que aconteceu depois, bem ... Estamos em guerra, Lydia. Essa gangue de trem é como um exército estrangeiro invadindo nosso território"

"Eu sei," ela respondeu. "É assustador, mas ainda não entendo."

"Bem, isso tornou minha decisão ainda mais complicada. Quando Wade morreu, sua família teve que ir embora. Eles não tinham mais nada com ele morto. A pensão não teria durado um ano com aquela ninhada em crescimento. Estou feliz que a família interferiu, mas tive que considerar. Se eu falasse com você, se nós... começássemos a cortejar, que é o que eu queria, o que você faria se eu morrer? Não posso garantir que eles não irão me pegar eventualmente. Provavelmente há muitos deles."

Lydia balançou a cabeça. "Seria completamente diferente, Dylan. Não sou financeiramente indefesa. Posso me sustentar. Não preciso de você para me sustentar e não preciso de uma pensão."

"Percebo isso agora," ele respondeu. "Levei um tempo. Sua independência parece muito boa para mim. Mas ... Lydia, você entende o que estou dizendo aqui, certo?"

Ela ergueu uma sobrancelha para ele. "A essa altura, tudo que você disse, ou quase disse, é que existe uma atração entre nós que tem um elemento romântico."

Ele sorriu, mas com apenas um traço de humor. "Não vai relaxar comigo, vai?"

"Não," ela respondeu, nivelando-o com uma expressão terrivelmente neutra. "Você não facilitou para mim. Por anos você me enganou com olhares de esperança e de desejo. Você capturou meu coração e não o deixou ir, mas também não o reivindicou. Eu mais do que mereço uma declaração adequada e pretendo recebê-la"

Ele suspirou. "É justo." Trazendo uma mão grande e áspera, ele segurou seu rosto, maravilhado com a suavidade da sua pele. Ela se inclinou em seu toque. "Eu ..." Ele engoliu em seco. O que foi fácil de dizer aos vinte anos quase o sufocou aos trinta e oito e, no entanto ... *Devo isso a ela. Por que eu consideraria tentar sair dessa?* "Eu te amo, Lydia."

Seu olhar frio se transformou em um sorriso. "Agora sim. Por que demorou tanto, Dylan? Por que foi tão difícil me reivindicar quando você sabe muito bem que eu também te amo, que sempre amei?"

Ele balançou sua cabeça. "É uma longa história e estamos perdendo o bolo."

"Esqueça o bolo," Lydia respondeu. "Eu fiz o bolo. Posso fazer mais. Posso fazer um só para nós. Eu farei nosso bolo de casamento algum dia, provavelmente. Conte-me a história."

Dylan fez uma careta. "Eu já contei que fui casado antes?"

Lydia piscou. "Sinto muito. Foi recente?" Então ela fez uma pausa. "Não, não pode ter sido. Nós nos conhecemos há cinco anos. O que aconteceu?"

"Eu ..." Ele exalou pesadamente e apertou a mão de Lydia na sua. "Eu me casei jovem. Eu tinha vinte anos. Ela tinha apenas dezessete anos."

"Qual era o nome dela?" Lydia perguntou, seus olhos castanhos calorosos se enchendo de empatia.

"Justine," ele respondeu. "Eu não queria assumir a loja do meu pai, então me tornei um madeireiro. Cortei pinheiros no norte de Minnesota. Trabalho duro, mas me sentia como homem."

Apesar do toque de Lydia, que o lembrava do mundo ao seu redor, a mente de Dylan voltou no tempo. De volta a uma rocha hostil, com cheiro de pinho, em cuja base uma estrutura robusta com telhado de relva mal grande o suficiente para ser chamada de casa abrigava sua jovem família enquanto ele se curvava para sustentá-los.

"O que aconteceu com Justine?" Lydia perguntou, sua voz flutuando no ar frio que soprava do lago.

"Ela estava grávida. Não demorou muito," ele respondeu. "Tudo parecia estar bem, embora ela tivesse ficado tão grande. Mas quando ela entrou em trabalho de parto, algo deu errado. Ela deu à luz sem muito estardalhaço, mas por algum motivo, o rapazinho viveu apenas algumas horas. A parteira não podia nos dizer nada e o médico não se encontrava em lugar nenhum. No dia seguinte, Justine adoeceu. Febre puerperal, a parteira chamou. Não faço ideia do que isso significa, mas a levou rápido. Acho que ela não teve que lamentar nosso filho por muito tempo. Depois disso, não tive muita vontade de extrair madeira."

Ele fez uma pausa, engolindo em seco quando a imagem mudou para a terra montanhosa sob a qual sua família jazia, uma pedra áspera com veios de ferro marcando o lugar deles.

"Oh, Dylan," Lydia murmurou, puxando-o para seus braços. Ele não sentiu o calor do Kansas, já que tinha sido suplantado pelo frio de sua cidade natal, bem ao norte.

"Por um tempo, eu queria morrer, para poder ficar com Justine e o bebê. Nós o chamamos de Isaac. De qualquer maneira, me tornei subdelegado do Xerife, esperando ser morto no cumprimento do dever, mas isso não aconteceu. Em vez disso, encontrei um novo amor."

"A lei?" Lydia adivinhou.

Desta vez, as palavras dela o puxaram de volta da floresta de pinheiros para a pradaria.

"Sim, isso mesmo. Aprendi a viver para o meu trabalho. Não vou mentir, Senhorita Lydia, encontrei companhia aqui e ali, às vezes com alguém solitário, às vezes pagando." Ele olhou para o rosto dela, mas não viu nenhum julgamento ali. "Isso parou quando a conheci. Por muito tempo depois de Justine, eu não sabia se poderia amar novamente. Você me ensinou como."

Lydia franziu o cenho e ele podia ver os pensamentos correndo em sua mente. "É uma história muito triste, Dylan," ela finalmente disse. "Lamento que tenha acontecido com você, mas ainda não entendo por que você demorou tanto para falar. Muitos anos se passaram. Tenho certeza que se ela o amou, ela entenderia."

Dylan inalou a fragrância de Lydia, de pão e ervas e então admitiu a dolorosa verdade. "Não quero que você emprenhe. Não consigo enfrentar isso, Lydia. Gosto de crianças, mas tenho medo."

Seus lábios se comprimiram. "Você está com sorte, então."

"O que você quer dizer?" Muito imerso na lembrança, Dylan lutava compreender o comentário de Lydia.

Seus lábios contraídos se curvaram para cima em uma paródia de sorriso. "Meus pais morreram de febre tifoide quando eu tinha dezesseis anos. Houve uma epidemia. Eu também peguei. Quase morri. Os médicos me disseram que uma febre alta e prolongada como aquela danifica os órgãos. Nunca vou conceber um filho, então você não precisa se preocupar em me perder dessa maneira."

Ele olhou para ela. *Nunca conceber? Nunca vê-la lutar com a dor só para sucumbir?* Ele não conseguia se lembrar de alguma vez ter tido uma sensação tão profunda de alívio. "A vida é incerta, Lydia," ele a lembrou.

"Eu sei," ela respondeu. "A próxima respiração pode ser nossa última. Então você me diz, Dylan: o que estamos esperando?"

A esperança amanheceu como o nascer do sol. "Nada. Absolutamente nada. Não vou perder mais um minuto."

"Bom," ela respondeu. Seus dedos traçaram a barba grisalha no rosto dele e ela o puxou para baixo. "Beije-me."

Dylan obedeceu à exigência sem protestar e encontrou seus lábios carnudos tão doces quanto ele se lembrava. *Bem, homem,* ele exigiu de si mesmo, *você está pronto para se comprometer?*

Seu coração respondeu com um retumbante, "Sim! Quero beijar essa mulher todos os dias pelo resto da minha vida."

A resposta o satisfez. "Eu te amo, Lydia," ele murmurou em seus lábios. "Você será minha?"

"É claro," ela respondeu, "Já sou. Sempre fui e caso você não saiba, eu também te amo."

Ele sabia. Como não poderia? Seus olhos suplicantes contavam a história há séculos. Mesmo assim, as palavras foram boas, como um bálsamo calmante nos lugares doloridos deixados pela morte da sua primeira esposa e de seu filho pequeno. Ele poderia nunca se curar completamente, mas suspeitava que com a ajuda de Lydia, poderia superar a dor e viver completamente mais uma vez.

Um assobio de lobo interrompeu o abraço. Eles se viraram para ver Cyril Fulton, um dos muitos tios de Wesley, olhando para eles com diversão. "Já era hora," comentou o homem de meia-idade, "mas vocês não acham que poderiam escolher um lugar melhor? Deixar-se levar na rua não é muito educado."

"Vá embora, Cyril," Dylan rosnou. "Pela maneira como você está falando, posso dizer que uma noite na cadeia não seria uma coisa ruim para você."

"Irritável, irritável, o homem respondeu, cambaleando.

"Ele está certo," Lydia disse. "Acho que, já que fomos descobertos, não haverá como manter isso em segredo, não que eu queira, mas se você tinha alguma dúvida, é tarde demais. Somos oficiais agora."

"Acho que já somos oficiais há um bom tempo. Parece que todos estavam esperando por isso," Dylan respondeu. Suas palavras tiveram o efeito encantador de transformar as bochechas rechonchudas de Lydia em um adorável tom de rosa brilhante. Ele tocou os lábios em um ponto de cor e depois no outro antes de conduzi-la de volta para longe da sombra. Mais uma vez, o sol parecia determinado a arranhar e rasgar a pele de seus corpos com seu calor implacável.

"Vamos para o que sobrou da recepção?" Dylan perguntou a sua companheira quando eles chegaram à rua. Ele indicou à direita, ao sul, onde a casa Heitschmidt aguardava por eles. À esquerda, ao norte, ficava o café de Lydia com seus aposentos acima.

"Seria melhor se fizéssemos uma aparição," ela finalmente disse. "Por um lado, ser pega beijando seria um escândalo menor. Se não aparecêssemos em algum lugar público ..."

"Entendo o que você quer dizer," Dylan respondeu.

"E, além disso," Lydia continuou, "pobre Addie é tão nova na cidade. Quero ter certeza de que ela tem alguém do lado dela. Alguém para facilitar sua transição."

Dylan os guiou à direita e eles se moveram rapidamente,

embora não rápido o suficiente para evitar que o calor do fim da tarde levasse suor a cada centímetro de seus corpos. Eles passaram pela rua principal da cidade, onde lojas e residências de um e dois andares competiam em esquemas de cores que não combinavam entre si. Uma poderia ser branca com venezianas pretas, a próxima verde com um toldo listrado e assim por diante. O resultado geral era uma alegre mistura de cores, tamanhos e padrões, que ficava ainda mais espalhafatosa sob o pôr do sol ofuscante.

Na mente de Dylan, tantas casas tão próximas pareciam uma multidão. Ele se lembrou da cidade em que nasceu, as grandes fazendas, os espaços vazios cheios de árvores e rochedos. Uma cidade do tamanho de Garden City não o incomodava mais, mas nas poucas vezes em que tinha ido a Wichita ou até mesmo a Kansas City, ele se sentiu desconfortavelmente apinhado. *Que bom que estou aqui,* ele pensou enquanto passavam pela gigantesca casa azul-escura dos Jacksons, suas decorações gingerbread[1] rendadas pintadas de preto lembrando a cor da esposa e da filha do proprietário: cabelo preto, olhos azuis. Mesmo em uma casa, o paladar parecia hostil. Balançando a cabeça, ele agarrou a mão de Lydia com mais firmeza. *Sim, há pessoas aqui que eu poderia viver sem, as mulheres Jackson estão no topo da lista, mas eu toleraria seus modos esnobes centenas de vezes pela oportunidade de segurar a mão de Lydia Carré.*

Finalmente, eles chegaram à casa dos Heitschmidt, que, embora fosse tão grande quanto a dos Jackson, tinha uma sensação de boas-vindas. Decorado em um estilo que Dylan atribuía à ascendência alemã de James, as tiras lisas de madeira que decoravam o exterior tinham uma sensação mais limpa e menos desordenada do que um gingerbread elegante. Uma varanda ampla e bem cuidada recebia os visitantes e os conduzia a um salão generoso onde, naquele momento, o minúsculo grupo do casamento empoleirava-se em várias cadeiras e sofás, bebericava limonada gelada e mordiscava o bolo que Lydia havia providenciado. Os restos da guloseima, colocados em um aparador que normalmente decorava a sala de jantar, tinham sido uma beleza, Dylan podia ver. O interior de baunilha branca praticamente brilhava com manteiga e um recheio rosa-amarelado escorria entre as camadas, perfumando a sala com pêssegos de verão. A cobertura branca tinha o açúcar esmagado como flocos de neve agarrados ao seu exterior, decorado com um arranjo de flores roxas cristalizadas.

"Isso está lindo," ele disse a ela. Ela deu um sorriso enorme.

"Eu queria algo elegante para a noiva," ela respondeu. "Só porque um casamento acontece rápido, não significa que tenha que ser lamentável ou sem atrativos."

"Eu também agradeço muito," a pequena ruiva respondeu, aproximando-se do casal. "Você e a Sra. Heitschmidt realmente tornaram meu dia especial. Vou guardar essas lembranças para sempre."

Dylan não pôde deixar de sorrir com a sinceridade da garota. A aparência dela o fez ter uma opinião ainda melhor sobre seu novo subdelegado, que se agarrou aos dedos dela, observando com atenção para garantir que ela estivesse aproveitando seu dia especial. A garota – *qual é o nome dela, Addie? Sim, Addie* – embora fosse baixa em estatura, tinha o tipo de personalidade fulminante que desafiava os mal-intencionados a tentar qualquer coisa engraçada.

Ao mesmo tempo, algo parecia assombrar seus olhos escuros, como se ela tivesse visto muita coisa e estivesse tentando entender como seguir em frente. Mesmo com o vestido cuidadosamente cortado, sua barriga de grávida revelava quão perto o casal havia chegado do desastre. E ainda assim, Dylan podia ver o amor no rosto de Jesse e no de Addie também. Eles se adoravam. *Eu sei como é esse olhar. Eu me pergunto quando Lydia gostaria de dar o próximo passo.*

"Que bom que vocês puderam vir," Becky disse, cada centímetro como uma anfitriã graciosa, embora a ironia em seu sorriso sereno lhe dissesse que Lydia receberia a maior provocação da sua vida quando as duas mulheres encontrassem um pouco de privacidade. Ele olhou para sua senhora e a viu dando um sorriso enorme. *Oh, bem. Todo mundo vai saber e todo mundo vai opinar.*

"Sim, fizemos um pequeno desvio," ele disse a adorável loira, "mas no final conseguimos. Agora, se estiver tudo bem para você, acho que devo experimentar um pedaço deste bolo. Você sabe, ver se está de acordo com os padrões habituais da Senhorita Lydia."

Lydia riu e deu um tapa no braço dele. "É melhor," ela insistiu sem modéstia.

"Está," James Heitschmidt concordou ao redor do seu garfo. Então ele engoliu, seu pomo de Adão sardento balançando para cima e para baixo. "Nunca provei um bolo tão bom."

"Oh, vá em frente." Lydia corou com o sorriso.

"É melhor pegar um pedaço antes que termine," o dono da loja avisou, movendo-se na direção deles e descansando a mão no ombro da esposa. Becky sorriu para ele.

É disso que se trata a vida, pensou Dylan enquanto se servia de uma grande fatia do doce tentador. *Amigos, comida, brincadeiras e o amor de uma boa mulher. Não existe nada melhor do que isso.*

Depois que a noiva e o noivo foram embora, Dylan encurralou Lydia na varanda da casa dos Heitschmidt. "Você precisa de ajuda com alguma coisa?" ele perguntou.

"Não, obrigada, Dylan," ela respondeu, "Estou bem."

"Tudo bem," ele concordou com facilidade. "Preciso voltar ao trabalho. Estarei muito ocupado por mais alguns dias até que Jesse comece, mas então devo ter algum tempo livre, você sabe, para cortejá-la da maneira correta."

Lydia sorriu, as palavras dele aquecendo-a profundamente. "Eu gostaria disso, embora com minha programação incomum, teremos que discutir que tipo de corte podemos ter. Oh, estou tão feliz por isso, Dylan," ela acrescentou, seu desejo de falar com arroubo tomando conta dela. "É como um sonho."

"Este sonho se tornou realidade, doce Lydia." Ele passou os lábios nos dela, fazendo cócegas nela com seu bigode.

Uma sensação que se contorcia vibrou pela barriga de Lydia, junto com uma sensação de calor que parecia irradiar para fora e para baixo. Ela mordeu o lábio.

"Não quero ir," ele murmurou. "Agora que finalmente tenho você, nunca mais quero ir embora."

"Em breve, Dylan. Estaremos juntos em breve. Vou passar por aqui e ver você assim que fechar o café amanhã, tudo bem?"

Ele a beijou mais uma vez. "Parece perfeito." A boca de Dylan ficou faminta na dela, esmagando seus lábios em vez de acariciá-los. Sua língua sondou. Ela ofegou e isso soltou seus lábios. Ele mergulhou, reivindicando sua boca de uma maneira que ela não sabia que existia.

No início, a penetração molhada a assustou. Parecia estranho e exótico, mas seu corpo parecia saber como responder. O calor que se contorcia em seus quadris carregava consigo uma sensação desconhecida de umidade nos lugares secretos sobre os quais ela raramente pensava. Ela cantarolou, seus quadris arqueando inconscientemente enquanto buscava o alívio da pressão contra o local. Para sua surpresa, a costura da calça de Dylan pareceu se projetar mais do que ela esperava.

"Dylan?" Ela perguntou.

"Eu quero você, querida," ele respondeu. "Espero que você não insista em uma corte longa." O som tenso e rouco da sua voz, juntamente com a maneira insistente com que ele agarrou seus quadris e empurrou-a contra a costura cheia demais transformou a contorção em sua barriga em nervosismo.

Dylan não pressionou por uma resposta. Em vez disso, ele roçou os lábios dela mais uma vez e, com um mergulho do chapéu, partiu para a cadeia.

Lydia tocou a boca com a ponta dos dedos, perguntando-se o que exatamente tinha acontecido.

"Lydia," Becky chamou da janela aberta do salão, "você pode vir aqui, por favor?"

Sorrindo e sabendo que uma contabilidade completa seria exigida, ela voltou para o interior abafado.

Becky ficou de guarda sobre a metade restante do bolo de casamento, enquanto seu marido pairava. "James, não vou dizer de novo, xô. Este é o bolo de Jesse e Addie e não quero que você me mantenha acordada a noite toda reclamando de uma dor de barriga."

"Rebecca," ele choramingou.

"Não, vá em frente." Ela agitou as mãos para o marido. "Quero falar com Lydia sem você de qualquer maneira."

"Oh, meu Deus." James revirou os olhos para o céu. "As galinhas estarão cacarejando."

"Fique feliz por Cody não estar aqui para ouvir você pronunciar o nome do Senhor em vão," sua esposa protestou. "Você não quer que ele te chame de lado de novo, quer?"

James fez uma careta para sua esposa e saiu pisando duro da sala em uma demonstração de temperamento comicamente falsa. Lydia e Becky se entreolharam e desataram a rir.

"Onde estão todos os outros?" Lydia perguntou entre ofegos.

"Eles passaram direto por você, sua pateta, enquanto você estava se animando com o Xerife para o mundo inteiro ver." Rebecca enxugou os olhos lacrimejantes com uma das mãos. Com a outra, ela segurou a pequena protuberância da sua barriga.

"Meu Deus, todo mundo está grávido," Lydia comentou.

"Eu sei," Becky respondeu com um suspiro. "Estou animada, mesmo que minha irmã não esteja. Claro, quando tenho apenas dois meses pela frente e estou tão grande quanto uma casa, posso não me sentir tão feliz então."

"Acho que você irá," Lydia respondeu. "Você e James têm um relacionamento tão adorável. Receio que Allison e Wesley não estejam indo tão bem. Ou estou errada? Você saberia."

"Vamos nos sentar," Becky sugeriu, indicando o sofá. Cada uma das duas senhoras reivindicou um lugar ao lado de um dos braços estofados.

Apoiando-se no tecido macio, Lydia se virou para olhar para sua amiga. "O que está acontecendo?" Ela perguntou. "Sei que Allison não tem se sentido bem ultimamente."

Becky suspirou. "Ela também não me conta tudo, mas tenho a sensação de que o casamento com Wesley provou ser uma grande decepção para ela. Ele está meio ... abalado depois daquele pesadelo de primeiro casamento que ele suportou e agora ele não é como seu antigo eu. Allison não sabe o que fazer e agora que está quase no fim da gravidez, mal consegue tentar mais. Acho que ela está apenas cuidando de Melissa o melhor que pode e ignorando Wes porque não consegue lidar com seus hábitos estranhos e humores inexplicáveis."

Lydia franziu o cenho. "Isso é uma pena e ouvi de todos como eles sempre planejaram se casar. Por que ele se casou com outra pessoa? Isso nunca fez muito sentido para mim."

Becky fechou os olhos, torcendo a boca. "Indiscrição de cavalheiro," ela respondeu. "Samantha estava esperando Melissa. Wes não podia negar a possibilidade dela ser dele, então ele se casou com ela."

Lydia fez uma careta. "Por que diabos um homem iria para a cama com uma mulher quando está praticamente casado com outra?"

Becky deu de ombros. "Homens jovens fazem coisas idiotas," ela disse, brincando com as franjas na ponta de uma pequena almofada. "Mulheres jovens também. Um motivo para todo mundo esperar para crescer um pouco. Alguns deles se afastam desse absurdo e aprendem como agir direito."

"Talvez alguns," Lydia respondeu. "Não tenho muita fé no macho da espécie. Já vi muita coisa."

A careta de Becky se aprofundou. "Eu também. Se James não tivesse aparecido, acho que teria ficado contente em permanecer solteira. O amor é um risco enorme. Você dá seu coração e ..." e ela fez uma pausa, mordeu o lábio e então continuou. "E então eles te deixam triste e sozinha, com todos fofocando e apontando dedos."

"Sabe," Lydia comentou de maneira seca com a amiga, "Você não está apresentando o caso mais atraente para o galanteio."

Becky sorriu sem humor, aquele sorriso sereno e sem sentido que ela tinha usado durante anos e só recentemente permitiu que se tornasse genuíno. "Não estou tentando apresentar um caso para nada. Para aquelas de nós que têm a sorte de ter uma habilidade, um comércio, tentar prender um homem não é necessário. Na verdade, é uma bênção, porque então você pode escolher um homem realmente bom e seguir em frente, se ele provar ser uma perspectiva ruim."

"Não acho que Dylan seja uma má perspectiva," Lydia comentou, revisando o que sabia sobre seu pretendente.

"Eu acho," Becky respondeu. "Ele a controlou emocionalmente durante anos. Observe-o com cuidado para ver se há sinais de hesitação."

O quê? O que ela está dizendo? O conselho direto de Becky despertou uma ponta de raiva defensiva em Lydia. "Eu dificilmente acho, depois da batalha interna que ele teve que passar para chegar a este ponto, que ele vai recuar. Ele parece comprometido agora. Além disso, é de Dylan que estamos falando."

A expressão de Becky se suavizou. "Mal conheço o homem. Ele me intimida, mas você o conhece melhor do que eu. Você acha que ele vai se casar com você eventualmente?"

"Ele insinuou isso," Lydia admitiu. "Mas depois dessa conversa que você e eu estamos tendo, não tenho certeza de como me sinto sobre isso. O que fez você decidir se casar após permanecer solteira por tanto tempo?"

Becky revirou os olhos. "James entrou no meu coração como um trem," ela disse. "Eu me apaixonei muito por ele muito antes que ele falasse, mas quando decidiu o que queria, ele me teve de uma maneira íntima e casou-se comigo num piscar de olhos."

"Oh, querida," Lydia mordeu o lábio para não rir. "Ordem errada?"

"Completamente." Becky riu, uma risada genuína dessa vez.

"Não percebi até mais tarde, mas ..." ela parecia estar contando em sua cabeça. "Deve ter sido um bom mês antes."

Os pensamentos de Lydia perseguiram essa abordagem antes que ela tivesse a chance de refletir sobre eles. Segura na companhia da pessoa menos crítica e gentil que já conheceu, ela se atreveu a perguntar o que não tinha percebido que estava pesando em sua mente. "Como é isso, Becky?"

"Estar carregando um filho?" A adorável loira perguntou.

Lydia balançou a cabeça. "Estar com um homem. Ouvi coisas ... vi coisas que me fazem pensar. Nunca experimentei ..." Suas bochechas aqueceram além do abafamento de um dia de julho. "Sempre pareceu algo que as mulheres têm de suportar para fazer um homem feliz, mas não é muito agradável."

Becky respirou lenta e profundamente, obviamente considerando suas palavras. "Posso ser assim," ela admitiu. "Entre você e eu, houve uma época ... quando eu tinha dezessete anos e estava noiva. Decidimos experimentar ... isso e não foi grande coisa." Ela franziu o cenho e suas próprias bochechas adquiriram um tom rosado, como uma rosa pintada em uma xícara de porcelana. "Absolutamente nada, na verdade. Foi estranho e desconfortável, embora eu não tenha sentido muita dor. A dor veio mais tarde, quando ele me abandonou. Não pensei que alguém se incomodaria comigo depois disso, não se soubessem e eu não queria mentir."

"Oh." Lydia se esticou no sofá e deu um tapinha no braço de Becky. "Isso é uma vergonha. Sinto muito."

Becky afastou a lembrança desagradável e seu sorriso se tornou travesso. "Não sinta. James não se importa, então está tudo bem. Embora eu tenha tido um grande susto quando acidentalmente perdemos o controle daquela vez. Pensei que fosse perdê-lo, mas não perdi. Veja, é assim que você conhece um verdadeiro homem em vez de um menino crescido. Ele fica para honrar seus compromissos."

"E agora?" Lydia pressionou, ansiosa para ouvir mais sobre o lado positivo do casamento obviamente feliz da sua amiga.

"Bem, James me convenceu desde a primeira vez que posso confiar nele com meu coração ... e também com meu corpo." Seu rubor disparou mais forte, mas o sorriso em seus lábios revelou muito. "Deixe-me dizer a você, o homem certo, um homem gentil e paciente, vai fazer você esquecer todas as coisas negativas que você já ouviu, viu ou experimentou. É diferente de tudo que você pode imaginar antes de experimentar. Estou feliz que James e eu somos casados. Caso contrário, eu seria uma assanhada terrível porque não seria capaz de parar."

A queimação nas bochechas de Lydia ameaçava incendiá-la. "Meu Deus," ela disse finalmente. "É tão bom assim?"

"Oh, sim," Becky concordou com um aceno de cabeça. "Se seu Dylan for o homem que você acredita que ele é, ele também não vai decepcioná-la."

Lydia mordeu o lábio. "Estranho. Tão estranho."

"Sei que deve parecer assim," Becky concordou, "a maneira como todos agem, mas é tão natural quanto a vida. *É* vida." Sua mão acariciou distraidamente a protuberância em sua barriga, onde seu filho estava crescendo.

O ciclo se completa. Um homem e uma mulher se amam. Eles se abraçam e uma nova vida é criada. O pensamento nunca tinha ocorrido a Lydia antes, mas naquele momento, a beleza transcendente trouxe lágrimas aos seus olhos. *Nunca vou ter um filho, nem tenho certeza se quero, mas quero entender o que ela está falando. Não é nada como o que eu já ouvi antes.*

Lydia exalou, liberando antigos pensamentos e sentimentos negativos para flutuar para longe em uma brisa quente e rançosa que soprava pela janela. Eles giraram na poeira em seu caminho para a pradaria. Uma nova consciência surgiu. *Dylan me quer. Ele quer me tocar como James toca Becky. Isso é o que tudo significa. É para isso que serve.* A ideia se alojou, mas ela não conseguia considerá-la. Ainda não. Reticência ainda guerreava com o desejo crescente, mas ela não sentia nenhuma urgência. *Talvez algum dia. Estamos fazendo a corte há apenas algumas horas.*

Um bocejo feroz surgiu do nada, arrancando Lydia de

contemplações meio impróprias. "Desculpe. Esta é a hora que costumo descansar. De manhã cedo, quando você tem que assar pão para o café da manhã," ela explicou a amiga.

Sem problema," Becky respondeu. "Eu poderia aguentar me deitar. Criar um bebê é exaustivo e não estou mais na flor da idade, mas, por favor, leve o bolo embora. James vai ficar muito gordo se continuar beliscando."

Dando risadinhas, Lydia recolheu seu doce. A cobertura e as flores já tinham começado a murchar. *Vou embrulhá-lo e dar aos recém-casados amanhã.* "Adeus, Becky," ela disse a amiga. "Obrigada pela conversa. Isso me ajudou um pouco."

"Até amanhã, Lydia," ela respondeu. "Lembre-se, temos outra reunião do infame comitê de Ilse."

"Ugh," Lydia gemeu. "Suponho que terei de explicar sobre essa maldita petição." Ela balançou a cabeça. "Tudo bem. Isso precisa ser feito. Até mais."

"Até logo." Becky acenou quando Lydia saiu.

CAPÍTULO 4

Lydia arrumou com cuidado alguns triângulos de sanduíches em um prato e então teve que praguejar rapidamente, pois o prato quase escorregou de suas mãos suadas.

"Tinha que abrir a boca, não é? Não poderia apenas dar uma desculpa?" Resmungando baixinho, ela saiu com cuidado da cozinha para a sala de jantar, onde colocou os sanduíches ao lado dos outros pratos, um com frutas cortadas e o terceiro com biscoitos de geleia. "Eu deveria simplesmente esquecer este grupo e deixar que elas encontrassem outro lugar para se reunir … e comer. Por que estou contribuindo para esse absurdo?"

Claro, agora é tarde demais. Ela tomou uma posição e teria que defendê-la. *E desnudar minha alma para a idiota da Ilse Jackson.* Lydia suspirou, inflando os seios fartos em proporções quase obscenas, decote modesto ou não.

Desta vez, suas amigas não chegaram cedo. Em vez disso, toda a trupe pareceu chegar em massa, espremendo-se pela porta de duas em duas, ignorando os lanches que Lydia havia preparado com tanto amor e sentando-se ao redor da sala de jantar.

Ilse chegou por último. Entrando na sala com ares de princesa descontente, ela assumiu sua posição de poder e se dirigiu ao grupo.

"Embora eu esteja muito feliz por ter recebido tanto apoio para minha ideia de uma celebração do Dia do Fundador, devo dizer que fiquei consternada com o desafio lançado por nossa mais respeitada anfitriã no final da reunião. Passei a semana inteira pensando no que faria a dona aparentemente respeitável de um negócio de nossa cidade negar uma medida tão óbvia e útil. A única resposta que consegui pensar foi que, como mulher solteira, você não deve ter ideia do mal que essas mulheres fáceis causam nos casamentos. Assim, atribuirei seus comentários à ignorância, mas não aceito um não como resposta. Você está errada, Lydia Carré e espero que admita isso."

Lydia ergueu as sobrancelhas. Então ela respirou fundo e falou, escolhendo as palavras com cuidado para abordar o problema e não o tom sarcástico de Ilse. "Deixe-me começar fazendo uma pergunta. Se o seu plano der certo, você deve fechar o saloon, o que seria das mulheres?"

Risadinhas e murmúrios saudaram suas palavras.

"Que diferença isso faz?" Ilse exigiu. "Não poderia me importar menos para onde elas vão desde que seja para longe daqui." Ela bufou com escárnio. Por toda a sala, as mulheres assentiram, sem dúvida pensando em seus próprios maridos e famílias.

Lydia assentiu, seu rosto endurecendo. "Isso foi o que eu pensei. Tudo bem então, não vou retratar minha recusa. A petição é um esforço perdido porque não existe nenhuma lei que impeça um saloon de funcionar. Você pode importunar o prefeito, o Xerife e qualquer outra pessoa que quiser até que as vacas voltem para casa e não façam nada."

Ela olhou para elas, viu as caretas perplexas, as expressões de consideração. Então ela partiu para a matança. "Mas esse não é o verdadeiro motivo. O fato é que, se um número suficiente de pessoas protestar contra algo juntas, algo pode ser realizado. Meu motivo para recusar é que fechar o saloon e mandar as meninas embora é uma coisa cruel de se fazer. Alguma de vocês conhece alguma dessas garotas? Sabem seus nomes, suas idades, as razões pelas quais elas fazem o que fazem? Ou você as rejeita como algum tipo de criatura estranha? Elas não são, sabe."

Ela encontrou cada par de olhos. Alguns olharam feio com absoluta malícia. Outros pareciam tristes. O resto parecia apenas confuso. *Elas estão ouvindo. Isso é bom.* "São sete. A maioria tem menos de trinta anos. A maioria sente que não tem outra escolha. A verdade é que a maioria das mulheres em sua situação não tem escolha. Nossa sociedade prepara as mulheres para isso e então tem grande prazer em tirar vantagem delas ... ou evitá-las. Tenho certeza que você pode descobrir quem faz o quê."

Alguns dos olhares ficaram desconfortáveis.

"O que você sabe sobre isso?" Mary Miller, a melhor amiga de Ilse, zombou. "Você fala com elas?"

"Na verdade, eu falo," ela respondeu. "Eu me sinto mal que elas fiquem de fora de tudo, então se eu tiver alguma sobra, eu levo até lá e converso com elas. Quer saber o que descobri? Elas são mulheres como nós."

"Não como eu," Ilse respondeu, o nariz empinado. "Prefiro morrer de fome do que me rebaixar dessa maneira."

Lydia riu com amarga ironia. "Que coisa estúpida de se dizer," ela retrucou. "Você nunca sentiu fome na vida. Você terá um chilique se o potluck se atrasa por causa de uma oração longa. Imagine não comer por dias ... por semanas. Até que experimente uma fome real, você não tem o direito de julgar o que os outros fazem."

Ilse ficou em silêncio, suas bochechas de porcelana coraram de raiva.

Lydia a ignorou, voltando-se para a jovem amiga esnobe de Ilse. "Uma das garotas lá em cima se chama Mary, assim como você. Ela se parece com você também. A pobrezinha estava voltando da escola para casa um dia e um menino a agrediu. Ele a estuprou, bem ali na grama. Então ele continuou e se gabou para todos os seus amigos sobre como ela era uma vagabunda.

Todos acreditaram nele, até mesmo os pais dela. Eles a expulsaram. Dezessete anos sem para onde se virar. Outra chama-se Julie. O pretendente de Julie a convenceu a compartilhar liberdades. Então ele foi embora. Então seus pais morreram. Sem nenhuma perspectiva à vista, ela acabou trabalhando."

Contra sua vontade, seus olhos se voltaram para Becky, cuja história era tão parecida. A loira adorável traçava os veios da madeira da mesa com uma mão, segurando o pequeno inchaço do seu bebê com a outra.

"A mais velha das 'meninas', se você pode chamá-la assim, é Ruth. Ela era uma senhora casada respeitável até a morte do marido. Com três filhos frequentando universidades, ela fez o que tinha de fazer para financiar a educação deles. Ela espera que eles nunca descubram como ela paga suas mensalidades. Pensem, senhoras. Todas essas meninas trabalhadoras têm certas coisas em comum. Nenhuma delas tem habilidades vendáveis e nenhuma delas tem um pai ou marido para apoiá-la. Pense em como isso torna uma mulher frágil"

Embora a maior parte de seu público ainda parecesse confusa, a expressão de Kristina mudou. Assim como a de Becky.

"Estou plenamente ciente de que sou abençoada. Meus pais me deram uma habilidade e, ao longo dos anos, consegui trabalhar cozinhando, mas também perdi minha família jovem. Eu tinha apenas dezesseis anos quando a epidemia de febre tifoide roubou meus pais. Aquele bordel, se não fosse pela graça de Deus, teria sido meu destino. E não posso deixar de pensar em Miranda Charles."

"Agora pare bem aí," Ilse sibilou. "Miranda é uma mulher decente."

"Ela é," Lydia concordou, "mas ela também é uma mãe que ama seus filhos. O que você acha que ela se recusaria a fazer se isso mantivesse seus meninos alimentados? Ela tem sorte que seus pais podem ajudá-la porque aquela pensão não os manteria vivos um ano. Kristina."

A esposa do pastor encontrou seus olhos, parecendo nervosa. "Você tem uma habilidade. Com sorte, poderia usar sua música para ganhar a vida. Você é abençoada. Becky..."

"Posso costurar e vender o que costuro. Eu poderia sobreviver se precisasse." A amiga de Lydia coçou a bochecha. "Entendo seu ponto."

"Mas com certeza," Kristina protestou, "você não quer dizer que quer que elas façam ... aquilo! Vender o presente que Deus deu aos cônjuges para qualquer um que vier. É monstruoso."

"Eu sei," Lydia concordou. "Odeio prostituição. É errado e tira proveito dos vulneráveis, mas fechar o saloon não vai acabar com isso. Vai machucar aquelas sete mulheres. Várias delas estão economizando seus lucros para começar de novo em outro lugar. Se de alguma forma conseguíssemos fechar o saloon, isso as forçaria a usar suas economias para se mudar, a menos, é claro, que vocês estejam dispostas a recebê-las na comunidade."

As mulheres começaram a se contorcer, sem dúvida imaginando uma dama da noite varrendo uma loja onde seus maridos trabalhavam ou agindo como balconista no banco ao lado de um irmão mais novo.

"Sei que estou fazendo perguntas difíceis sem boas respostas," Lydia disse. "Odeio que ao me recusar a fazer isso, estou endossando o sofrimento delas, mas acredito que também estou encurtando. É por isso que não posso assinar. É cruel."

"Ela está certa." Kristina se levantou da cadeira. "Ilse, você precisa riscar meu nome daquele papel. Estou envergonhada de ter sugerido algo tão cruel. O que há de errado comigo?" Ela olhou para Lydia, chocada.

"Você não percebeu," ela disse a mulher mais jovem, "e por que iria? Quem pensa nessas coisas? Mas estou feliz que você tenha entendido."

O silêncio ofegante na sala explodiu em pandemônio quando as mulheres começaram a brigar entre si. Algumas protestaram contra a opinião de Lydia. Outras a afirmaram.

Eu as fiz pensar. Isso é tudo que posso fazer. "Senhoras, senhoras," ela protestou, chamando a atenção de volta para si. "Acredito que já tratamos desse assunto o suficiente. Temos muito planejamento a fazer para o Dia do Fundador. Vamos planejar."

Infelizmente, o gênio não pôde ser devolvido à garrafa. Zangadas com a mudança inesperada dos acontecimentos, as mulheres foram embora, Ilse liderando o caminho.

Lydia tropeçou até o balcão, plantou as mãos entre as bandejas de lanches que não foram consumidos e baixou a cabeça, respirando profundamente.

Uma mão se fechou ao redor do seu braço e a voz suave de Kristina disse, "Obrigada."

Lydia assentiu, não confiando em sua voz.

"É difícil forçar as pessoas a pensar, não é?" Becky perguntou, "Mas estou feliz por você ter feito isso." Ela esfregou círculos nas costas da mulher maior. "Você estava certa, mesmo que a maioria delas nunca vá admitir."

"Ofendi muitas pessoas," Lydia disse com a voz trêmula. "Vou perder tantos negócios que terei de fechar."

"Não, você não irá," Kristina disse com ironia. "Aposto que você tem a melhor semana de todas. Todos virão ver quem mais ousou aparecer."

Embora tivesse vontade de chorar, Lydia riu. "Isso seria muito parecido com a maioria das pessoas."

"Seria," Becky concordou. "Além disso, você tem pelo menos duas pessoas do seu lado, sabe."

"Considere três," outra voz disse das imediações da porta. Lydia, Becky e Kristina se viraram para ver quem havia entrado.

"Addie?" Lydia piscou várias vezes. "O que posso fazer por você? Odeio dizer, mas o café está fechado."

"Eu sei," ela respondeu. "Estava comprando alguns suprimentos no armazém geral e um monte de senhoras entrou. Ouvi um monte de falação inútil que não faziam sentido, então quis ver do que se tratava. Quero dizer, o que eu estava ouvindo parecia escandaloso, mas você foi mais legal comigo do que tinha que ser e gosto de um bom escândalo de vez em quando. Além disso, aquela mulher de cabelo preto me pareceu muito desagradável. Como posso ajudar?"

Lydia não pôde deixar de sorrir. "Você gostaria de se juntar ao comitê gastronômico? Nossa cidade está comemorando o Dia do Fundador. Você pode cozinhar, certo?"

A mulher mais jovem arregaçou as mangas. "Sim, senhora. Coloque-me para trabalhar!"

As três celas da minúscula cadeia estavam todas vazias, o que era bom. A mente de Dylan estava tão longe do trabalho policial, que ele provavelmente estaria conversando com qualquer bêbado que estivesse por perto. Em vez disso, ele se sentou com os pés em cima da mesa, olhando para o jornal, mas sem absorver uma única palavra. Sua mente continuava evocando cabelo preto da tinta e tecido macio do papel. *Lydia. Por que diabos levei tanto tempo?* Agora os motivos não faziam mais sentido para ele. Apenas o terceiro dia de seu cortejo oficial e ele não conseguia se lembrar de como era a vida antes dos beijos dela. *Nem quero imaginar.*

A porta se abriu, batendo na parede oposta com um estrondo retumbante. Dylan saltou e sua cadeira tombou, jogando-o no chão.

"Desculpe. Não pretendia assustá-lo."

Dylan se levantou da sua pilha indigna para cumprimentar Jesse West, que acabara de sair do sol escaldante do Kansas.

"Minha culpa," Dylan respondeu. "Estava sonhando acordado, mas pensei ter dito três dias. Faz apenas dois."

"Gosto de causar confusão," Jesse respondeu com um sorriso não arrependido. "Na verdade, Addie queria passar um tempo com as mulheres da cidade e acho que ela estava indo ver a Senhorita Carré. Fico impaciente quando não tenho o que fazer, e parece que aquele quarto de hotel está se fechando sobre mim, então decidi vir ver o que está acontecendo aqui."

"Você vai precisar de um lugar só seu em breve," Dylan comentou.

"Eu sei," Jesse respondeu. "Você sabe de alguma coisa?"

Dylan considerou. "Há um lugar, mas não sei o que você ou sua esposa pensariam. Wade Charles, meu ex-subdelegado, que foi morto, construiu para sua esposa e seus filhos. Eles eram felizes lá, mas ..."

"Entendo seu ponto. Addie é uma garota pragmática, mas vou ter que ver com ela. Mesmo assim, uma casa destinada a uma família parece um bom começo. Como ele era?"

"Wade?" Dylan considerou. "Ele era um bom homem. Em casa, ele amava sua esposa e lutava com seus filhos. Os vizinhos reclamavam do barulho de todas as suas brincadeiras, mas Wade disse a eles que, como era um homem da lei, não iria prender a si mesmo e certamente não por causa do barulho, então eles deveriam parar de reclamar."

Jesse sorriu. "Gosto do jeito dele."

Dylan continuou. "Acho que você teria gostado dele. É uma pena como as coisas aconteceram. Aqui no trabalho, ele era calmo e tranquilo, sempre. Nenhum criminoso, não importa quão abusivo, jamais o irritou."

Jesse parecia estar absorto nos próprios pensamentos. Finalmente, ele falou. "Posso estar preenchendo a posição dele, mas não vou substituí-lo. Estou acostumado a fazer as coisas de uma certa maneira. Sei que você está no comando, mas seguir ordens pode não ser muito fácil para mim. Até este momento, tenho sido um agente livre. Procurado morto ou vivo deixa muito espaço para interpretação."

"Eu suspeitava disso," Dylan disse. "Realmente espero, se eu lhe der uma instrução direta, que você a siga, mas não o contratei para ser um autômato. Quero suas ideias. Você pode ver as coisas de uma perspectiva que não considerei."

"Espero que sim," Jesse respondeu.

"Sente-se, West," Dylan disse, indicando a segunda cadeira,

que tinha empurrado para o canto para abrir espaço para se esparramar. "Mostre o que você pode fazer."

Jesse sorriu novamente e arrastou o assento para a posição ao lado do Xerife. "Então, me conte mais sobre esse problema com o ladrão de trens. O que está acontecendo?"

Dylan vasculhou as gavetas de sua escrivaninha e tirou vários recortes de jornais assim como notas escritas em papel branco pesado com uma caligrafia pequena e precisa.

"No ano passado, esse bando de ladrões fez mais de uma dúzia de assaltos. Eles roubaram principalmente trens, mas também atingiram alguns bancos. Eles mantiveram seus rostos cobertos e as vítimas nunca conseguiram concordar com qualquer descrição."

"Provavelmente era um grupo grande," Jesse comentou. "Roubar trens requer mais planejamento do que alguém imagina."

Dylan assentiu. "Esse foi o meu pensamento também. De qualquer maneira, com o passar do tempo, eles ficaram mais hábeis, mas também mais violentos. O último roubo foi o pior. Eles mataram vários passageiros no trem. Foi apenas pela graça de Deus que Cody e Kristina sobreviveram ilesos."

"Esse foi o dia em que o Subdelegado Charles foi morto?" Jesse perguntou.

Dylan assentiu, fazendo careta em seu bigode. "Sim. Atingido por uma bala perdida, pobre homem. Era um grupo bem pequeno de ladrões. Matamos um lá fora e dois fugiram. No trem, um foi morto, Cody disse que o chamavam de 'chefe' e outro foi capturado. Muitas pessoas imaginaram que o problema havia acabado ..."

Jesse balançou a cabeça. "Sem chance. A menos que eles sejam superinteligentes, realmente fortes e motivados, acho difícil acreditar que uma operação como essa seria executada por apenas um punhado de homens. Acho que o chefe estava no comando dessa operação. Um lacaio, mas de alto nível, sob a direção de um líder mais poderoso."

Uau. Dylan olhou para Jesse com um novo respeito. "Você identificou isso exatamente. O que capturamos deixou escapar isso. Ele disse que o verdadeiro chefe era seu pai, e se não o deixássemos ir, haveria graves consequências. Ele estava certo."

"Então foi quando eles começaram a mirar a cidade?" Jesse adivinhou.

"Sim," Dylan concordou. "Foi tudo que Rob e eu pudemos fazer para manter as ruas vigiadas para que incidentes como o bombardeio na loja da Sra. Heitschmidt não se tornassem comuns. Isso foi o pior, mas houve muitas travessuras mesquinhas. Roubos, pequenos incêndios, propriedades danificadas. Nunca foi o suficiente para criar pânico total, mas o medo está fervilhando. Tivemos que criar uma patrulha de cidadãos para vigiar à noite."

"Parece muito quieto agora," Jesse comentou, coçando seu cabelo dourado.

Dylan assentiu. "Algo estranho aconteceu. Imaginei que a violência aumentaria, especialmente depois do enforcamento, mas isso não aconteceu. O assédio praticamente parou, exceto por essas cartas." Ele indicou a pilha de papel na mesa. "Elas ameaçam todos os tipos de consequências terríveis, principalmente para mim, mas algumas para Cody. Elas têm o carimbo postal do Colorado."

O rosto de Jesse se transformou em uma imagem de intensa concentração. Ele ergueu uma das mãos e fez um gesto que Dylan não conseguiu interpretar antes de segurar o queixo, um dedo tocando os lábios. "Algo aconteceu com a operação. Algo não relacionado a esta cidade. Se eles foram reduzidos a escrever cartas e até mesmo o assédio em pequena escala parou, é lógico que sua gangue foi duramente atingida por alguma coisa ..." Seus olhos arregalaram e ele respirou ruidosamente. "Poderia ser? Tudo se encaixa."

"O que você está pensando, West?"

Jesse balançou a cabeça. "É uma ideia maluca, Xerife, mas todos os fatos se encaixam. Addie e eu nos conhecemos no Colorado. Viajamos pela parte sudeste do estado. Uma noite, fomos atacados por algum rufião. Conseguimos acabar com nosso sofrimento, mas depois comecei a pensar. Eles também estavam tendo problemas, mas não com ladrões de trem. Propriedades e fazendas estavam sendo saqueadas e queimadas. Montei um grupo e expulsamos um enorme ninho de criminosos. Peguei quase o grupo todo. Apenas o líder e seu lacaio escaparam."

"Você acha que é o mesmo grupo?" Dylan perguntou, assustado. "Que coincidência seria."

"Mas faz sentido," Jesse respondeu. "Quantas operações grandes como essa você acha que essa área poderia suportar? Não existem grandes cidades por perto onde os criminosos poderiam se esconder à vista de todos. Cidades pequenas são intrometidas e a pradaria aberta não é um ótimo lugar para montar um acampamento. Muito exposto."

"Faz sentido," Dylan respondeu, seus próprios pensamentos agitando-se com esse ângulo novo e inesperado. "Isso também explicaria por que o assédio em pequena escala e a escalada da violência pararam por completo e as cartas começaram a chegar."

"Sim," Jesse concordou. "Provavelmente, a única parte da operação que restou foi o grupo que assediava Garden City. Quando a gangue foi presa, ele chamou o que restava para se reagrupar. Agora eles estão escondidos em algum lugar ... talvez Colorado? Eles mantêm você fervilhando o melhor que podem enquanto avaliam a situação."

"Assim a ameaça não é neutralizada."

Jesse balançou a cabeça. "Não enquanto o verdadeiro chefe estiver por perto. Se o chefe for mesmo o pai daquela criança, ele não vai parar. Não até que ele tenha sua vingança. Pelo lado positivo, eu dei uma olhada no cara. Foi bem longe, mas posso dar uma descrição geral. Homem mais velho. Talvez perto dos sessenta. Cabelo grisalho. Baixo. Anda mancando. Sua voz soou ... Oriental. Culta."

"Jesse, estou feliz por tê-lo contratado," Dylan disse.

CAPÍTULO 5

"Ela disse e eu cito, 'sem chance no inferno'." Com um suspiro, Becky afundou em uma poltrona no apartamento de Lydia. Lydia trouxe um copo de água fria para a amiga.

"Não posso culpá-la," Lydia respondeu. "Pobre Allison. Ela parece grande o suficiente para tombar e rolar."

"Eu sei," Becky concordou. "Quanto maior ela fica, mais rabugenta ela fica. Estou começando a entender um pouco por que Wesley está de tão mau humor."

"Isso está certo?" Addie saiu da escada carregando um bolo fumegante em dois caldeirões de malha grossos. "Não me leve a mal, Sra. Heitschmidt, mas você tem certeza de que sua irmã não está sempre de mau humor?"

Lydia cutucou o topo do bolo com a ponta dos dedos e sorriu. "Parece perfeito. Você tem talento, Addie."

A garota deu um sorriso enorme. Nas poucas semanas desde sua chegada, Lydia cumpriu a promessa de tomar a mulher mais jovem sob sua proteção.

"Me chame de Becky, por favor, Addie e sim, tenho certeza," Becky respondeu, respondendo a pergunta da mulher mais jovem. "Por que você pergunta?"

"Bem ..." Addie inalou e soltou o ar, então seus ombros saltaram. "Jesse me levou para visitá-la algumas vezes. Não sei por que, mas ela parece ter decidido que não sou boa. Ela é fria e ... meio má." O rosto bonito da jovem se contorceu de tristeza. "Não sei por quê. Quero dizer, sei que ela é sua irmã e me desculpe se não for gentil dizer, mas acho que ela me odeia."

Becky franziu o cenho. "Lamento que ela tenha feito você se sentir indesejada. Não é o jeito dela. Allison é uma mulher direta e franca. Sempre foi. Mas em geral ela é gentil e receptiva. Para ela ser rude ... não sei. Acho que pode não ser você. Sua vida deu uma reviravolta infeliz há alguns meses e ela não tem sido ela mesma recentemente. Mas vou falar com ela. Não é sua culpa que a sogra dela seja uma bruxa má ou que o marido dela esteja um pouco ... desordenado ou que ela esteja infeliz com a gravidez. Espero não ficar tão mal-humorada quando estiver a um mês de dar à luz." Ela passou a mão pela pequena protuberância da sua barriga.

"Você está de quanto tempo?" Addie perguntou, mudando de assunto.

"Cinco meses, mais ou menos," Becky respondeu. "E você?"

"O mesmo, eu diria," a garota respondeu. "Gosto desta parte. Não estou mais doente e estou mostrando o suficiente para que pareça real sem ser desconfortavelmente pesado."

"Concordo completamente," Becky respondeu. "Ouvi dizer que essa é a parte boa e acho que é verdade."

As duas mulheres sorriram uma para a outra.

Lydia sentiu uma pontada ao saber que nunca experimentaria isso. *Claro, nunca terei que ficar enorme e miserável ou sofrer com enjoos matinais também.* A pontada passou e ela pegou o bolo de Addie e o colocou sobre uma pequena mesa. Embora às vezes ela desejasse uma vida 'normal', ela tinha que admitir que estava indo bem.

Sou dona deste prédio, sem dívidas. O café abaixo e este apartamento acima são uma confortável casa e negócios. Ela admirou o sofá de brocado dourado com detalhes delicados em madeira que ficava de frente para a janela e proporcionava uma vista da Rua Principal.

Em ângulos retos, uma confortável poltrona acolchoada onde Becky estava agora sentada, o tricô no colo enquanto conversava com as amigas. Por uma porta atrás dela, seu quarto estava equipado com uma cama grande o suficiente para duas pessoas.

A segunda porta, atrás do sofá, levava à escada que descia para o andar principal. A terceira, em frente à cadeira de balanço, escondia seu orgulho e alegria. Um banheiro completamente equipado com um vaso sanitário ligado à rede de esgotos da cidade, devidamente ligado e ventilado para evitar que aromas desagradáveis penetrem no seu espaço de convivência. *Estou muito grata por eles criarem o esgoto e conectarem todas as casas a ele um ano antes de eu chegar, depois daquele terrível surto de cólera. Isso fez uma grande melhoria para toda a cidade.*

Nada sobre esta vida para se arrepender. Tenho tudo de que realmente preciso para vida e conforto. Eu até tenho, finalmente, um relacionamento romântico com o homem que amo. Sou tão abençoada que não há espaço na minha vida para arrependimento.

"... de qualquer maneira," Becky continuou, "Vou falar com Allison em breve, Addie. Ela não está agindo certo quando se trata de você. Mas não acho que vamos conseguir sua ajuda com a comida do dia do fundador. No entanto, nosso comitê de quatro pessoas, com algumas adolescentes que Kristina recrutou na igreja, deve ser o bastante para organizar um potluck, servir sorvete e servir o café da manhã com panquecas aqui no café. Eu diria que estamos prontas"

"Não teria esperado muito dela," Lydia respondeu. "Com Melissa para cuidar e tão perto do parto quanto ela está, Allison já tem muito com o que lidar."

"Eu concordo. Estou tão feliz que você decidiu ajudar, Addie."

"Estou feliz por ser incluída," a mulher mais jovem concordou. "Espero encontrar meu lugar nesta cidade rapidamente, já que meu marido se sacrificou tanto para que estivéssemos aqui."

"Você irá," Becky a tranquilizou. "Tente não se preocupar muito com minha irmã. Há muitas pessoas gentis por aqui que estão felizes em ter você."

"Elas estão felizes por ter Jesse de volta," Addie murmurou, enrolando uma mecha de cabelo castanho-avermelhado ao redor do dedo.

"Elas estão," Lydia concordou, "E isso não é nenhuma surpresa, já que sentiram muita falta dele. Eventualmente, irão conhecê-la, Addie e então irão apreciá-la pelo seu próprio bem. Leva tempo, querida."

Addie sorriu para Lydia. "Gosto muito de vocês duas. Ah, e Kristina."

"Kristina é um tesouro," Becky concordou. "Ela parece tanto minha irmã mais nova quanto Allison. Você a tem do seu lado também. Você já está no caminho de ter seu próprio círculo de amigos para apoiá-la."

O sorriso melancólico de Addie se tornou genuíno.

"Estamos felizes em adicioná-la ao círculo," Lydia disse. "Você se encaixa perfeitamente no que me diz respeito. Agora então, que tal levarmos este bolo de volta lá para baixo e trabalharmos na cobertura antes que fique tão piegas aqui que todas nós vamos flutuar?"

As três mulheres se entreolharam e riram.

"Você deveria ir," Jesse disse, levantando o olhar da mesa do Xerife, onde todas as evidências dos ladrões de trem tinham sido expostas na tentativa de ver algo novo. "Tire um dia de folga e passe um tempo com sua senhora. Posso ficar de plantão."

"Oh, vá em frente." Dylan acenou com a mão e um recorte de jornal caiu no chão de pedra. Ele se abaixou para pegá-lo, a fivela de seu cinto enterrando em sua cintura. "Sou o xerife. Estou sempre de plantão. Especialmente quando há um evento público como este. É a oportunidade perfeita para nossos inimigos criarem problemas. Além disso, você acabou de se casar. Você deveria ir à festa com sua esposa."

"Eu cuido disso," Jesse respondeu enquanto Dylan colocava o pedaço de papel de volta na mesa. Ele reorganizou os pedaços e os examinou enquanto falava. "Addie vai cuidar da sorveteria o dia todo. Ela quer conhecer gente. Vou dar uma passada e ver como ela está aqui e ali, mas ela está bem. No meio de todos é o lugar mais seguro para ela. Eu tenho ouvido coisas sobre você e a senhora do café e acho que, se você quer que ela saiba que você se importa com ela, você precisa passar um tempo com ela em público. Mostrar a todos que você tem orgulho de ser o homem dela. As mulheres apreciam coisas assim."

Dylan considerou as palavras de Jesse. "Você tem certeza? Você não quer socializar com seus amigos?"

"Posso socializar enquanto estou de serviço," Jesse respondeu. "Nunca se sabe quando uma conversa ociosa pode fornecer uma pista."

Dylan sorriu. "Tudo bem, então. Maldição, não sei quando foi a última vez que tirei um dia de folga."

"E é por isso que você precisa disso. A vida não é trabalho, Xerife. Pelo menos, não quando você tem uma mulher."

"Você está realmente me dando conselhos, filho?" Dylan ergueu as sobrancelhas para seu subdelegado.

"Claro que sim. Você pode ter uma década ou mais do que eu, mas estou casado há mais tempo."

Provavelmente não, amigo, Dylan pensou, mas é claro que Jesse não poderia saber disso e não queria compartilhar. *Contar a Lydia é uma coisa. Essa mulher tem sido a guardiã do meu coração por anos. Esse jovem não precisa saber.* "Mais de uma década, Jesse."

O homem mais jovem deu de ombros sem se arrepender. Seu sorriso se tornou atrevido. "Então deixe este jovem tolo oferecer alguns conselhos, seu burro velho. Passe um tempo com sua senhora. Você não vai se arrepender."

Dylan não pôde deixar de rir. "Ok, West. Você não precisa torcer meu braço. Eu disse que iria."

"Bom."

CAPÍTULO 6

O serviço religioso terminou com um hino empolgante, a música bramindo dos tubos do órgão de Kristina para estimular a congregação à solidariedade, fé e serviço. Então ela desceu a escada em espiral da galeria e se juntou ao marido na porta. Cody passou o braço ao redor da sua cintura e eles apertaram as mãos uma a uma de cada pessoa que passava. De mãos dadas com Dylan, Lydia se aproximou do jovem casal, sorrindo para sua frente unida. À primeira vista, eles pareciam um par estranho. A boa aparência de Cody contrastava com a simplicidade de Kristina em um grau chocante, mas o fogo da paixão queimava igualmente em seus olhos. Eles amavam seu trabalho e um ao outro com devoção inabalável.

"Pronto para hoje à tarde?" Cody perguntou a Dylan quando eles passaram.

"Não perderia isso," Dylan respondeu. "Te vejo no rio em uma hora."

Quando saíram, a primeira coisa que Lydia notou foi uma pausa no calor. Ontem, a chuva tinha atingido a cidade em uma gigantesca máquina de lavar ravinas. Uma noite de brisa do calor de final de verão seguida por um dia ensolarado havia secado a grama, mas a temperatura visivelmente mais fresca havia gerado um plano improvisado por parte do pequeno círculo de amigos.

"Com certeza está um lindo dia," Dylan comentou enquanto eles atravessavam a calçada em direção ao café.

"Está," Lydia concordou. "Basta olhar para o céu." Ela indicou a extensão azul celeste acima deles. "Nenhuma nuvem para ser vista. O sol está brilhando, mas não está quente."

"Eu sei. Que alivio. Até as noites têm sido quase insuportáveis até hoje. Agora que a chuva interrompeu o calor, esta deverá ser uma tarde maravilhosa."

"Eu concordo. Tem certeza de que seu outro subdelegado está bem em ficar completamente no comando de tudo enquanto você e Jesse brincam?" Lydia quis saber. Uma brisa fresca, com cheiro do outono que se aproximava, eriçava sua saia e despenteava mechas de cabelo do seu coque.

"Sim, acho que sim," Dylan respondeu. "Rob pode ser o mais jovem, mas ele é durão. Nada o assusta. Ele é um atirador de primeira e inteligente o suficiente para apontar sua arma na direção certa. Cada um de nós precisa ser capaz de lidar com as coisas sozinho, caso algo aconteça com os outros e ele pode ter apenas dezenove anos, mas escolheu este trabalho."

Lydia passou a mão pelo braço de Dylan e entrelaçou os dedos nos dele. "Eu sei e se algo ruim acontecesse com ele, ele também escolheu isso. Todos vocês escolheram."

Dylan franziu o cenho.

Sei que você não gosta disso. Você quer ser responsável pelos seus homens, mas a aplicação da lei é uma espécie de guerra, e todos entendem isso. Você arrisca sua vida pelo amor ao trabalho e isso pode custar seu último suspiro. Ela apertou a mão dele.

Dylan apertou de volta, mas não falou. Lydia optou por não pressionar. Ela havia mostrado seu ponto de vista e não se sentia inclinada a reclamar.

Eles chegaram ao café, ainda em silêncio, e Lydia destrancou a porta com a chave da sua *reticule*. Que rangeu quando ela a deixou cair de volta para dentro.

"O que você está escondendo aí, mulher?" Dylan exigiu.

Ela sorriu. "Você não gostaria de saber?" Então, antes que ele pudesse agarrá-la, ela entrou na sala de jantar e correu, rindo, para a cozinha, onde uma cesta de vime enorme aguardava por eles.

Com as pernas mais longas, Dylan a alcançou com facilidade. Ele agarrou seu ombro e a virou para encará-lo, apoiando-a contra a porta da despensa e avançando até que seu corpo inteiro estivesse colado ao dela.

Ela ergueu o rosto e encontrou seus olhos, apenas para ser atacada por um beijo apaixonado. Seus lábios devastaram os dela, sua língua penetrou em sua boca, recuando e apunhalando novamente. Isso lembrou Lydia do que ela sabia sobre o ato físico e ela engoliu em seco. Ela inalou pelo nariz, aspirando o cheiro de Dylan. Brisa fresca da pradaria, sabão de coalhada simples e homem ... homem excitado. Ela não precisava ter experiência anterior com aquele almíscar para entender o que significava. *Ele quer fazer isso com você.*

Enquanto sua boca reivindicava a dela, enquanto seu corpo respondia sem a necessidade de pensamento consciente, sua mente desenhou um turbilhão confuso de vinhetas meio imaginadas. De Dylan desabotoando sua blusa. Dele subindo sua saia pelas coxas. Dele rolando-a nua sobre a cama. A imagem da sua mão enlaçada em seu cabelo enquanto ele se acomodava entre suas coxas fez seu couro cabeludo formigar.

Ela gemeu e se contorceu em seu abraço. As mãos dele apertaram sua cintura, prendendo-a ainda mais contra a madeira enquanto a plenitude na frente da sua calça jeans comprimia sua barriga.

"Dylan, por favor," ela choramingou.

"Por favor, o quê, Senhorita Lydia? Parar... ou me mover?"

A respiração dele em sua pele pareceu acender em resposta uma umidade dentro das suas calçolas. Ela se sentia bem e sentia dor ao mesmo tempo, ali naquele lugar secreto e por isso não sabia como responder a pergunta dele.

"O que você quer, Lydia?"

"Não sei," ela finalmente deixou escapar.

Ele riu e se afastou dela, manchando seus lábios com um beijo carinhoso e pouco exigente. "Como você quer fazer isso, querida?" Ele perguntou.

"Fazer o quê? Nossa corte?"

Ele assentiu.

"Também não sei," ela respondeu. As batidas de seu coração começaram a diminuir agora que seu toque intenso havia diminuído. "Parte de mim quer reivindicá-lo para sempre."

Seus olhos se transformaram em chamas prateadas.

Ele se inclinou, mas Lydia o bloqueou com uma mão em seus lábios. "Mas parte de mim está com medo de dar esse passo."

"Com medo?" Ele a puxou para os seus braços em um abraço caloroso que tinha muito menos poder por trás dele. "Você não parece assustada. Seu corpo sabe o que quer."

Lydia assentiu. "Eu sinto isso, eu sinto, mas é um grande passo."

Dylan manteve um braço ao redor da cintura de Lydia. Com a outra mão, ele acariciou sua bochecha. "Não é surpreendente se você estiver um pouco nervosa. Nunca fez isso antes, não é?"

"Não, nunca," ela concordou, os olhos arregalados.

Ele assentiu. "Imaginei isso. Tente não se preocupar, querida. Apesar do que dizem os velhos puritanos, fazer amor é natural e agradável. Se você puder confiar em mim, posso nos levar lá."

"Você tem certeza de que está falando por mim também? Já ouvi coisas ... vi coisas que me fazem pensar que só os homens provavelmente apreciam isso." Lydia mordeu o lábio, o nervosismo e a vergonha contorcendo seu rosto. *Não foi isso que Becky disse e ela saberia. Kristina também. Ela não fala muito, mas nunca teve um sorriso satisfeito antes de Cody.* Sem mencionar, tão rápido quanto Allison ficou grávida ... Embora ela tentasse se tranquilizar com lógica, embora seu corpo dolorido a impelisse em direção a Dylan, sua mente hiperativa não conseguia acabar com o nervosismo. "E se eu odiar ser íntima?"

"Você não irá," ele disse, "A menos que decida com antecedência que irá. Quase toda mulher é capaz de gostar de estar perto do seu homem se for capaz de sair de sua cabeça e entrar em seu corpo. Ouça, Lydia." Dylan passou a mão pelo cabelo, fazendo com que a luxuosa juba grisalha se arrepiasse. Lydia rapidamente o alisou, apreciando a sensação dos fios sedosos sob seus dedos.

"Estou ouvindo, Dylan," ela disse. "Não estou dizendo que sou contra ou que espero um momento ruim. Só estou ... só estou nervosa."

Ele beijou sua testa, suas pálpebras e a ponta do nariz antes de se acomodar para reivindicar sua boca mais uma vez. *De quantas maneiras este homem sabe como beijar?* Ela se perguntou enquanto ele encorajava com carinho a excitação requintada dela com redemoinhos delicados de sua língua.

Novamente a paixão surgiu dentro dela. Seu corpo traiçoeiro derreteu nos braços dele, mesmo enquanto sua mente hiperativa lutava para manter o controle.

Ele a soltou novamente. "Você vai ficar bem, eu acho," ele disse, cutucando a bochecha com a língua.

Ele parecia tão presunçoso que ela deu um tapa em seu braço. "Não vou facilitar para você, Xerife."

Ele não respondeu em voz alta, mas a expressão em seu rosto revelou muito. Então ele voltou a ter uma expressão mais normal, penteando o bigode amarrotado com a ponta dos dedos. "Todas as provocações à parte, Lydia, como você quer lidar com isso?"

Ela se afastou do abraço dele e se virou para a caixa de gelo no canto da cozinha, tirando uma tigela de frango que tinha fritado no dia anterior, coberto com um guardanapo xadrez vermelho. Ela o colocou na cesta antes de voltar para pegar as garrafas de limonada. "Não sei o que você quer dizer."

"Bem, hmmm." Ele levou um momento para pensar.

Viu, sabichão? Como posso responder a pergunta quando você nem sabe o que está perguntando?

"É claro que o objetivo do cortejo é que estamos vendo se queremos nos casar eventualmente."

Oh, meu Deus, isso foi direto. E ainda assim a alegria borbulhou como uma mola em seu coração. "Sim, claro."

"Assim podemos planejar um cortejo lento de um ano ou mais ou nos mover um pouco mais rápido," ele continuou.

Oh, isso. Lydia pegou a torta de cereja que tinha assado antes dos serviços religiosos, passou uma faca pela massa crocante e recheio vermelho pegajoso e cobriu com um guardanapo antes de colocá-lo na cesta também. "Não acho que devemos esperar muito tempo," ela finalmente disse, "Precisamos conversar um pouco sobre quais são nossas expectativas ..." Ela engoliu em seco. "Em relação ao casamento. Precisamos de tempo suficiente para planejar. Não quero ter um evento apressado como todo mundo parece estar fazendo. Não precisa ser o casamento do século, mas um pouco de preparação ajuda muito a tornar um dia especial ainda melhor."

"Ah, esse é um bom raciocínio, minha querida," Dylan disse. Ele ergueu a cesta do balcão e pendurou-a na dobra do braço. A outra mão ele estendeu para Lydia. Ela entrelaçou os dedos nos dele, um ato que sempre causava emoção.

"Então, quanto tempo é suficiente?" Ele pressionou enquanto caminhavam em direção à porta dos fundos da cozinha. Lá fora, um pequeno jardim que não tinha grama, apenas duas pequenas macieiras, seus frutos parcialmente maduros já arrastando pelos galhos, um pequeno canteiro de vagens, dois grandes vasos cheios de tomateiros e um terceiro no qual uma variedade de ervas se agrupava e se entrelaçava. Perto da cerca dos fundos, vinhas rastejavam ao longo do solo, carregadas de abóboras e outros tipos de abóbora. As tábuas de madeira que delineavam o limite posterior da propriedade de Lydia penduradas com videiras. As laterais estavam cheias de flores trepadeiras.

"Nunca estive aqui," ele comentou. "Este é um espaço bonito."

"A natureza é linda," ela respondeu. "Não é nada além de

um meio prático de equipar meu café e ainda assim parece o Jardim do Éden. Eu só planto as rosas por causa de sua beleza, mas as macieiras são igualmente bonitas. Estou tão feliz que os proprietários anteriores do prédio as plantaram. As abóboras também. Tudo o que Deus faz tem seu próprio apelo."

Ele se inclinou e beijou sua bochecha. "Não sabia que você era um filósofo."

Ela corou. *Isso foi demais? As garotas não deveriam ser intelectuais.* Então ela afastou o pensamento. *Essa é uma maneira de pensar da Ilse Jackson. Ele já sabe que você é inteligente, uma dona de comércio astuta. Ele gosta de você como você é, então não finja que não é intelectualmente igual a ele. Se ele tiver um problema, é melhor saber com antecedência.* "Suponho que você ainda não saiba tudo sobre mim, não é, Dylan?"

Ele parou ao lado do portão que levava a um pequeno beco entre a propriedade dela e a parte de trás das casas. "Levaria o resto da minha vida para saber tudo sobre você, querida," ele disse sério. "Esse é um curso de estudo que estou aguardando ansiosamente mais do que você pode imaginar."

O calor do constrangimento se dissipou, substituído por um brilho caloroso. Encorajada por suas palavras ternas, ela estendeu a mão para Dylan, capturando o lado do seu pescoço com uma mão e puxando-o para baixo para iniciar um beijo gentil. Ele permitiu que ela controlasse o abraço. Ela saboreou seus lábios com uma ansiedade tímida que deixou ambos ofegando.

"Acho," ela disse devagar, "que um casamento na primavera seria ótimo para mim."

"Primavera?" Ele perguntou, decepcionado.

"Sim, por que não?" Ela perguntou enquanto abria a maçaneta de ferro forjado ornamentada do portão e os conduzia para o beco. Eles viraram à direita e seguiram para a rua, de mãos dadas. A temperatura mais fresca parecia estar se mantendo.

"É muito tempo, Lydia," Dylan comentou.

Ela sorriu. *Ele está ansioso, não está?* "Menos de um ano."

"Quanto tempo você acha que vai demorar?" Ele exigiu. "Quão grande é o evento que você espera?"

Eles chegaram à rua e viraram para o sul. Uma brisa fresca soprou atrás deles, provocando o casal com sugestões tentadoras de outono.

"Não tão grande," ela disse. "Minhas amigas e seus maridos seriam suficientes."

"Heitschmidts, Fultons, Williamses. Quem mais?" Dylan perguntou.

"Hum, Wests," Lydia respondeu. "E você?"

Dylan deu de ombros. "Meu outro subdelegado, Rob, eu suponho, mas acho que você acertou os principais. Isso dá dez adultos e quatro crianças, três delas bebês que ainda não nasceram. Você realmente acha que vai demorar mais de meio ano para planejar?"

Lydia riu. "Você está com pressa, Xerife?"

"Oh, sim," ele respondeu com intensidade ao invés de humor. "Uma grande pressa. Já perdi muito tempo com minha hesitação."

"Então você demorou muito para decidir o que queria e isso significa que tenho que truncar meus sonhos de um casamento branco?" Ela perguntou, escondendo o sorriso e fingindo estar falando sério.

Dylan franziu o cenho, seus lábios acompanhando seu bigode guidão marrom escuro. "Acho, querida, se isso é realmente o que você quer, vou permitir que você estabeleça o ritmo."

Bom. Ele está disposto a ouvir e não me forçar. Ele também, aparentemente, estava disposto a fazer beicinho se a oportunidade se apresentasse. "Dylan, estou brincando," Lydia admitiu. "Não preciso de muito tempo. Na verdade, outubro ou novembro seriam perfeitos."

O rosto duro do Xerife iluminou-se. "Tão logo? Maldição. Parece muito melhor."

Lydia não pôde deixar de retribuir o sorriso. *Vejo que estamos na mesma página.* "Sim, Dylan. Por que não?"

"Eu te amo, Lydia. Espero que você perceba isso. O motivo pelo qual esperei para falar com você não foi porque eu não tinha certeza de você. Só queria ter certeza de que o que tenho a oferecer é bom o suficiente para você."

"É," ela o tranquilizou. "Eu já tenho uma vida satisfatória, Dylan. Tenho meu café e espero que você não me peça para desistir para que possa ser algum tipo de dona de casa. Não planejo isso de maneira alguma. Tenho uma casa, amigos, um lugar na comunidade. Não estou esperando que você me sustente, porque já me sustento. Estou pedindo a você para ser meu companheiro."

Seus dedos se apertaram os dela enquanto serpenteavam para o sul, passando pela igreja e o banco à direita, fileiras de casas coloridas à esquerda. O tijolo irregular da rua prendeu-se nos sapatos pretos de salto alto de Lydia, mas sua mão no braço de Dylan a manteve firmemente em pé.

"Isso significa ainda mais para mim," ele respondeu. "Gosto da ideia que você me escolheu porque me deseja e que você não depende de mim para afastar o desespero. É a melhor maneira e você não precisa se preocupar com seu café. Eu ficaria coberto de alcatrão e penas e sairia correndo da cidade se ele fechasse por minha causa. Não sei como vamos administrar nosso tempo quando você mantém um horário tão cedo e o meu está por toda parte, mas vamos fazer dar certo de alguma maneira."

"Nós iremos," Lydia concordou. "Tenho certeza disso."

Eles haviam alcançado os trilhos do trem no extremo sul da cidade e Dylan a ajudou a passar os trilhos, como se um obstáculo tão baixo pudesse realmente ser um impedimento. Ela não se importou. Além da estação ferroviária, a vasta pradaria selvagem se estendia até o horizonte, um mar de grama ondulando ao vento infinito.

Como uma lasca de espelho, o rio atravessava, serpenteando em seu curso lento e constante em direção a Wichita e todos os pontos a leste. A chuva do dia anterior tinha feito pouco para compensar os estragos de uma estação longa e quente e, portanto, um longo trecho de margem lamacenta adornava o rio em ambos os lados. Na estação das chuvas, que provavelmente começaria em um mês, mais ou menos, o rio cobriria completamente a lama e transbordaria, transformando-se em uma torrente violenta. Mas hoje, parecia apenas adicionar ao ambiente pacífico de um dia de verão perfeito.

Ao se aproximarem do local onde concordaram em encontrar seus amigos, sob uma árvore retorcida pelo vento a poucos metros da água, Lydia percebeu que eles haviam chegado por último. Becky e James estavam sentados lado a lado em um cobertor. Ele segurou a mão dela em seu colo. O sol refletido em seus cabelos transformando os dela em ouro, os dele em cobre. Suas sardas dançavam em um sorriso satisfeito.

À esquerda deles, com as costas contra a árvore, Wesley rabiscava em um minúsculo caderno com um lápis sem ponta. Um som de respingos atraiu o olhar de Lydia para a água, onde Allison, parecendo pesada o suficiente para cair a qualquer momento, mergulhava descalça em uma piscina lamacenta com sua enteada de três anos, Melissa. *Aquele cabelo loiro se parece tanto com o de Allison, Melissa poderia ser sua filha biológica.*

Outro homem loiro, este jovem e muito bronzeado, estendeu-se de lado sobre o cobertor, dando apoio à sua pequena esposa ruiva. Lydia acenou para Addie, que sorriu em resposta. Seu sorriso parecia tenso. *Vou chegar ao fundo disso.* Por último, Cody e Kristina completavam o grupo. A mulher sardenta, com cabelo loiro avermelhado também estava sentada de pernas cruzadas no cobertor. Cody estava deitado com a cabeça em seu colo. Ela acariciava sua testa.

"Oh, bom," Jesse disse, chamando atenção para os recém-chegados, "a comida finalmente está aqui. Eu estava me perguntando se os pombinhos ficaram tão distraídos com seu arrulhar que nunca seríamos alimentados."

"Cale a boca, seu pretensioso," Dylan respondeu com simpatia, sorrindo para seu subdelegado atrevido.

Wesley ergueu os olhos do seu caderno, acenou com a cabeça uma vez e enterrou o rosto em suas figuras novamente.

Allison e Melissa voltaram ao grupo, limpando os pés enlameados na grama da pradaria enquanto caminhavam. "Olá, Lydia, Xerife," a futura mãe disse com uma voz triste e cansada. "Wes, você pode guardar isso, por favor? Todo mundo está aqui agora."

"Só um minuto," ele respondeu. "Quase terminei."

"Não vou esperar por você, Fulton," Jesse disse ao amigo de infância. "Estou morrendo de fome. Deixe-me comer aquele frango!"

Lydia riu da sua ansiedade. "Claro, Subdelegado West."

"Aqui está." Dylan colocou a cesta no meio do cobertor e ajudou Lydia a se sentar no lugar restante na borda. Ele colocou o braço ao redor dos seus ombros.

Enquanto o grupo mastigava o frango e tomava um gole da limonada, Lydia percebeu que a afinidade normal que sentia com as amigas parecia ausente. Becky e Kristina tentaram manter a conversa amigável de sempre, conversando sobre isso e aquilo, mas com Allison lançando adagas primeiro para o marido e depois para Addie, manter a conversa se tornou cada vez mais difícil.

Wesley eventualmente guardou seu caderno, mas permaneceu afastado da conversa, focado em sua comida, sem falar. Allison também ficou em silêncio, exceto pelo gemido abafado que ela soltava toda vez que mudava de posição. Sua barriga enorme parecia atrapalhar tudo, até mesmo comer. Depois de apenas algumas mordidas no frango, ela colocou o prato de lado. A limonada permaneceu intocada.

"Você está se sentindo mal, Allison?" Lydia finalmente perguntou.

Ela assentiu. "Não há espaço no meu estômago. Estou com fome, mas quando como, fico com azia. A parteira diz que eu deveria apenas mordiscar o que quer que pareça atraente e aguentar. Só tenho mais algumas semanas. Ficarei feliz quando isso acabar."

"Parece terrível," Addie comentou. "Lamento que você esteja passando por um momento difícil." Seu tom gentil não poderia ter despertado o temperamento em ninguém.

"Você é a próxima," Allison disse de maneira ríspida "Veremos se você se sairá melhor."

"Allie," seu marido advertiu, falando finalmente, "isso não era necessário. Olha, todo mundo já sente pena de você. Não explore isso."

"Você não faz ideia do que está falando," ela sussurrou para ele. "Os homens nunca sabem. Você acha que isso é fácil, Wesley? Pareço estar me divertindo?"

"Você parece estar reclamando," ele respondeu. "O que você acha, Jesse? Vamos deixar as galinhas cacarejando e colocar uma linha ou duas na água?"

"Parece bom para mim," Jesse respondeu. "Você não se importa, não é, Addie?"

Addie lançou um olhar nervoso para Allison. "Eu não me importo. Veja se consegue pegar um peixe para o jantar, ok?"

"Vou tentar." Sem se preocupar com os olhos de todos sobre eles, ele beijou seus lábios suavemente antes de se levantar. Varas de pesca e um balde de peixinhos descansavam ao lado de Wesley perto da árvore. Sob o olhar melancólico de Addie e o olhar feroz de Allison, os dois homens juntaram seus equipamentos e se dirigiram para a ponte que cruzava o rio, onde poderiam sentar e pescar sem ficarem todos enlameados.

"Você gostaria de ir?" Lydia perguntou a Dylan.

"Não se preocupe se eu fizer isso," ele respondeu. Como Jesse, ele não demonstrou nenhum escrúpulo em tocar os lábios na têmpora de Lydia antes de se juntar aos homens mais jovens, bem longe do grupo e fora do alcance da voz.

"E Cody?" Allison perguntou, olhando para sua amiga. O jovem pastor ainda estava imóvel, a cabeça aninhada no colo da esposa.

"Ele desmaiou," Kristina respondeu. "Às vezes, o Espírito Santo simplesmente ... toma conta dele. Ele adora e sempre prega os melhores sermões, mas depois desmaia. Não espero vê-lo se mexer por pelo menos uma hora." Ela alisou seu cabelo escuro para trás de sua testa e olhou com carinho para seu rosto.

Amo este grupo, Lydia pensou. *Elas se sentem tão livres para serem afetuosas com seus cônjuges na frente uma da outra.* Então seus olhos pousaram em Allison, que ainda parecia zangada.

Talvez exista a sensação de se sentir livre demais. E, no entanto, ela estava pensando em se casar, o que certamente seria um evento que mudaria sua vida. Por mais que amasse Dylan, enquanto o desejasse, ansiasse por ele e sonhasse com ele, haveria bons e maus momentos ao unir suas vidas.

Talvez ele ronque. Talvez ele deixe lenços sujos por todo lado. Talvez ele monopolize o necessário. Embora insignificantes, essas irritações menores certamente podem crescer com o tempo. *Tenho que enfrentar que a vida com Dylan não será um conto de fadas. Teremos divergências, até mesmo discussões. Pode haver dias em que ele preferirá pescar do que passar um tempo comigo. Quando eu preferiria que ele o fizesse.*

O contraste entre os vários relacionamentos revelava muito. Allison, que todos diziam ter amado Wesley desde que eram jovens demais para saber o que era amor, descobriu que o casamento era mais problema do que alegria.

Becky, Lydia sabia, esperava permanecer uma solteirona. James tinha outros planos. A história de Jesse e Addie que Lydia não sabia, mas a maneira como eles interagiam e o olhar tenso e nervoso ao redor dos olhos da pequena ruiva revelavam alegria e incerteza. Nem tudo estava perfeito em seu mundo e Addie se agarrava ao marido como se para se proteger de alguma ameaça invisível.

Lydia se virou para Cody e Kristina e respirou fundo. Como ela, Kristina era uma profissional. Uma mulher com uma paixão e um lugar que construiu para si mesma na comunidade. Como Lydia, ela não precisava de um homem para sustentá-la. Na verdade, não. Ela havia permitido que Cody entrasse em sua vida porque eles se importavam um com o outro.

A necessidade mútua unia Allison e Wesley e essa carência havia manchado seu amor, mas para Cody e Kristina, trabalhando juntos, realizando seus sonhos com o apoio da pessoa que amavam, a luz da alegria entre eles rivalizava com o sol de verão.

Isso é o que eu quero com Dylan. Lydia sorriu. Ela podia ver isso acontecendo. Ela ergueu os olhos para a ponte, onde os três homens estavam sentados, com as pernas penduradas sobre as tábuas, muito acima da água suja. Dylan era mais alto que Jesse ou Wesley e tinha músculos maiores. Anos de trabalho de escritório haviam deixado Wesley magro e Jesse era uma vagem comprida e magra. A maturidade havia preenchido a figura de Dylan na imagem da masculinidade. Ela mordeu o lábio ao pensar em como aquela força mal controlada a tinha prendido na porta da despensa. Seu poder a fazia se sentir protegida e assustada.

Ele pareceu sentir seu olhar e se virou em sua direção, exibindo um sorriso de dentes brancos para ela. Ela deu um pequeno aceno.

"Como isso é fofo," Addie disse. "Amo como vocês dois ficam confortáveis juntos."

As bochechas de Lydia aqueceram com o elogio.

Allison murmurou algo baixinho que soou decididamente hostil.

"Você sabe de alguma coisa," Becky disse de maneira moderada, "seu marido tem razão. Você não está sendo amigável como sempre, Allison. O que Addie fez com você?"

"Eu concordo," Lydia acrescentou. "Ela é uma garota simpática e nova na cidade. Lembro-me de quando cheguei. Você, sua irmã e Kristina fizeram questão de vir ao meu café, conversar comigo, contar a todos como eu era simpática e como a comida era ótima. Por que me acolher e não ela?"

"Então, todo mundo vai se unir contra mim?" Allison exigiu, seu lábio tremendo. "Kristina?"

O rosto sardento se contraiu enquanto ela procurava palavras que falassem a verdade com amor. "Eu acho, provavelmente, que você tem muita coisa acontecendo e não está se sentindo bem. Posso ver que você decidiu que Addie é a culpada. Você não deu a ela uma chance. Não sei em que isso se baseia, embora esteja disposta a ouvi-la se você quiser falar sobre isso."

Parecendo sentir a tensão, a pequena Melissa, com o rosto coberto de recheio de torta de cereja, saltou do cobertor e correu para o pai. Ele a jogou no colo e a deixou fingir que segurava a vara de pescar.

"Coisinha arisca," Lydia comentou. "Ela também nunca gostou de mim."

Allison deu um grande suspiro e em seguida choramingou, empurrando contra a barriga. "Pare com isso, você. Saia e não se sentirá tão amontoado, mas não há mais espaço." Então ela encontrou os olhos de cada uma das outras mulheres. Becky olhou com firmeza, sabendo que sua irmã poderia ficar com raiva, mas nunca a abandonaria. O rosto de Kristina revelava preocupação por sua amiga. Lydia deixou transparecer um pouco da sua indignação com a injustiça de Allison. Addie se encolheu, os braços ao redor dos joelhos que ela puxou para o peito, tentando parecer invisível, como se debatendo se deveria ficar ou fugir. A redondeza da sua barriga transformou sua forma defensiva em uma bola.

"Não incomoda a mais ninguém que Jesse tenha saído para o mundo selvagem e voltado com esta? E sua gravidez, nada menos, mas nenhum sinal de aliança de casamento. Oh, não. Eles tiveram que se apressar e se casar antes que alguém pudesse conhecê-la. Isso me incomoda muito. Lydia," ela se virou e seus olhos se encontraram, "você, eu entendo. Você nunca conheceu Jesse. Você só sabe ser hospitaleira." Tendo exonerado sua amiga pela percepção de duplicidade, ela seguiu em frente. "Kristina, estou surpresa com você. Sei como você costumava se sentir sobre Jesse."

Kristina sorriu com gentileza. "Costumava, Allison. Faz anos. Sim, eu estava apaixonada por Jesse quando tínhamos dezessete anos." Ela lançou um olhar arrependido para Addie. "Eu ousei ter esperança, quando Lily falece, que ele poderia me considerar aceitável. Mas por que eu iria me agarrar a isso agora? Veja o que eu tenho. O que deveria lamentar para invejar sua felicidade? Quero que ele seja feliz e estou feliz que ele tenha me rejeitado."

Ela acariciou os cabelos escuros e encaracolados do marido. "Cody me ama. Sou a primeira em seu coração. Isso é o melhor que pode acontecer e muito mais do que eu esperava. Então, em homenagem a anos de amizade, confirmo a escolha de Jesse. Esta é a garota que o ensinou a amar novamente. Não direi uma palavra contra ela. Não, a menos que ela me mostre por alguma ação que está magoando nosso amigo. Até agora, ela parece estar ajudando-o."

Lydia não pôde deixar de olhar para Addie. Suas bochechas brilhavam de vergonha e prazer com as palavras gentis de Kristina.

"Antes que você cave mais fundo esse buraco," Becky acrescentou, "se você a condenar por ir ao altar grávida, terá que me condenar também. Não se esqueça disso."

"Eu nunca condenaria você," Allison disse. Para Lydia, ela parecia quase frenética.

"Então, Allison, como você pode dizer uma palavra sobre Addie? Coisas acontecem. Eles estão casados agora. Você não pode negar que ele está feliz e ela parece simpática até agora." Becky disse com gentileza.

"Allison?" Addie interveio. "Não casei com Jesse para machucá-la e não tenho nada contra você. Estou feliz que ele teve amigos maravilhosos enquanto crescia, especialmente você e Kristina. Vocês o ensinaram a ouvir as mulheres. A maioria dos homens não sabe fazer isso. Eu sabia sobre vocês. Ele me contou muitas histórias. Eu estava ansiosa para ver esta cidade, para encontrar seus amigos. Parecia um lugar para uma pessoa começar de novo, sem ninguém julgando." Seu rosto se contorceu em linhas de incerteza mais uma vez.

Eu me pergunto o que isso significa.

"Um lugar para se encaixar e construir uma vida. Eu queria isso. Eu esperava que seus amigos pudessem ser meus amigos. Se você não me aceitar, bem, não há nada que eu possa fazer sobre isso, mas não guardo raiva de você."

Allison mordeu o lábio. "Por que você tem que ser simpática?" Ela exigiu.

"Por que você tem que escolhê-la como alvo?" Lydia gritou, irritada com a bobagem contínua da sua amiga. "Por que não ficar com raiva das pessoas que realmente machucam você? Comece com sua sogra má. Deixe Addie em paz se você não pode ser sua amiga."

Allison suspirou. "Não vou me desculpar até ter um controle melhor sobre como me sinto sobre qualquer coisa. É provavelmente melhor me dar um espaço amplo até depois do parto. Não estou em um bom estado agora."

"Você não está," Kristina concordou. "Lamento que você esteja tão desconfortável, mas isso tem afetado seu humor."

"Não consigo controlar," Allison disse. "Eu me sinto tão horrível. Meus pés doem. Minhas costas doem. Quando tento dormir, meus quadris doem e minhas pernas se contraem. Nunca vou fazer isso de novo."

Becky se levantou com cuidado e se aproximou de Allison, abraçando-a. "Sinto muito, querida."

Allison sorriu, embora não parecesse muito genuíno. Então, ela se acomodou de lado e adormeceu.

"Veja, nunca foi você," Lydia disse baixinho a Addie. "Ela tem uma bruxa como sogra e está sofrendo. Você apenas ficou no caminho. Não é justo, mas tente não levar isso a sério. Allison não costuma ser injusta. Aposto que assim que seu filho chegar, ela será mais simpática com você."

"Puxa," Addie respondeu. "Não sei se quero passar pelo que ela está passando."

"Infelizmente, não temos escolha," Becky disse, colocando a mão na própria barriga. "É tarde demais agora. Pelo menos estamos preparadas"

"Isso é certo. Hum, eu ainda tenho uma sogra?"

"Não, querida," Kristina disse. "O pai de Jesse morreu em um acidente na fazenda quando ele tinha quinze anos. A mãe dele morreu um ano depois. Ele mais ou menos morou com minha família depois disso. Mas eles eram gente boa. Eles teriam gostado de você."

"Oh." Addie ficou em silêncio. Todas elas ficaram. O vento sussurrava pela grama na altura dos ombros, fazendo-a dançar como senhoras em vestidos extravagantes. Elas valsavam e balançavam, vestidas de ouro e verde, adornadas com flores azuis empoeiradas e vermelhas vibrantes, enquanto girassóis enormes e vistosos observavam o céu com olhos únicos e cegos.

Uma sensação de melancolia lembrou Lydia de quando era mais jovem, de olhar do porto de Boston para o amplo e cinzento Atlântico. Embora sua infância tenha sido feliz, a visão das ondas ondulantes sempre a atraiu, arrancando tristezas não realizadas das profundezas de sua alma e jogando-as na água brilhante pelo sol.

Esticando-se no cobertor, Lydia olhou para o céu. Nuvens gordas e fofas flutuavam no alto. Sua mente as transformou em dragões, navios piratas e, por algum motivo, uma cabra. Ela sorriu enquanto o sono se aproximava sorrateiramente e a reivindicava.

"Você acha que Lydia sabe cozinhar peixe?" Dylan perguntou, levantando a truta gorda que tinha acabado de apanhar para que seus amigos pudessem ver.

"Lydia pode cozinhar qualquer coisa," Wes respondeu. "Você é um homem de sorte."

"O quê?" Jesse interrompeu. "Allison sabe cozinhar. Ela nos alimentou à força com biscoitos o tempo todo. Eles não estavam ruins."

"Allison está bem," Wes respondeu. "Comemos bem o suficiente. Foi Sam que não estava." Então ele parou, olhando sua filhinha.

"Papai fez o jantar para nós até que Mamãe Allie veio para ficar," Melissa anunciou. "Ele faz uma sopa boa."

Wes lançou aos outros homens um olhar que os desafiou a comentar. Jesse gargalhou, mas Dylan, que estivera presente para testemunhar o pesadelo do primeiro casamento do jovem banqueiro, ficou em silêncio. *Cozinhar mal foi um dos menores problemas de Wesley.*

Recolhendo as trutas, os homens voltaram para o cobertor. Parecia que a tarde de domingo havia atacado as mulheres com um cochilo não planejado. Allison estava deitada de lado, se contorcendo durante o sono. Becky roncava baixinho sob a árvore perto da irmã. Kristina e Addie conversavam baixinho enquanto Lydia se esparramava de costas, olhos fechados.

Dylan levou um momento para estudar o rosto de sua pretendente. *Tão linda. Tão suave e ainda tão forte. Estou feliz que ela tenha me aceitado.* Ele se ajoelhou, colocando o peixe na grama ao lado do cobertor e beijou sua bochecha.

Lydia abriu os olhos castanhos calorosos e olhou para ele, primeiro com confusão, depois com uma alegria profunda que o tocou profundamente. "A tarde está acabando, querida," ele disse a ela baixinho. "Devemos ir?" Ele estendeu a mão.

Ela a agarrou, mas franziu o nariz. "Algo cheira a truta."

"Que seria ... uma truta," ele respondeu, pegando de maneira triunfal sua presa e balançando-a muito perto do rosto dela.

Ela recuou das escamas viscosas. "Dylan!"

"Se eu limpar isso ..." ele balançou-o de maneira provocativa, quase tocando a pele dela, "você acha que poderíamos comê-lo no jantar?"

"Se você o limpar, irei cozinhá-lo com batatas e feijão verde, mas se você bater em mim com isso, vai ficar sozinho na rua com seu peixe."

"E ninguém para cozinhar? Que pena. Tudo bem, tudo bem." Ele retirou a truta e colocou Lydia de pé.

Ao redor deles, a festa da tarde preguiçosa dava sinais de que ia acabar. Apesar da tensão, Wesley ajudou com gentileza Allison a se levantar e então segurou seu braço. Melissa agarrou a mão dela e eles se dirigiram para sua casa, mais próxima do local do piquenique, no extremo sul da cidade.

Um pouco mais adiante, a casa da família Heitschmidt esperava para receber James e sua noiva no conforto consagrado.

A igreja elevava-se sobre o centro da cidade e, à sombra do seu campanário, a minúscula casa paroquial de um andar abrigaria Cody e Kristina. Embora o espaço nunca funcionasse para uma família, para o casal, era o suficiente, principalmente após a instalação de um quarto no sótão, bem como uma privada interna e paredes internas separando a sala, a cozinha e a sala de jantar.

"Onde vocês estão ficando?" Lydia perguntou a Jesse e Addie.

"Na pensão," Jesse respondeu. "Não sei o que é melhor ... as casas não estão disponíveis no momento, mas construir uma nova levaria tempo ... muito tempo."

"Eu preciso de algo rápido," Addie acrescentou. "Não quero fazer o parto lá. Eu gostaria de estar em algum lugar ... nosso."

"Estou tentando, querida," Jesse disse.

Lydia podia ver a frustração em seu rosto enquanto o casal mais jovem seguia em frente. Finalmente, apenas Lydia e Dylan permaneceram no adorável dia de final de verão, enquanto a grama da pradaria soprava e o rio lento espirrava contra as margens. Dylan pegou a cesta e Lydia aceitou os peixes. Suas mãos livres se uniram quase sem pensar. Abraçar um ao outro parecia natural.

O casal percorreu toda a extensão da Rua Principal em

direção à e ao café de Lydia. "Estou feliz que fomos, você não está?" Lydia perguntou.

"Oh, definitivamente," Dylan respondeu, "mas Allison e Wes não estão indo bem, estão?"

Lydia soltou um suspiro lento. "Não. É difícil dizer quem está em pior forma. Eu não conheci Wesley Fulton quando ele era criança. Ouvi dizer que ele era extrovertido e divertido, mas desde que estou aqui, ele parece tão … frágil."

"Isso é verdade," Dylan respondeu. "Pensei que poderia ter a ver com aquela primeira esposa dele. Ela era um osso duro de doer."

"Cale-se," Lydia advertiu. "A coitadinha não estava bem da cabeça. Ela não conseguiu evitar."

"Ela era incapaz de ser simples," Dylan admitiu, "e isso pode tê-la deixado meio irritada e difícil de se conviver, mas ela era capaz de levantar a saia para todos. Sei que ela era mais esperta do que isso."

Lydia franziu o cenho. "Isso é vulgar, Xerife." Eles haviam chegado ao café e ela girou a chave na fechadura.

"Mas é verdade. Wes não é um cara mau, mas estar com aquela …" Ela franziu o cenho e ele continuou, "aquela mulher não era bom para ele e agora Allison está tão mal-humorada quanto Samantha. Espero que seja temporário ou toda a família Fulton pode implodir."

Eles ultrapassaram a soleira e Lydia levou Dylan de volta para sua cozinha. Tirando uma faca afiada de um bloco de madeira na bancada de carvalho, ela a entregou a ele. Em seguida, ela pegou a cesta e começou a desempacotar os pratos sujos, que empilhou na pia branca abaixo de uma pequena janela que dava para o jardim. Ela mexeu na bomba e a água jorrou sobre o prato de frango e a panela da torta antes de começar a vasculhar os armários e tirar uma panela de cobre. Ela a encheu de água e cutucou as cinzas na fornalha do fogão, alimentando-o com um pouco mais de combustível. Então ela se virou e começou a descascar batatas.

Dylan se sentou em uma pequena mesa escondida no canto entre a porta e a caixa de gelo. Um jornal, com a aparência de um mês atrás, estava na superfície.

"Devo usar isso para embrulhar as tripas?" Ele perguntou.

"Sim, de fato," Lydia respondeu. "Eu ia usá-lo para abóbora, mas haverá mais antes disso. O balde de resíduos está ..."

"Eu cuido disso. Perto da porta dos fundos." Ele pegou o balde e o colocou ao lado da mesa antes de começar a filetar o peixe.

"Guarde a cabeça e os ossos. Vou fazer sopa outro dia. Sabe," Lydia disse, continuando a conversa, "se eu tivesse que ter a Sra. Fulton como sogra, também poderia ficar mal-humorada. Você tem família, Dylan?"

"Não," ele respondeu. Uma tira da pele da truta caiu no jornal. Lydia pôs as batatas para ferver e voltou sua atenção para uma tigela de feijão verde na caixa de gelo. Rapidamente, ela começou a cortar as pontas pegajosas. "Ou, bem ... sim, mas não falo com eles."

"Por que não?" Ela perguntou. *Isso parece importante.*

"Pai morreu quando tinha apenas trinta anos," o Xerife respondeu, colocando de lado um lindo filé branco e virando a criatura para extrair o outro.

"Ele administrava o armazém geral. Não sabemos o que aconteceu. Certa manhã, ele simplesmente desabou na mesa do café da manhã e foi isso. Eu tinha dez anos. Mamãe se casou novamente muito rápido, com um homem rico que não queria o filho de outro homem sob os pés. Quando fiz dezesseis anos, mudei-me para o acampamento madeireiro. Na época, mamãe tinha mais filhos e acredito que ela achou que não havia problema em esquecer o primogênito." A amargura em sua voz trouxe lágrimas aos olhos de Lydia.

"Oh, querido, isso é triste. Sinto muito." Ela largou o feijão de volta na tigela e deu cinco passos até onde Dylan estava sentado, apoiando a mão em seu ombro.

Ele encostou o rosto na pele dela. "Isso foi há muito tempo, Lydia. Não penso muito mais nisso."

Que mentira. Ela beijou o topo da sua cabeça e voltou ao feijão. Ela colocou uma segunda panela de água ao lado da primeira e começou sua próxima preparação. Logo ela tinha uma frigideira de ferro fundido aquecida para derreter um pouquinho de manteiga enquanto misturava fubá e temperos. Bem a tempo, porque Dylan chegou um momento depois com duas porções de truta. A superfície úmida do peixe agarrou a cobertura no momento em que ela a deixou cair no prato.

Dylan olhou por cima do ombro. "Vou me deleitar como um rei hoje." Em seguida, voltou à mesa para recolher as porções indesejadas do peixe e colocar toda a bagunça do lado de fora, deixando a cabeça e os ossos de lado para a sopa.

Lydia suspirou. *Todos os gatos da cidade farão uma visita hoje à noite, tenho certeza.* O som da pia disse a ela que Dylan estava lavando as mãos. *Nem precisei dizer a ele. Pelo menos, ele já é meio civilizado.*

Ela colocou os filés na manteiga.

Dylan se aproximou por trás e apoiou o queixo no ombro dela. Suas mãos se fecharam em sua cintura. "Ora, Senhorita Lydia. Será que você não está usando espartilho?" Ele parecia chocado.

Ela revirou os olhos. "Tão quente esta cozinha fica, eu desmaiaria se tentasse, se não caísse morta como uma pedra. Preciso respirar mais do que preciso de uma cintura de vespa."

"Bom," ele respondeu. "Você tem proporções adoráveis." Ele deslizou os braços ao redor da sua cintura, transformando o aperto em um abraço. A proximidade com seu homem fez o coração de Lydia disparar mais uma vez. Seu polegar fez um movimento de dedilhar nas proximidades do seu umbigo. Calor disparou direto para seu âmago. Deixando a comida por conta própria por um instante, ela se virou.

"Isso é perigoso," ele a advertiu.

"Eu sei," ela respondeu, franzindo o nariz e sorrindo. Seus olhos enrugaram nos cantos. "Você nem deveria estar aqui."

"Você não se preocupa com o escândalo?"

Lydia bufou. "Sempre há algum escândalo. Assim que formos aborrecidos e respeitáveis novamente, as pessoas passarão para o próximo. Tenho coisas mais importantes com o que me preocupar. Como não deixar a truta queimar." Ela puxou sua cabeça para baixo. "Beije-me."

Ele a beijou, cobrindo seus lábios com carícias lascivas e ternas. Seu bigode fez cócegas em seu rosto, atraindo uma risadinha dela.

"Cuide da comida, mulher," ele ordenou com um rosnado falso.

"Sim, senhor," ela respondeu em uma paródia de submissão. Virando-se, ela conseguiu virar o peixe momentos antes da crosta dourada ficar preta. "Dylan, você pode, por favor, pegar dois pratos do armário ao lado da caixa de gelo?"

"Claro," ele respondeu, soltando-a com óbvia relutância.

"E não sei se você é um defensor da temperança, mas tenho uma boa garrafa de vinho tinto, se quiser."

"Normalmente bebo uísque," ele respondeu, "mas hoje vale a pena comemorar. Vou me juntar a você em uma taça."

Ela sorriu. "Oh, estamos comemorando?" Ela perguntou em uma demonstração de falsa inocência. "Qual seria a ocasião? Eu gostaria de saber." Ela pegou duas taças de haste longa das prateleiras acima dos pratos e as colocou sobre a mesa. "Estas pertenciam aos meus pais, aliás. Eu as guardei todos esses anos, o que não foi fácil no trem de Boston, deixe-me dizer a você."

"Sim, estamos comemorando," ele respondeu com um rosnado. "Você não acha que nosso noivado vale pelo menos uma bebida?"

Lydia pegou uma garrafa com rolha frouxa e a abriu. O rico aroma de uvas fermentadas invadiu a sala. Ela serviu uma porção generosa em cada uma das taças e admirou sua tonalidade roxa.

Estou ficando melhor em fazer isso. "Certamente acho que fazer um brinde a um noivado vale a pena," ela disse, sem olhar nos olhos de Dylan, "mas não me lembro de ter recebido uma proposta. Nós conversamos sobre casamento, mas nenhuma pergunta aconteceu."

As mãos de Dylan se fecharam ao redor das de Lydia, arrancando a garrafa de sua mão e colocando-a sobre a mesa. Então, ainda segurando os dedos dela, ele ajoelhou-se sobre um joelho. "Lydia, querida, você quer se casar comigo?"

Lydia mordeu o lábio e balançou a cabeça, suas palavras sufocadas por uma torrente de lágrimas que ameaçava transbordar. Ela respirou fundo, trêmula. Sua piada tinha dado errado, ou talvez certo, enquanto sua proposta formal a aquecia a partir do coração. Ela puxou suas mãos, encorajando-o a se levantar. Ele seguiu sua liderança e ela jogou os braços ao redor do seu peito e descansou a cabeça em seu ombro, logo abaixo do queixo. Ele a envolveu.

Longos momentos se passaram enquanto eles se abraçavam. *Isso é tão bom. Tão certo. Meu homem. Meu amor.*

De repente, ela mal podia esperar para ser sua esposa. O calor de seu corpo afundou em sua alma e disse a ela algo que ela não sabia antes. *Haverá uma proximidade poderosa quando nos tornarmos marido e mulher. A união de corpos simboliza a união de vidas.*

A mão dele deslizou para longe das suas costas, segurando seu rosto e colocando os lábios nos dela em um beijo que fervia de calor terno.

Ela se abriu para um toque hesitante da sua língua, aprofundando o abraço. *Chocante, como algo que todos dizem que é perverso parece perfeitamente certo.* Ela fechou os olhos, bebendo a potente mistura de amor e paixão e então respirou fundo. Ao deslizar para longe de seu rosto, sua mão roçou para baixo, aparentemente procurando envolver sua cintura, mas tocando seu seio. Com apenas duas camadas finas de tecido entre eles, o toque quase poderia ter sido em sua carne nua. Sua mão congelou.

Ela se afastou do beijo e encontrou seus olhos, percebeu a

expressão assustada e ansiosa que não tinha nada a ver com sedução ou triunfo. "Posso?" Ele perguntou.

Lydia não sabia o que responder. Ela piscou, mas o resto dela permaneceu congelado como um bloco de gelo no calor escaldante da cozinha. A paixão tornou-se vulcânica quando o toque acidental de Dylan se tornou deliberado. Ele ergueu o globo pesado, apertando suavemente. O toque estimulou seu mamilo, desencadeando um chiado de excitação como um raio globular na parte inferior da sua barriga. O pequeno botão ergueu-se orgulhosamente em sua mão. Ele o acariciou com o polegar.

Assustada com a intensidade nos olhos de Dylan, Lydia o puxou para outro beijo, bloqueando a vista, mas não fez nenhum movimento para afastar a mão de seu corpo.

Então, o cheiro de manteiga ficando quase marrom demais a afastou do abraço e a fez sair correndo dos braços de seu amado para recuperar o jantar. Ela rapidamente colocou o peixe nos pratos, acrescentou uma colher de batatas com manteiga e sal, junto com uma pitada de ervas frescas e o feijão. "Nada como a realidade prosaica para estragar um momento de ternura," ela disse enquanto levava a comida para a pequena mesa.

"Isso é certo," Dylan concordou. Ele se juntou a ela, sentando-se de frente para ela para que eles pudessem olhar nos olhos um do outro. *Como um par de idiotas apaixonados,* Lydia pensou. *Claro, ele parece tão apaixonado quanto eu me sinto, então isso não é uma coisa ruim.*

De mãos dadas sobre a mesa, eles comeram em silêncio. As palavras pareciam ter fugido diante de uma emoção tão intensa, mas não importava. O significado fluía entre eles, livre e fácil como a água ao longo do leito de um rio. Obstáculos não interrompiam, nem o poder poderia ser contido. *Eu te amo,* ela pensou.

A luz daquele amor refletida em seus olhos.

CAPÍTULO 7

"Alguma ideia," Jesse perguntou, se abaixando para examinar as cartas ameaçadoras do roubo do trem, que mais uma vez estavam espalhadas pela mesa do Xerife no prédio da cadeia, "Por que elas decidiram comemorar o Dia do Fundador em setembro? Existem várias datas que elas poderiam escolher, mas nenhuma delas é nesse mês."

Dylan inverteu uma carta com um recorte de jornal e franziu o cenho, pois o movimento não forneceu nenhuma idéia. *Se eu conseguisse me concentrar.* "Desde quando Ilse Jackson permite que uma pequena coisa como um fato atrapalhe seus planos? Embora eu tenha que admitir, meados de setembro é uma ótima época para ter um evento ao ar livre. Não estará tão quente, mas o inverno ainda vai demorar."

"Você está certo," Jesse concordou, "Por mais que eu odeie dar crédito àquele gatinho por qualquer coisa. Ei, que tal colocarmos essas pistas em ordem cronológica. Tentar estabelecer uma linha do tempo."

"Conheço a linha do tempo muito bem," Dylan disse. "O que isso faria?"

Jesse deu de ombros. "Talvez nada, mas nunca se sabe."

"Você faz isso," Dylan disse. "Vou caminhar até o mercantil."

"O que há no mercantil?" Jesse quis saber.

Dylan arqueou uma sobrancelha. "Latas de pêssegos." Então ele riu e abandonou o ato idiota. "Estou esperando um pacote pelo correio e James prometeu guardá-lo para mim," ele explicou, lembrando ao amigo que o mercantil também era o correio. "Quero ver se ainda está lá, intrometido."

Jesse sorriu e acenou antes de se instalar na frente da mesa e embaralhar os recortes de jornais e cartas ameaçadoras em mais uma nova configuração.

Do lado de fora, a breve pausa do fim de semana anterior terminara em outra tempestade de lavar ravinas e depois em uma terceira, até que o rio lento aumentou e os girassóis ficaram surrados e despidos na pradaria. Após as tempestades, a temperatura e a umidade aumentaram, deixando a cidade mais uma vez sufocando sob um manto de calor brutal. Dylan enxugou o suor da testa. "Senhor, se você está ouvindo, ficaremos felizes em enfrentar um clima de outono a qualquer momento," ele murmurou.

Como se em resposta, uma brisa quente e rançosa soprou, umedecendo sua pele. Ele estremeceu. Cheirava a uma mistura de celeiro velho, cachorro molhado e poça estagnada. *O outono não pode chegar logo.*

"Xerife Brody?" Uma voz desconhecida interrompeu seus pensamentos e ele se virou para ver um rosto igualmente desconhecido ... ou era? Algo sobre o estranho de meia-idade e cabelo escuro registrou-se em sua mente, mas o que era?

"Sim, sou o Xerife Brody. Você precisa de ajuda, senhor?"

O homem assentiu. "Sou Andrew Fulton, o pai de Wesley. Houve ... houve um incidente lá no rio." Ele esfregou a testa.

"Pai?" Dylan franziu as sobrancelhas e olhou para o homem. "Não sabia que Wes ainda tinha um pai." *O que a história dizia? Ele fugiu quando Wes era criança e foi isso que fez a mãe de Wes perder a cabeça?*

"Sim, ainda estou por perto," Andrew respondeu. "Vou

explicar mais tarde. Nesse momento, hum, você precisa vir comigo."

As sobrancelhas franzidas de Dylan dispararam em direção à linha do cabelo com a instrução. "O que está acontecendo?"

"Hum, minha ... hum ... minha esposa; isto é, a mãe de Wesley ... ela tentou fazer algumas travessuras com Allison. Hum, tentou matá-la, na verdade."

"Oh, meu Deus!" Dylan exclamou. "Allison está bem? Que diabos aconteceu?"

"Allison está bem. Ande comigo, Xerife. Eu vou explicar."

"Tudo bem." Alarme e confusão deixaram Dylan sem escolha a não ser seguir aquele quase estranho em direção ao cenário de problemas.

Andrew conduziu Dylan para o sul pela rua, passando pelo banco. "Veja, achamos que Charlotte provavelmente atraiu Samantha para o gelo no inverno passado."

O *non-sequitur* não fez nada para responder as perguntas de Dylan, mas fez com que um nó de tensão apertasse sua barriga.

"E ela acabou de tentar matar Allison, como eu disse. Allison deu à luz esta tarde e Charlotte a atraiu até o rio e fingiu que jogaria o bebê, esperando que Allison ..."

"Pulasse e se afogasse? Meu Deus. Essa mulher deveria ser trancada no hospício. Como está o bebê?"

"Ele está bem. Ela o deixou em casa." Eles passaram pela periferia da cidade e atravessaram os trilhos do trem, ainda em direção ao sul.

"Bem, isso é bom. E Allison? Não pode ter sido bom para ela correr por aí logo após o parto."

Diante deles, o rio, não mais uma fita prateada preguiçosa, agora corria e rosnava, batendo contra a ponte e lavando as tábuas.

"Wesley está pegando o médico para examiná-la," Andrew explicou, "mas, uh ... bem, houve uma briga tentando afastar Allison de Charlotte e ... bem, Charlotte caiu no rio."

Dylan piscou. Ele compreendeu a inundação e então se virou para o estranho. "Caiu?"

Andrew assentiu.

"Ela está bem? Alguém a puxou para fora?"

Os lábios de Andrew contorceram para o lado. "Como? Vamos lá, Xerife. Quem iria se arriscar a isso," ele indicou a água, "para salvar uma assassina? Ela está lá em algum lugar. É por isso que eu trouxe você. Estou informando sua morte."

Dylan deu um suspiro. Sem dúvida, se Charlotte tivesse afundado e não tinha sido vista desde então, este seria um resgate de corpo, assim como Andrew sugeriu. Um movimento nas proximidades de uma árvore à esquerda da água chamou a atenção de Dylan. James Heitschmidt encostou-se na casca áspera e retorcida, observando a água com intensidade.

"James?"

"Oh, aí está você, Dylan. Graças a Deus. Acho que a vi, mas não tenho certeza." James acenou na direção da ponte. "Estamos com sorte. Ela parece ter batido nas estacas. Caso contrário, não há como dizer quão longe rio abaixo ela teria ido."

"Então você também está nisso?" Dylan exigiu, desinteressado sobre os comentários de James.

"Nisso?" James bufou. "Estávamos cuidando de Melissa, Rebecca e eu, porque Allison estava em trabalho de parto. Quando Rebecca me disse que mandaram chamar Charlotte Fulton e não a parteira ..." ele balançou a cabeça. "Preciso ter uma palavra com minha esposa sobre ele. Wes não é racional quando se trata de sua mãe. Enfim, chegamos à casa e estava tudo coberto de sangue. Encontramos o bebê lá fora, na pilha de lixo. Seja o que for que tenha acontecido lá deve ter sido muito perturbador para Allison. Mal chegamos à ponte a tempo de impedi-la de pular na água depois de ... seja o que for que Charlotte tenha jogado."

"Tenho certeza de que foi um gato," Andrew acrescentou. "Ela odeia gatos e os mata sempre que pode."

"Então, ninguém estava envolvido em nada," James continuou. "Charlotte orquestrou algum tipo de morte horrível para Allison, e chegamos aqui a tempo de impedir. Olhe ali. Acha que pode ser ela?"

Dylan se virou para o rio e, com certeza, uma grande massa cinzenta bateu contra um dos suportes de madeira da ponte.

"Aqui." James estendeu um grande galho de árvore, bifurcado em uma das pontas. "Deve ter explodido durante uma das tempestades."

"Que sorte," Dylan comentou. "Raro encontrar uma vara grande em qualquer lugar dentro de cem milhas." Ele aceitou o galho e aproximou-se com cautela do rio. Água infiltrou-se em suas botas e ensopou suas meias. Ele fez uma careta com a sensação molhada e macia, mas pisou nas tábuas de qualquer maneira. Alcançando o parapeito baixo e pegando o objeto na forquilha do galho, ele o empurrou em direção à margem. A corrente lutava contra ele, mas ele se segurou, forçando os músculos enquanto manobrava o fardo desajeitado.

"Uma ajudinha, por favor, senhores," ele gritou por cima do rugido da água. Andrew e James se aproximaram e o olharam para ele com expressões idênticas de nojo. Então Andrew avançou para a lama e conseguiu agarrar a vítima com uma das mãos, arrastando-se para trás.

Depois de outro momento de luta, o corpo afogado de Charlotte Fulton jazia de bruços na praia.

"Ela odiaria isso," Andrew comentou. "Ela considerava a lama seu inimigo pessoal."

James assentiu. "Pobre mulher. Eu me pergunto por que ela era tão ... lunática."

"É difícil dizer," Dylan comentou, levantando o corpo encharcado. "Acho que isso não importa mais. Espero que Melissa fique bem."

Ele franziu o cenho com a visão desagradável do rosto ossudo e severo, agora coberto pela lama do rio, olhando para o céu, os olhos arregalados na morte. Seu cabelo grisalho normalmente arrumado tinha escapado dos seus grampos, solto na torrente e saltando em selvagem desordem ao redor da sua cabeça. "Nada mais resta a fazer agora a não ser pedir a Cody para planejar o funeral. E pensar que eu só queria fazer uma corrida rápida até o mercantil." Ele suspirou.

"Poderia ser pior," James respondeu. "A última vez que tivemos agitação nesta cidade, ladrões de trem quase explodiram minha esposa. Não estou feliz que Charlotte esteja morta ... mas ela meio que causou isso a si mesma."

"Terei que averiguar isso, é claro," Dylan disse ao amigo. "Não é que eu duvide de você, mas você sabe. Os procedimentos devem ser seguidos."

"Claro," James disse. "Compreendo. Mas você pode deixar Allison em paz por um tempo? Ela já sofreu o suficiente."

Embora Dylan soubesse que teria que falar com a única testemunha ocular de todo o incidente, ele concordou. *Um tempo. Vou dar um tempo a ela.*

"Oh, meu Deus! Você está brincando?" Lydia exigiu, olhando para Becky em estado de choque enquanto elas se moviam pela cozinha sufocante, se preparando para o café da manhã do Dia do Fundador.

Sua amiga balançou a cabeça e bateu a massa da panqueca em uma tigela enorme, gritando para ser ouvida acima do barulho. "O médico diz que Allison precisa ficar na cama por um bom tempo, mas ela deve ficar bem. Mas a Sra. Fulton faleceu."

"Pobre Allison," Addie disse, franzindo o cenho. Ela mordeu o lábio enquanto fatiava o bacon. "Você acha que devemos levar algumas refeições para ela?"

"É uma ideia maravilhosa, Addie," Lydia respondeu, sacudindo uma panela cheia de salsichas. "Acho que seria perfeito."

"Mas ela ainda não gosta de mim," Addie comentou. "Ela está me ignorando desde o piquenique. Você realmente acha que é uma boa ideia eu ... me infligir a ela?"

"Sim," Becky respondeu prontamente. Ela tentou levantar a tigela.

"Agora pare com isso," Lydia insistiu. "Cuide da salsicha e não se atreva a levantar nada pesado." Ela pegou a massa e começou a despejá-la nas frigideiras. "Para responder a sua pergunta, Addie, mate-a com bondade. Allison não é ela mesma hoje em dia."

"Assim fica todo mundo me dizendo. Como ela é normalmente?" Addie exigiu. Não sobrou nenhuma panela para o bacon, então ela o deixou de lado.

"Contundente, mas não cruel," Lydia disse. "Espero que você não se ofenda facilmente com xingamentos."

"Nem um pouco," Addie respondeu. "Sou conhecida por deixar escapar um de vez em quando."

Lydia encontrou os olhos de Becky e encontrou uma expressão que combinava com a dela. *Elas são simplesmente iguais. Elas se tornarão amigas ou se odiarão.*

"Senhoras, o pessoal aqui está ficando inquieto." A voz de James interrompeu o barulho na cozinha. "Alguma ideia de quando a comida estará pronta?"

As bolhas na parte superior das panquecas começaram a endurecer. Lydia começou a virá-las. "Apenas alguns minutos," ela respondeu.

"Bom," James respondeu. "Você tem uma fila descendo pela metade da rua."

Lydia revirou os olhos. *É claro que temos. Comida grátis sempre atrai uma multidão.*

"Você quer sair daqui?" Jesse pediu. "Eu prometo, Xerife, tenho as coisas sob controle. Irei buscá-lo se alguma coisa acontecer."

"Pretensioso," Dylan murmurou baixinho.

Jesse sorriu, mostrando dentes brancos e retos. "Você não acha que já deixou sua senhora esperando tempo suficiente? Vá buscá-la. Dê um passeio e dê a Ilse e seus amigos algo para fofocar."

"Não é como se estivéssemos mantendo as coisas em segredo," Dylan respondeu.

"Não, vocês são oficialmente um casal de noivos fazendo a corte e não muito cedo. Agora mexa-se."

Resmungando e sorrindo, Dylan deixou Jesse parado sob uma das poucas árvores grandes na periferia da cidade, onde ele poderia observar os acontecimentos improvisados enquanto permanecia na sombra. Mais uma vez, o tempo ficou quente e uma brisa rançosa e tempestuosa provocava os foliões. As saias voaram, revelando tornozelos vestidos com botas resistentes. Chapéus voaram para a grama ondulante e desapareceram.

O vento soprou uma fita de sujeira na boca de uma criança que se abriu na expectativa de uma enorme mordida em seu sorvete de pêssego. O cone de papel caiu de sua mão gordinha. Ele gritou e começou a chorar. Sua mãe olhou para a bagunça com uma expressão azeda, então ergueu o menino no quadril e o carregou para longe.

Dylan saiu de debaixo da árvore e examinou a multidão. Ele não via nenhum estranho, ninguém se comportando de maneira suspeita. Ele passou pela multidão de foliões, concentrados na barraca de sorvete

Gritos de risada chamaram sua atenção para a esquerda, onde um grupo de foliões se debatia e tombou, tropeçando em sacos de serapilheira de batatas de enquanto saltavam em direção a uma fita amarela, concentrados no prêmio.

Na cabine do beijo, Ilse Jackson reinava suprema, submetendo suas amigas a rapazes de rosto cheio de espinhas enquanto vigiava, intocada e com um sorriso malicioso. Ele balançou sua cabeça.

Ele continuou avançando até chegar a uma mesa posta sob um toldo improvisado de restos de tecido costurados às pressas esticados sobre alguns restos de madeira.

Kristina girou a manivela da batedeira que mantinha a

mistura de creme, mel e frutas rolando em um copo rodeado de gelo. Addie sentou-se à sombra, abanando-se com um pedaço de papel dobrado.

Lydia recolhia as moedas dos seus clientes e permitia que eles selecionassem cones de papel, cada um com uma colher do doce. No calor, o sorvete derreteu rapidamente, escorrendo pelo queixo para manchar vestidos e pingar nas calças. Ninguém parecia se importar.

"Senhorita Lydia," ele disse, afastando a atenção dela da fila. Seus olhos encontraram os dele e os dois sorriram.

"Xerife," ela murmurou, baixando as pálpebras de maneira recatada.

"Oh, meu Deus," Addie reclamou, revirando os olhos com falsa repulsa. "Os pombinhos estão arrulhando. Acho que vou ficar doente. Vocês dois são mais doces do que doce de melaço e duas vezes mais pegajosos."

"Se Jesse estivesse aqui, diríamos a mesma coisa sobre você," Kristina lembrou com uma severidade igualmente falsa.

"Vamos ver como Kristina ficará calma quando Cody voltar," Becky comentou, aproximando-se pelo outro lado, com uma das mãos na barriga. "Então, essas são todas as provocações que vocês, senhoras, tinham em mente? Nesse caso, acho que deveríamos mandar Lydia embora."

"Sim, Mãe." Addie revirou os olhos mais uma vez. As senhoras se entreolharam por um momento demorado e silencioso e então, uma se desmanchou em risadas. Dylan não pôde deixar de sorrir junto com elas. Parece que a senhora de Jesse já encontrou seu lugar. Bem, ótimo. Suspeito que ele vive e morre pelo que ela diz. Se ela estivesse infeliz, ele iria embora. Não quero que ele vá embora. Ele é um bom garoto e bom no que faz.

Dylan estendeu a mão para Lydia. Ela se levantou, entregou seus cones de papel para Becky e deixou a área da mesa. Aceitando a oferta de Dylan, eles entrelaçaram os dedos e voltaram para a multidão.

"Ela está tão apaixonada que nem disse adeus." A última

tacada de provocação de Addie gerou um vendaval de gargalhadas das mulheres.

As bochechas fulvas de Lydia ficaram rosadas, mas apenas um pouco. Nitidamente, suas travessuras não a perturbaram. Em vez disso, sua mão permaneceu firme na de Dylan, aparentemente preferindo, como ele, o contato pele com pele ao invés de uma escolta mais adequada de braços dados. Seu toque disparou o sangue dele como sempre. Ele olhou na direção dela e quis gemer. Seu vestido deslizava sobre suas curvas maduras e deliciosas, sugerindo a carne macia por baixo. *O dia está se aproximando quando poderei descobrir e explorar essas curvas. Mal posso esperar.* Seu sexo concordou, ficando à altura da situação com uma pulsação dolorosa. O tecido rígido da sua calça jeans lutava contra sua expansão, deixando-o sentindo dor.

"Querida, quando você queria se casar?" Ele perguntou com a voz rouca. *Espero poder sobreviver até o casamento.*

"Oh, acho que meados de outubro deve ser tempo suficiente," ela respondeu.

Seis semanas. Maravilhoso. Definitivamente, um risco de vida e membro ... bem, um membro.

"Você está com pressa?" Lydia perguntou, olhando para ele com curiosidade.

"Desesperadamente," ele respondeu em voz baixa. "Eu te amo, Lydia. Você sabe disso, mas, pelo menos para os homens, o amor tem um componente físico que não gosta de ser negado."

"Sim, eu sei," ela respondeu. "A parte difícil para as mulheres é saber a diferença entre um homem que quer mostrar seu amor com seu corpo e um homem que quer satisfazer seu corpo sem amor."

"Mas você sabe a diferença, não é?" Ele perguntou.

"Sei que você não está me usando para conseguir o que quer," ela respondeu. "Estou trabalhando para não ficar nervosa sobre isso ... mas realmente acho que estou me irritando mais." Suas bochechas coraram desta vez.

Ele olhou ao redor para ver se sua conversa pessoal em um

lugar público tinha atraído alguma atenção. Ninguém parecia estar ouvindo, então ele voltou sua atenção para Lydia e notou uma expressão de consideração em seu rosto. *Eu me pergunto o que minha senhora está pensando.*

Ela não expôs e eles abandonaram a conversa desconfortável para um momento mais apropriado, em vez disso, participaram das festividades do Dia do Fundador. A corrida de sacos terminou e grupos de pessoas caíram na grama, amarrando os tornozelos uns aos outros para a corrida de três pernas.

"Quer tentar?" Dylan perguntou.

Lydia fez uma careta. "Sou muito desajeitada para isso. Provavelmente quebraria minha perna e a sua também."

Ele deu uma risadinha. "Vou entender isso como um não. Tudo bem então. Você quer assistir ou seguir em frente?"

"Voto por seguir em frente," Lydia respondeu. "Fico feliz que as pessoas estejam gostando dos jogos, mas não são meus favoritos."

"Bem, então, minha querida, qual é o seu favorito?" Ele perguntou.

Ela olhou para ele e sua expressão ficou afetuosa. "Passar um tempo com você."

Por que eu esperei tanto tempo para reivindicá-la? "Vamos caminhar então? Ver o que vemos?"

"Sim, por favor," Lydia concordou.

Parecia que toda a cidade tinha comparecido para a celebração, até pessoas que raramente saíam de suas casas. Uma senhora idosa estava fazendo cara feia na borda da multidão, a bengala pronta para acertar qualquer criança que ousasse chegar perto demais.

Dylan levou Lydia para longe dela, não querendo correr nenhum risco. De alguma maneira, o barulho e a empolgação pelo Dia do Fundador não capturaram os interesses de Lydia. De maneira sutil, ela mudou sua posição para um lado e para o outro até que eles se encontrassem caminhando pela cidade.

"Lydia?"

Ela deu de ombros. "Não sei. Apenas prefiro passar um tempo com você aqui do que em toda aquela multidão."

"Sozinhos, juntos? Mulher, você está tentando causar um escândalo?" Ele exigiu. Eles saíram do sol para a sombra do campanário da igreja.

"Não me importo com escândalos," ela respondeu. "Já vivi o suficiente para não me preocupar se alguns bisbilhoteiros intrometidos contarem histórias."

"Tenha cuidado, querida," Dylan pediu. "Se um número suficiente de pessoas começar a sussurrar, seu café pode sofrer."

Lydia torceu os lábios. "Improvável, mas vou manter isso em mente. Além disso, estamos em uma rua pública. Em quantos problemas reais podemos nos envolver?"

"Bom ponto," Dylan concedeu.

"No entanto, estamos sozinhos naquela rua," Lydia continuou, aproveitando a oportunidade para se aproximar de Dylan e descansar a cabeça em seu ombro.

Ele cedeu com um sorriso divertido, apesar do calor, para abraçar sua mulher. Suas mãos traçaram linhas para cima e para baixo em suas costas, sentindo os músculos desenvolvidos por anos usando o batedor, levantando objetos pesados e bombeando a água. *Eu conheço homens que são mais fracos.* Sua força o tranquilizou. *Esta mulher conquistou seu lugar em um mundo que não quer aceitá-la. Ela pode lidar com tudo que surgir em seu caminho.*

Mesmo enquanto o pensamento passava pela sua mente, seus olhos caíram mais uma vez no cemitério, no túmulo recente de Wade Charles.

"O quê?" Lydia exigiu, levantando a cabeça e seguindo seu olhar até a lápide. "Não, Dylan. Não isso de novo."

"O quê?" Ele perguntou, fingindo não ter sido pego ruminando.

"Pelo menos seja honesto," ela pediu. "Ouça, eu sei que a morte dele o aborrece e não é nenhuma surpresa, mas, Dylan, você não é o responsável. Você tem que parar de se sentir culpado por isso."

"Eu deveria tê-lo mantido seguro," ele murmurou.

As mãos quentes de Lydia se conectaram com firmeza com seu rosto, não em um tapa, mas em um agarrar, virando sua cabeça para longe da lembrança visceral da morte prematura e de volta para seus olhos castanhos afetuosos. Ela parecia exasperada. "Você não pode," ela disse a ele. "Não é possível. Dylan, você tem que se livrar da ideia de que, de alguma maneira, falhou com ele. Ele morreu fazendo o que amava. Ele morreu como um herói protegendo a cidade."

"Ele morreu deixando uma esposa e quatro filhos," Dylan a lembrou.

"Eu sei," Lydia respondeu, "e é terrivelmente triste para eles, mas eles vão ficar bem, Dylan. Miranda é jovem e forte. Sua família cuidará dela até que ela se recupere. Ela não vai morrer de fome. Ela não vai murchar e morrer. Mulheres não são flores frágeis, sabe. Temos um âmago de aço. Pense nas mulheres que você conhece. Sei que você prefere nos trancar em torres para nos manter seguras, mas a vida não é assim. Nós sobrevivemos. Não importa as probabilidades, não importa a dor, nós continuamos, e um dia, o sol surge por trás das nuvens e sorrimos novamente. Miranda também irá."

"Não é bom o suficiente." Dylan fez uma careta. "A segurança dele era minha responsabilidade."

"Você está errado," Lydia respondeu. Ela parecia zangada. "Completamente errado. A segurança dele é responsabilidade do Senhor. Não sei por que seu tempo nesta terra foi tão curto, mas se você tirar a responsabilidade de Deus e tentar infringi-la a si mesmo, você se sentirá miserável e não realizará nada também."

As pálpebras de Dylan caíram. "Em que que eu sou bom então?" Ele exigiu.

"Você ajuda as pessoas," ela respondeu. "Quantas pessoas você influencia para fazer escolhas melhores? Quantas vezes você é as mãos de Deus para manter a paz e administrar a justiça? Isso não o torna responsável pelo mundo inteiro."

"Acho que não sei como deixar ir," ele murmurou.

A mão de Lydia deixou sua bochecha para deslizar para a parte de trás do seu pescoço. Ela o puxou para baixo e reivindicou seus lábios.

"Nós temos que parar de nos empolgar em público," ele comentou em sua boca. Então, em oposição às suas palavras, ele aprofundou o beijo, provocando seus lábios com a ponta da língua.

Lydia prendeu a respiração. "Venha comigo," ela pediu. Soltando a mão em seu pescoço, ela agarrou sua mão e o levou de volta rua abaixo em direção ao café, arrastando-os para dentro.

"Privacidade?" Ele perguntou.

Ela assentiu, mas ele percebeu uma cor incomum manchando suas bochechas redondas. Em vez de encorajá-lo a se sentar em uma das mesas do café, ela o conduziu pelas portas duplas até a cozinha e, então, pela primeira vez, subiu as escadas para seu apartamento particular acima de seu local de trabalho.

"O que estamos fazendo aqui?" Dylan exigiu, olhando para a mobília pobre e aconchegante. "Provavelmente não é uma boa ideia, Lydia."

"Oh, eu acho que é," ela discordou. Ela respirou fundo e seu peito sem espartilho inchou, chamando a atenção dele para a plenitude de seus seios.

Um zumbido estranho soou em seus ouvidos. "Lydia?"

"Estou convidando você para a minha cama, Dylan." Ela engoliu em seco, chamando a atenção para sua garganta, onde seu pulso pulsava visivelmente.

"Por quê?" Ele exigiu. "Nós vamos nos casar em breve. Por que nos precipitarmos?"

Lydia agarrou a mão de Dylan e o levou para seu quarto, onde o encorajou a se sentar ao lado dela na ponta da colcha vermelha que cobria sua cama. "Por uma série de motivos," ela disse, respondendo a sua pergunta. "Porque estou cansada de ter medo dos meus sentimentos por você e esperar mais dois meses não vai ajudar. Além disso, acho que você precisa ter mais certeza do meu compromisso com você."

"Lydia..."

Ela colocou os dedos sobre sua boca e o doce aroma de canela e creme flutuou sobre ele. *Minha mulher sempre cheira a algo bom para comer.* A imagem do que a sugestão dela implicaria flutuou diante de seus olhos: Lydia esparramada nua na cama, suas curvas gloriosas expostas ao seu escrutínio, ao seu toque. Ele cobriria seu corpo e ... Ele afastou a imagem, mas não antes que seu sexo pudesse reagir a ela. Ele agarrou a mão dela e colocou-a sobre o joelho.

"Nossa cidade está sitiada, Dylan," ela lembrou. "Podemos fingir que está tudo bem, mas não está. A violência surgiu contra nós e você é o alvo mais provável. Você me lembra disso repetidamente. Wade Charles está morto e aqueles ladrões virão atrás de você a seguir. Não há como evitar o conhecimento." Seus olhos ficaram tristes. "Eu sobreviveria sem você, Dylan, mas não quero nenhum arrependimento. Espero que você sobreviva. Espero que nos casemos e vivamos felizes para sempre, como o casal mais estranho da cidade. Espero todas essas coisas, mas minha vida tem sido mais difícil do que você imagina e não posso me dar ao luxo de me iludir. Se a morte do Subdelegado Charles nos ensina alguma coisa, é que não sabemos quando será o nosso último suspiro. Quando sua esposa lhe deu um beijo de despedida naquela manhã, ela não sabia que ele nunca voltaria para casa."

Ah, esse motivo. Posto dessa maneira, o que ela sugeriu fazia todo o sentido. Ou estou deixando ... minha outra cabeça pensar? Quero minha mulher, claro que quero e ela está se oferecendo a mim. Luto para ser nobre ou concordo com seu pedido? Ele não sabia qual seria o curso de ação correto, então ele permaneceu imóvel, segurando a mão de Lydia em seu joelho e ouviu.

Ela mordeu o lábio e ele pôde ver a cor subindo pelas suas bochechas, assim como o brilho incomum de seus olhos castanhos escuros. *Ela está chorando por mim e eu estou vivo e bem.* Ele levantou a mão dela e beijou a ponta dos seus dedos. A luz do sol brilhando através da janela lançava raios de ouro sobre ela, transformando-a em um anjo curvilíneo de cabelos escuros.

"Você tem certeza?" Ele perguntou.

Ela assentiu. "Estive pensando sobre isso por um tempo, mas nossa conversa de hoje acabou com isso. Não quero esperar mais."

"Se alguém descobrir..."

"Todo mundo está no festival. Você viu a rua deserta? Ninguém vai saber e em dois meses não vai importar de qualquer maneira."

"Você está prejudicando seriamente minha nobreza," ele disse, sua bochecha se curvando em um meio sorriso.

"Deixe-me destruí-la por completo." Ela se inclinou para frente e reivindicou seus lábios, provocando-o com a ponta da língua. "Viu?" Ela disse. "Cada vez que nos beijamos, é mais fácil. Parece-me que, se queremos ter uma bela noite de núpcias, devemos praticar com antecedência."

"Praticar?" Confuso por seu beijo e sua crescente excitação, ele lutou para entender. "Você quer dizer que quer tomar algumas liberdades, tocar e beijar, assim estamos prontos?"

Ela balançou a cabeça. "A coisa toda, Dylan." Agora suas bochechas estavam vermelhas vibrantes.

"Você entende o que 'a coisa toda' envolve?" Ele exigiu, ciente de como as virgens poderiam ser protegidas.

"Eu sei, Dylan. Sei tudo."

De alguma maneira, ele duvidava.

Ele avaliou a situação. *Lydia, a mulher que amo, minha futura esposa, quer que eu faça amor com ela agora. Ela entende os riscos e implicações e pediu por isso.* Alguma parte dele ainda sentia que discutir seria mais sábio e, no entanto ... sua libido concordava com sua mulher.

"Qual é o problema, Dylan? Você não quer?" O rosto de Lydia se comprimiu em linhas de preocupação.

"Quero," ele respondeu rapidamente. "Estou ansiando por você, querida. Só quero fazer o que é melhor para você."

"Nós vamos realmente nos casar?" Ela exigiu.

"É claro," Dylan respondeu, "mas ainda não estamos casados."

"Sim, estamos," Lydia respondeu. "Cody pode dizer algumas palavras sobre nós, mas essas palavras realmente mudarão nosso compromisso um com o outro?"

"Não," Dylan concordou, perguntando-se onde ela estava indo com isso.

"Você conheceu alguém que se casou, mas seus corações não estavam nisso e foi um desastre?"

"Allison e Wes," Dylan respondeu prontamente.

Lydia fez uma careta. "Acho que eles se amam, apenas se perderam. Com sorte, quando Allison estiver menos mal-humorada, Wes responderá na mesma moeda."

"Mulheres grávidas ficam mal-humoradas," Dylan lembrou a sua amada. "É desconfortável e pesado. Geralmente quente também. Cabe ao homem mostrar tolerância, não sua própria disposição azeda. Isso nunca ajuda."

Um sorriso terno apareceu nos lábios de Lydia. "Acho que você sabe, mas estamos um pouco fora do assunto. A questão é que o casamento é feito no coração, não na igreja."

"Agora eu concordo com isso," Dylan respondeu, puxando uma mecha solta do cabelo de Lydia e enrolando os fios macios na ponta do dedo.

"Então, embora precisemos ficar na frente de Cody e fazer isso da maneira adequada, pela legalidade e para observar os rituais e tudo mais, não acho que poderia me sentir mais comprometido com você do que agora."

"Faça seus votos então," Dylan encorajou. ""Deixe-me ouvir as palavras."

Ela olhou em seus olhos. A luz do sol inclinada iluminando seu rosto destacou sua pele exuberante, mas também chamou a atenção para o rendilhado de pés de galinha nos cantos dos seus olhos.

Ela não é uma criança. Ela é uma mulher madura que sabe o que quer. Ambos temos idade suficiente para não nos preocupar tanto com regras idiotas e ninguém está se aproveitando. Mesmo assim, a ideia de falar as promessas um ao outro primeiro fez sentido para ele.

"Eu aceito você, Dylan Brody, para ser meu marido até que a morte nos separe." Sua voz falhou na palavra morte.

"Eu aceito você, Lydia Carré, para ser minha esposa enquanto nós dois vivermos."

Ela sorriu. "Gosto mais desse."

"Deveríamos selá-lo com um beijo?" Dylan sugeriu.

Ela assentiu. "Oh, acho que sim, para começar."

Eles se inclinaram juntos. Embora seus votos não lhes concedessem status legal, Dylan podia sentir a gravidade deles se estabelecer ao seu redor, como se o mundo tivesse realmente mudado e o trouxe com ele. Com ternura, ele reivindicou os lábios de Lydia, a mão segurando seu rosto para mantê-la no lugar. Não que ela precisasse de qualquer persuasão. Os braços dela ao redor do seu pescoço forneciam outra camada de conexão entre eles. *Nós nos amamos. Pertencemos um ao outro, mas ainda não somos um.* Ele percebeu, mais forte do que nunca, quão errado isso parecia. *Deitar com Lydia não será errado. Será perfeito,* ele percebeu. É o que ambos precisávamos, para a segurança deles, para seu relacionamento. *Cody pode legalizá-lo em breve, mas ela está certa. Ele não vai nos tornar mais casados do que já somos.*

Dylan colocou Lydia de volta na cama e se esticou ao lado dela, apoiando-se em um cotovelo antes de segui-la para baixo. Ele reivindicou seus lábios mais uma vez, ainda suavemente. *Quero você, doce senhora, mas vou fazer isso lento e devagar.* A ideia não caiu bem para seu amiguinho, mas ele ignorou a dor clamorosa, determinado a dar a Lydia uma experiência que ela não esqueceria tão cedo.

Seus dedos tremularam na vizinhança do seu seio e ela começou a soltar os botões, um por um. Com gentileza, Dylan afastou o fino tecido branco, mesmo quando ela começou a trabalhar em sua própria camisa. Logo as roupas ficaram abertas, revelando-se um para o outro. Dylan se inclinou e cobriu a borda reta da camisa de Lydia com beijos ardentes. Seus dedos fortes e capazes deslizaram sob sua camisa, acariciando seus ombros e parte superior das costas.

O calor acendeu entre eles, misturando-se com sua ternura potente e amor poderoso para criar a sensação perfeita. Dylan cutucou a camisa de Lydia mais para baixo com o queixo, ansioso para ver os seios voluptuosos que estava imaginando. Eles mais do que correspondiam às suas expectativas, cheios e rechonchudos, como travesseiros fulvos, coroados com grossos picos marrons que endureceram enquanto ele observava, alcançando-o como se solicitasse seu toque.

Ele beijou um, apreciando seu suspiro assustado. *Você gosta disso, querida? Muito ainda está por vir.* Abrindo a boca sobre a ponta do seu seio, ele mudou de posição para cobri-la, apoiando-se no outro braço para liberar a mão para segurar e brincar com o seio que não estava devorando.

Lydia respirou fundo e soltou o ar com um gemido.

"É bom?" Ele perguntou a ela.

"Hnnnnng," ela choramingou.

"Isso mesmo," ele informou. "Homens e mulheres fazem amor porque é bom. Ainda tem certeza de que é o que você quer, querida?"

Lydia arqueou as costas, empurrando os tentadores montes na direção dele. Ele deu uma risadinha. *Sei que você gosta de ser tocada, doce Lydia. Aposto que é apenas o nervosismo que a impede.* Sua intrepidez o atingiu. *Nervosa como qualquer virgem e, no entanto, ela quer que eu mostre a ela, que a toque. Ela não quer sentir medo e confia em mim para ajudá-la a superar isso.* Ele levantou seus seios e os pressionou juntos, para que pudesse mordiscar e chupar seus mamilos com facilidade.

Ela gemeu.

"Bom, Lydia. Isso é bom. Estou tão feliz que você goste."

"Mais," ela pediu, seus quadris se contorcendo embaixo dele. "Mais, Dylan, por favor. Eu … eu preciso … eu quero …"

"Eu sei, querida. Arde, não é? Mas a chama não vai machucá-la. A paixão é para ser compartilhada, para ser apreciada, com alguém que ama você."

Ele tirou a camisa aberta e desamarrou as fitas que prendiam a saia dela, ficando de joelhos para puxar a roupa. Então Dylan se levantou e olhou para sua Lydia, sua amada, em sua roupa íntima. Apenas um par de calçolas na altura do joelho e uma camisa fina, abaixada para revelar o que pretendia esconder, permanecia entre eles.

Ele desafivelou o cinto, abriu a calça jeans e sentou-se na cama para tirar as botas. O tempo todo ele manteve os olhos fixos em Lydia. Ela abriu os olhos e sentou-se, soltando o cabelo preto e brilhante dos grampos e deixando-o cair sobre os ombros e costas.

"Oh, querida," Dylan murmurou ao vê-la, "você parece uma deusa grega ou algum tipo de espírito da natureza, com o cabelo solto e os seios nus."

Suas bochechas arderam. Em seguida, ela estendeu a mão para a bainha da camisa e puxou-a por cima da cabeça. "E agora?" Ela exigiu.

Lentamente, os olhos de Dylan percorreram cada curva da sua mandíbula lisa até o pescoço gracioso, seus ombros fortes e braços grossos e musculosos, desenvolvidos durante anos batendo creme de chantilly e amassando pão; os músculos cobertos por uma camada de carne almofadada. Seus seios fartos balançavam enquanto ela se movia, tentando-o de volta para seus braços. Em vez disso, ele se moveu para o final da cama, desamarrou suas botas e as deixou cair no chão.

"Você parece um anjo," ele disse com fervor. "Como tudo que um homem poderia desejar em uma mulher." Então ele engatinhou sobre seu corpo até que pudesse abrir o laço da sua calça culote. Dentro, o arredondamento da parte inferior da sua barriga fornecia outra almofada projetada apenas para aliviar um homem depois de um dia difícil.

Vou deixar você feliz por ter oferecido, ele jurou em silêncio enquanto puxava a roupa sobre seus quadris e passava pelos seus pés, arrastando suas meias junto. Finalmente nus juntos, ele se esticou sobre o corpo dela novamente. Ela enrijeceu, mas ele a acalmou com beijos doces e toques maliciosos e agradáveis em seus seios, deixando sua mão deslizar para baixo em sua barriga, embora não o suficiente. *Ainda não. Deixe-a pedir por isso.*

Lydia se agarrou aos lábios de Dylan, tentando afogar o nervosismo em seus beijos doces. O bigode dele arranhava de maneira agradável seu rosto. Os dedos em seus mamilos enviavam choques de prazer direto para o lugar secreto que ele acabara de expor. *Oh, senhor. Eu estou nua. Estou realmente nua na cama com um homem. Como isso pode ser real? Como posso realmente estar fazendo isso?*

Uma coisa era conversar, até mesmo com uma franqueza embaraçosa, com seu amado sobre intimidade. Estar deitada nua na cama … *Bem, isso é uma confusão completamente diferente.* Seu corpo parecia entender o que queria, os quadris arqueando por conta própria, tentando esfregar seu vazio dolorido naquela parte protuberante dele.

"É isso," ele a encorajou, seus lábios se movendo nos dela. "Você está indo muito bem. Tem certeza que quer continuar?"

"Se me deixar levantar agora, você nunca vai chegar tão longe de novo," ela disse a ele com toda honestidade. "Termine enquanto ainda tenho coragem."

Dylan fez uma careta. Rolando para o lado, ele acariciou seu corpo de qualquer maneira, indo descansar no ninho de cachos pretos e elásticos entre suas pernas.

Lydia gritou.

"Isso só vai funcionar se você relaxar e deixar. Se lutar contra isso, não será bom para você. Eu não quero isso. Vou parar e podemos tentar outro dia."

Embora sua mente hiperativa quisesse aproveitar a oportunidade para adiar, o calor da mão dele afundando em seus lugares mais sensíveis, tentava seu corpo além da resistência. Ela se mexeu.

"Lydia?"

"Por favor, não pare."

Ele deu uma risadinha. "Duas opiniões? Bem, vamos ver qual é a mais forte."

Ele massageou o monte sensível de carne brevemente antes de mergulhar no lugar onde ela ansiava por ele. As pontas dos seus dedos mergulharam entre as dobras, encontrando uma poça oculta de umidade e espalhando-a. Lydia mordeu o lábio. O contato foi estranho, embora ela não pudesse ter dito desagradável. Então ela disparou para cima com um grito. "O que em nome de Deus foi isso?"

Ela franziu o cenho para Dylan, que estava rindo baixinho. "Algo bom, querida. Algo especial que uma mulher tem para ajudá-la a gostar de deitar-se com seu homem. Parece que o seu é extremamente sensível. Deite-se e eu vou mostrar como é o paraíso."

Ele pegou a mão dela e a deitou de volta no travesseiro. A mão livre permaneceu entre suas pernas. Lydia respirou lenta e profundamente várias vezes, tentando fazer seu coração parar de bater forte, mas sem sucesso.

"Deixe-me beijá-la, querida. Sei que isso é intenso e estranho, mas é como nos tornamos tão próximos quanto duas pessoas podem ser. Lembre-se de que é um toque de amor. Você vai se acostumar com isso. Até acabar gostando, eu aposto."

"Tenho certeza," ela concordou. *Oh, eu espero que ele esteja certo. É isso que aquelas pobres garotas permitem que os homens façam com elas? Que humilhante. É desconfortável o suficiente com alguém que amo.* "Hum, Dylan, sobre aquele beijo?"

Ele colocou os lábios nos dela enquanto seus dedos sondavam mais uma vez, desta vez se aproximando daquele feixe de nervos muito sensível de uma direção diferente, uma que diminuiu a intensidade para algo suportável. Todas as suas partes femininas pareceram aquecer e inchar ao seu toque e o mel quente acumulou e se espalhou. Estranheza e desconforto lentamente deram lugar ao prazer e, eventualmente, à ansiedade. Como antes, os quadris de Lydia pareciam ter uma mente própria, movendo-se em resposta aos seus toques, uma vez empurrando perto, no momento seguinte se afastando. Ela passou os braços ao redor do pescoço dele e se distraiu com beijos enquanto ele a preparava.

Algo quente e firme pressionou sua barriga, fazendo-a contrair. Dylan explorou essa reação, empurrando um dedo em seu corpo. Seu polegar continuou dedilhando enquanto sondava profundamente, puxava para trás e empurrava para dentro.

"Quase lá," ele rugiu em seus lábios. "Quase lá. Deixe ir, querida. Deixe o prazer tomar conta de você."

O que ele quer dizer? Parece que algo está se desenvolvendo, mas o que … uh … "Ohhhhhh!" Lydia suspirou enquanto ondas de sensação pareciam brotar do âmago do seu corpo, travando seus músculos e formigando em sua pele.

Uma mudança no equilíbrio do colchão disse a ela que Dylan estava se movendo, voltando para sua posição cobrindo seu corpo. Ainda presa em uma tempestade de êxtase, ela prestou pouca atenção a ele movendo suas pernas, abrindo-as mais e ajoelhando-se entre elas. Isto é, até que ele agarrou a mão dela e puxou para baixo, passando seus dedos ao redor de algo duro e grosso. Seus olhos se abriram.

"Última chance, Lydia. Paramos por hoje? Você não tem que fazer tudo de uma vez."

Ela olhou para a mão, ao redor da sua parte masculina saliente. Que pulsava em seus dedos. Ela apertou, extraindo um gemido das profundezas de sua alma. O sol mudou de posição, enviando raios de luz e sombra em sua pele como uma tapeçaria.

"Você pertence a mim, Dylan Brody, coração e alma. Estou pronta para acrescentar nossos corpos à lista. Não pare."

"Você sabe como isso funciona?"

Ela guiou seu sexo até a abertura de seu corpo. "Isto está certo?"

"Perfeito." Ele suspirou. "Eu te amo, Lydia."

Ela colocou a ponta em seu poço. *Espero que não doa muito.*

Ele avançou mais uma pequena polegada, enterrando-se nela, mas não com qualquer profundidade. Ela se levantou para encontrá-lo e mais um centímetro deslizou para casa. Ele agarrou seu traseiro. "Respire fundo," ele instruiu.

Ela inalou e ele empurrou com força. Uma beliscada aguda disse a ela que a ação estava cumprida. *É isso?* Surpresa com a falta da dor esperada, ela relaxou. Dylan pairava acima dela, o peso apoiado em seus cotovelos e ele olhou em seus olhos. "Você está bem?"

"Nada mal," ela respondeu, ainda surpresa de que o temido evento tivesse se mostrado tão fácil.

"Bom. Tudo bem então." Ele recuou e empurrou para dentro mais uma vez.

Agora, isso é o que eu imaginei. Como as garotas descreviam isso? Um velho sujo entre suas pernas, serrando? Embora a descrição parecesse caber, a experiência real não.

O prazer no rosto de Dylan enquanto ele reivindicava seu corpo a encheu de orgulho. Talvez porque ele não fosse nem sujo nem velho, mas o homem que ela amava, suas investidas não eram um problema, mas um prazer.

Oh, ou talvez seja realmente bom, ela percebeu. *Terei que ver da próxima vez quando não for tão novo e estranho.*

Dylan gemeu e um novo jorro de umidade pareceu sinalizar o fim de seu primeiro encontro. Ele relaxou sobre ela, deixando seu corpo exuberante suportar seu peso enquanto ela acariciava suas costas. *Interessante. Muito interessante. Espero que possamos fazer isso novamente em breve. Acho que quero aprender mais.*

CAPÍTULO 8

Quando Lydia despertou em sua hora costumeira, bem antes do amanhecer, ela se assustou ao se sentir ... bem. Sem desconforto. Sem arrependimento. *Bem, exceto por estar sozinha quando quero Dylan comigo.* Aqui, então, estava o motivo mais convincente para que o casamento deles fosse sancionado pela igreja e pela lei. Seu homem poderia dormir ao lado dela em vez de sair de fininho para o beco e esperar não ser visto. Espreguiçando-se, Lydia se levantou e foi tateando pelo quarto até a mesa no canto, onde acendeu uma lâmpada. Com a luz fraca e bruxuleante, ela foi até o guarda-roupa e pegou as roupas, vestindo-se de maneira mecânica enquanto sua mente pensava na noite anterior.

Uma vez na cozinha, ela cantarolou para si mesma enquanto enrolava pela cozinha, sacudindo farinha no balcão à luz de uma lanterna, dividindo o fermento e adicionando ovos e leite que ela pegou da caixa de gelo.

"Hoodle dang fol-de-dye-do," ela cantou em voz alta, misturando a mistura pegajosa com a ponta dos dedos até que começou a se juntar.

"Que escolha desanimadora," uma voz suave disse em seu

ouvido. "Você não consegue cantar uma música mais feliz do que 'Sweet Betsy from Pike'?"

Lydia pulou com um grito, jogando massa em todos os cantos do cômodo. "Dylan, haja paciência, olha o que você fez!" Ela choramingou.

"Desculpe, querida," ele disse de maneira tímida, limpando um pingo do bigode. "Não estava tentando assustá-la, apenas dizer bom dia."

"O que você está fazendo acordado tão cedo?" Ela quis saber.

"Ainda não fui para a cama," ele respondeu. À luz fraca, Lydia notou as sombras sob seus olhos. "Depois que saí daqui algumas pessoas entraram na bebida alcoólica ilegal e ficaram um pouco arruaceiras. Eles 'pegaram emprestado' alguns cavalos e foram cavalgar por toda a pradaria. Levei horas para reunir todos. Malditos idiotas."

"Onde eles estão agora?" Ela quis saber.

"Cantando *Danny Boy* em harmonia de cinco partes na cadeia," ele respondeu, os lábios se contorcendo em linhas amargas. "Eles não têm nenhum talento musical."

Lydia revirou os olhos. "Você tem o emprego mais glamoroso da cidade, não é, Dylan?"

"Com certeza, eu tenho, Senhorita Lydia." Em seguida, ele a agarrou pela cintura com um aperto rude e deu um beijo molhado em seus lábios. "Estou indo para casa dormir e realmente espero poder dormir, mas queria vê-la antes. Você está bem?"

Lydia sorriu. "Maravilhosamente. Eu me sinto ... feliz e travessa ao mesmo tempo. Hum, Dylan, como você entrou na minha loja? Está tudo trancado."

"Você pode ter trancado o café, querida, mas deixou o portão do jardim aberto."

Ela semicerrou os olhos para a porta da cozinha, aberta para permitir que uma brisa fresca entrasse na cozinha sufocante. Com certeza, o portão mais distante para o beco estava entreaberto.

"Bem, eu nunca," Lydia pigarreou, indignada de si mesma.

"Você nunca deveria," Dylan respondeu, ficando sério. "Todo tipo de gentalha pode ver isso e pensar que é um convite. Não quero nenhum trabalhador rural sujo roubando minha mulher."

"Não se preocupe, querido," ela respondeu. "Qualquer pessoa que vier nessa direção sem permissão, tenho uma coleção de frigideiras de ferro fundido e os braços para balançá-las ... e nem me deixe começar sobre as facas." *Entre outras coisas que prefiro não mencionar.*

"Você é forte e inteligente," Dylan disse, "e confio que você pode aguentar firme, mas terá cuidado, não é? Eu te amo e agora que tenho você, não quero perdê-la."

O humor havia desaparecido da sua voz e Lydia lembrou da história triste sobre sua noiva e filho perdidos. *Insensível, Lydia.* "Prometo ser mais cuidadosa," ela jurou, deslizando os braços ao redor do seu pescoço e puxando-o para um beijo mais completo. Depois, ela sorriu em seus lábios. "Agora, se você quiser entrar pelo portão em algum momento quando o café estiver fechado à noite, mas antes que fique tarde demais para mim, você poderia criar algum tipo de sinal."

"Eu a informarei para me esperar, que tal?" Ele perguntou. "Eu diria para começar hoje à noite."

A ideia de Dylan se juntando a ela em sua cama novamente fez com que uma onda de nervosismo ansioso se acendesse na barriga de Lydia. "Acho que posso encontrar uma maneira de permitir isso," ela respondeu, "mas só se você descansar um pouco. Você parece exausto."

"Estou," ele concordou. "Até mais, querida'. Talvez por volta das sete, a menos que algo surja."

"Estarei esperando," ela prometeu.

Dylan adormeceu com facilidade e sonhou com coisas agradáveis das quais não se lembraria mais tarde, até que uma forte batida na porta o tirou do sono. Ele se sentou ereto na cama. Afastando o desejo persistente de dormir, ele vestiu um par de calça jeans que encontrou no chão e tropeçou até a porta. Ele a abriu para encontrar Jesse West parado do outro lado.

"Vista a camisa," o jovem reclamou. "Não quero ficar cego."

"Se não quer ficar cego," Dylan brincou de volta, "mantenha as mãos fora da calça. Quer me ver vestido, espere até eu ir trabalhar. Não me tire da minha cama. É melhor que seja bom, Sr. 'Posso cuidar de tudo'."

"Eu posso," Jesse se gabou, atravessando a soleira. Apesar da sua provocação, Dylan notou que seus olhos pareciam tensos e os cantos da sua boca enrugados. "Apenas pensei que você gostaria de saber sobre isso." Ele levantou uma folha de papel e acenou-a no ar, criando um som farfalhante que abalou muito os ouvidos que mal acabaram de acordar de Dylan.

"Pare de sacudir isso," ele resmungou. "Vou pegar um café. Venha." Ele mancou em direção à cozinha, com os pés doendo. "Então que diabos é tão importante, West? Recebemos outra carta?"

"Sim," Jesse concordou, seguindo Dylan até a cozinha minúscula de sua casa de dois quartos perto da periferia da cidade. Parecia que o ano tinha finalmente recebido a mensagem de que o outono havia chegado, já que a brisa que soprava pelas janelas era decididamente forte. *Já estava na hora. Já está chegando outubro. Lá em Minnesota, poderíamos ter neve agora, e geada todas as noites não seria nenhuma surpresa.* Dylan agarrou sua chaleira e a enfiou na pia, bombeando a alça até que um jato frio derramou sobre sua mão, a maior parte caindo dentro do recipiente de metal.

"A carta está com o carimbo postal do Colorado mais uma vez," Jesse disse, "mas o conteúdo me perturba."

"Como assim?" Dylan deu dois passos até o fogão, colocou a chaleira no queimador e abriu a fornalha para cutucar as brasas. Elas ficaram vermelhas, então ele adicionou mais um pouco de combustível e foi até a mesa da cozinha, onde Jesse estava sentado, os cotovelos na toalha xadrez vermelha, olhando com cara feia para a mensagem em suas mãos.

"Pergunta se gostamos da celebração do Dia do Fundador."

Dylan baixou as sobrancelhas. "Isso foi ontem. Como diabos...?"

"Maldição se eu sei," Jesse respondeu. "É louco. Como isso poderia ter acontecido?" Ele fez uma pausa, batendo nos lábios novamente, seu sinal de estar absorto em seus próprios pensamentos. "Você realmente acha que os ladrões estão escondidos no Colorado? Não seria um pouco óbvio?"

Dylan considerou a ideia. "Mas se não estão, por que as cartas têm o carimbo postal de lá?"

Jesse coçou a cabeça. "A correspondência viaja. Se as cartas fossem enviadas para Pueblo de outro lugar e um cúmplice as recebesse, eles poderiam enviá-las de lá. Se fosse alguém local, ninguém notaria. Especialmente se for uma cidade maior como Pueblo. Quem prestaria atenção a um morador local enviando uma carta?"

"Você pode estar descobrindo alguma coisa, West," Dylan disse, novamente surpreso com o raciocínio astuto de seu novo subdelegado, "mas isso nos traz um novo problema. Eles poderiam estar em qualquer lugar."

"Sim." O rosto de Jesse ficou sério. "Em qualquer lugar que não queremos que eles estejam."

"Não é um bom sinal," Dylan concordou. "No mínimo, há um agente aqui na cidade mantendo a gangue informada. Na pior das hipóteses..."

"A gangue está aqui ou pelo menos nas proximidades e há apenas um agente no Colorado recebendo mensagens e enviando-as de volta para cá."

"Ou alguma combinação disso."

O homem mais jovem acenou com a cabeça. "Aqui eu pensei que trazer minha esposa para casa a manteria protegida da vida que eu costumava levar. Parece que não estamos em melhor situação."

"Bem, só que é menos provável que você seja atacado. Muitas pessoas vivem nesta cidade. Mesmo que metade delas sejam mulheres e crianças, todo homem lutará para protegê-la. Não há como a gangue tomar a cidade inteira."

"Eu sei," Jesse concordou. "Até Billy Fulton pegaria uma arma se a Senhorita Lydia ou a Senhorita Esther fossem ameaçadas, mas não estou tão preocupado com a cidade quanto qual será o próximo movimento deles. Isso é uma provocação. Eles estão nos provocando, informando que estão por perto. Para que recebamos esta carta agora, eles devem tê-la enviado há não mais de uma semana. Os detalhes aqui ..." ele apontou para o papel, "foram finalizados na reunião no domingo passado, ou assim minha esposa me disse."

"Então, eles estão nos informando que estão por perto," Dylan disse de maneira sombria.

Jesse assentiu com o cenho franzido. "Eles não correriam esse risco a menos que se sentissem relativamente seguros, o que significa que devem ter mais membros, o suficiente para causar um problema e isso significa que provavelmente estão planejando outro ataque. Lembre-me novamente de quais ações reais eles tomaram contra o Garden?"

"Eu não diria os assaltos a trens." Dylan respondeu, pensando em voz alta. "Essa era a missão original deles e eles atacaram vários entre Colorado e Wichita."

"Certo. Como eles decidiram se concentrar em uma cidade novamente, em vez de ir atrás de mais trens? Isso não parece muito lucrativo."

"Tenho certeza de que é pessoal," Dylan respondeu, sugando uma grande quantidade de ar e liberando-o em uma lufada barulhenta. Levantando-se, ele despejou uma porção de grãos de café na prensa e derramou água sobre ela.

"Explique para mim," Jesse disse. "Sim, eu já ouvi isso antes, mas você nunca sabe quando contar novamente fornecerá algo importante."

"Tudo bem." Dylan jogou a bebida forte e preta em uma caneca de estanho salpicada de azul e voltou para a mesa. "Quando eles acertaram Wichita em dezembro, Cody e Kristina estavam no trem. De alguma maneira eles conseguiram distrair os ladrões e tirar algumas pessoas sorrateiramente, uma das quais roubou um dos cavalos dos ladrões e voltou para a cidade para buscar ajuda. Quando chegamos lá, afugentamos o bando. Alguns morreram, incluindo um no carro com Cody e Kristina e, por algum motivo, o irmão de Kristina, Calvin. Eles prenderam um segundo, um jovem, que levamos sob custódia. Ele foi julgado por assassinato e executado."

Jesse ficou sentado em silêncio, o rosto sombrio enquanto as imagens pareciam passar em sua cabeça.

"Houve um incidente em meados da primavera, antes que você chegasse. Uma pessoa desconhecida bombardeou a loja de vestidos de Rebecca Heitschmidt e quase a matou, mas foi uma distração. Ele tentou tirar o garoto da cadeia. Eu o impedi, mas ele ameaçou a cidade."

"Ok e eu cheguei não muito tempo depois disso," Jesse disse, juntando as coisas.

"Alguns meses depois," Dylan concordou, "mas naquele momento, a violência tinha diminuído para bilhetes ameaçadores e impessoais. Além disso, não se esqueça, o garoto foi enforcado antes de você chegar aqui. Eu esperava uma violência em torno disso, mas nada aconteceu."

"E eu suspeito que seja porque eu prendi o ninho."

"Seu palpite se encaixa, o que significa que a gangue reduziu drasticamente o número, mas os que sobraram provavelmente ainda estavam por aqui."

"Certo." Jesse franziu o cenho. "Então, eles estiveram por perto o tempo todo, nos observando e o chefe, que tem uma vingança pessoal contra você, juntou-se a eles após a batida policial no Colorado."

"Sim, bem," Dylan percebeu, "se o chefe descobrir que foi você quem separou sua gangue, ele estará atacando você também."

"Maldição, isso é ruim," Jesse disse. "Qual deveria ser o nosso plano de ação? Não gosto de ficar aqui sentado esperando.

Sabemos que eles estão por perto. Precisamos encontrá-los antes que venham atrás de nós."

"Eu concordo," Dylan disse. "Eu me pergunto se podemos pegá-los antes que decidam atacar novamente?"

"Talvez enviar um telegrama para a polícia de Pueblo," Jesse sugeriu. "Ver se eles conseguem descobrir quem está enviando as cartas. Pressioná-los para obter informações. Conheço o Xerife ali. Posso fazer isso."

Agora, por que diabos não pensei nisso há muito tempo? Devo estar perdendo meu toque! Amuado, Dylan murmurou, "Isso seria uma grande ajuda, Jesse. Fique à vontade."

Jesse assentiu. "Imediatamente." Ele pulou da cadeira da cozinha, em seguida se virou. "Dylan, mantenha os olhos abertos. Tenho uma sensação desagradável. Algo está para acontecer e não vai ser bom."

"Eu também sinto isso," ele concordou. "Estou feliz que você esteja aqui, Jesse. Todos nós precisamos ficar alertas. Vamos chamar Rob e todos os homens saudáveis da cidade e dar-lhes as informações. Todos nós deveríamos ficar de guarda."

"Concordo," Jesse disse, um segundo antes da porta bater atrás dele.

Lydia corria pela sala de jantar, colocando pratos de ovos e torradas na frente dos clientes famintos. O trem havia chegado cerca de uma hora atrás e seu café estava cheio de estranhos. Moradores locais tomavam café e conversavam enquanto passageiros apressados olhavam para a porta, pedindo-lhe em silêncio que se apressasse.

Lydia não pôde deixar de sorrir. *Tudo parece bem com o mundo hoje. Estou feliz.* Ela serviu prato após prato de comida, mas sua mente permanecia em Dylan. Em seu relacionamento, a intimidade que eles compartilharam. Seu casamento iminente. *Acho que posso fazer folhas de açúcar e colori-las com suco de beterraba e cenoura e usá-las para decorar nosso bolo de casamento,* pensou ela.

Uma mão se fechou ao redor do seu pulso, quase a deixando sem equilíbrio. Ela parou de repente, franzindo o cenho sobre um prato para o homem que ela havia notado antes. "Posso ajudá-lo, senhor?" Ela perguntou. "Você precisa de mais café?"

"Eu gostaria de falar com você em particular, Senhorita Carré," ele disse, seu tom não tolerando nenhuma discussão.

Lydia torceu os lábios. "Estou ocupada, Sr. ..."

"Blaylock," ele a lembrou. "Samuel Blaylock. Se você não se importar, Senhorita Carré, isso é importante."

"Sr. Blaylock," ela disse, ficando mais fria quando ele se recusava a atendê-la, "a chamada de volta para o trem é em vinte minutos. Essa boa gente precisa do café da manhã e os habitantes locais estão esperando pacientemente. Seja o que for terá de esperar pelo menos uma hora. Agora me deixe ir."

Ela colocou o prato na mesa na frente dele e puxou a mão para longe. *Vá engomar seu bigode, seu dândi mandão. Tenho trabalho a fazer.*

Ela saiu furiosa, ignorando seus murmúrios zangados.

Trabalhando o mais rápido que podia, Lydia conseguiu servir todos os viajantes a tempo para eles comerem e pagarem antes que soasse 'todos a bordo'. Então ela serviu o café da manhã para os habitantes locais, mas seu humor havia piorado. *Por que deixar um indivíduo agressivo estragar o momento?* Ela se perguntou. E, no entanto, algo parecia errado.

Quando o último dos comensais saiu, Lydia suspirou enquanto contemplava a montanha de pratos esperando para serem lavados antes que ela pudesse começar a preparar o almoço. Uma xícara de café a chamou e, no entanto, o persistente Sr. Blaylock aguardava.

"Tudo bem, senhor," ela disse, ficando fora do alcance das suas mãos agarradoras e apoiando o quadril em uma cadeira frágil em uma mesa próxima. Seus pés doíam. "O que você precisava?"

Agora que ele tinha toda a atenção dela, o homem pareceu murchar um pouco. Ele enrolou o bigode encerado na ponta dos dedos. No frio crescente do outono, as pontas pareciam se manter um pouco melhor. "Eu ... eu só queria falar com você ..."

"Então fale," Lydia insistiu. "Estou ouvindo." *O que está acontecendo com esse sujeito?*

"Bem, já se passou muito, muito tempo desde que perdi minha esposa e ..."

Oh, céus. Era disso que eu tinha medo. "Desculpe, senhor, mas deixe-me interrompê-lo agora mesmo. Estou prometida para me casar e estou muito feliz com isso. Não há futuro aqui, então não diga mais uma palavra, por favor?"

"Posso dar a você uma vida melhor do que ele," Blaylock disse, sua resolução visivelmente mais firme.

"Você nem sabe quem ele é," Lydia comentou.

Ele deu de ombros. "Não importa. Posso proporcionar uma vida melhor do que qualquer pessoa nesta cidade, e provavelmente na maioria das outras. Tenho muito dinheiro e os meios para ganhar ainda mais. Minha esposa nunca precisaria levantar um dedo; isto é, a menos que ela tivesse vontade de cozinhar algo especial. Tudo que eu peço em troca é dividir a cama e me dar um filho. Você parece uma mulher robusta. Sei que você poderia administrar isso sem nenhum problema. Pense nisso, Senhorita Carré. É o sonho de toda mulher."

"Acho que melhor pode ser um termo relativo," Lydia respondeu, pensando em voz alta, mesmo quando a pontada de saber que nunca teria um filho do homem que amava trouxe uma pontada de suspeita em seus olhos. "Escolhi esta vida e adoro. Amo meu trabalho. Amo ser dona deste lugar e manter as pessoas famintas alimentadas. Amo que o homem com quem vou me casar não quer que eu desista da vida que construí para mim. Ele me apoia. Parece-me que você tem algumas ideias equivocadas sobre o que é 'o sonho de toda mulher'. Não sou esse tipo de mulher. Uma vida mais rica não é necessariamente melhor. Lamento se isso o desaponta, Sr. Blaylock, mas não vou enganá-lo. Não há futuro aqui." Lydia respirou fundo, seu rosto esquentando de constrangimento, mas sua resolução inabalável.

O homem ficou mais pálido. Ela podia ouvir seus molares rangendo. "Entendo," ele disse. "Entendo, bem ... eu fiz minha oferta."

"Você fez," Lydia concordou. "Agradeço seu interesse. Agora, se você me dá licença, tenho trabalho a fazer."

Sem esperar por uma resposta, ela caminhou rapidamente pela sala de jantar até a cozinha, onde encontrou Esther lavando os pratos e Billy os enxugando.

"O que tem para o almoço hoje?" Billy perguntou.

"Canja de galinha," Lydia respondeu, levantando a tampa de uma panela enorme de caldo que estava cozinhando por horas. Ela pegou um garfo comprido do balcão e espetou duas carcaças de galinha. "Vou desfiar a carne e colocá-la de volta, junto com cebolas, cenouras e ervilhas."

"Delicioso," Esther disse. "Eu amo suas sopas e é o dia perfeito para isso, com o frio no ar."

"Guarde um pouco para mim," Billy implorou.

"Claro," Lydia respondeu. "Uma tigela grande extra e um pouco de pão com manteiga, ok, querido?"

Ele sorriu.

A vida como sempre e eu adoro isso.

CAPÍTULO 9

Dylan afundou em uma cadeira. Com sua missiva aos homens da cidade, todos estariam em guarda contra um estranho com uma coxeadura, mas ele não tinha certeza se eles entenderam a ameaça. *Inferno, eu nem entendo. O que eles farão a seguir? Mais cartas ou algo mais ativo e perigoso? Quem ou o que eles terão como alvo e quando? Se ao menos Jesse tivesse dado uma olhada mais de perto, poderíamos ter pelo menos uma descrição decente.* Uma pulsação atrás do globo ocular direito de Dylan fazia todo o sentido sob as circunstâncias.

Jesse e Rob entraram apressados, armas penduradas em seus cintos, as expressões sombrias.

Dois jovens robustos, Dylan pensou, examinando-os. Jesse, embora não fosse alto, era orgulhoso e seguro, seus olhos astutos apesar do cabelo amarelo e do físico esguio que o faziam parecer incompetente. *Ele é o tipo que consegue obter a vantagem sobre qualquer um.* Rob, mais jovem, mais alto e mais musculoso, tendo crescido em uma fazenda de gado, parecia a força da operação e ele era. *Junto comigo na liderança, dificilmente é o suficiente para nos manter seguros.*

"Vocês enviaram o telegrama?"

Jesse assentiu. "O Xerife de Pueblo promete dar uma olhada

nisso e nos responder o mais rápido possível. Ele vai investigar quem tem enviado cartas. Talvez ele possa nos dizer algo."

"É um começo," Dylan respondeu com um suspiro. "Não sei quanto podemos fazer sem mais informações além de ficar em guarda. Você pode dizer a sua esposa, Jesse, para ficar perto de outras pessoas e não ficar muito sozinha. Vocês dois ainda estão na pensão?"

Jesse balançou a cabeça. "Na verdade, conseguimos a casa do subdelegado Charles, como você sugeriu." Ele franziu o cenho. "Bem na periferia da cidade. Posso perguntar se ela pode ficar com alguém por um tempo."

"Talvez com Lydia," Dylan sugeriu. "Segurança em números e tudo. Além disso, ela fica bem no meio da cidade."

"Lembre-se," Rob interrompeu, "a loja de Rebecca Spencer também fica bem no meio da cidade, assim como a cadeia. Ambas foram atacadas. Ninguém está seguro em lugar nenhum. Suas mulheres podem se defender?"

"Addie pode," Jesse respondeu prontamente, mas não ofereceu nenhuma informação adicional.

Eu gostaria de saber a resposta para essa pergunta. Lydia está sozinha há muito tempo. Presumo que ela possa, mas não tenho certeza. "Irei vê-la e descobrir."

"Talvez você deva se apressar e se casar com ela, para que ela não tenha que dormir sozinha," Jesse sugeriu.

"Mas se eu fosse um alvo, isso não a tornaria mais vulnerável?" Dylan perguntou, "Especialmente quando patrulho à noite." *Casar com Lydia agora parece bom e tolo ao mesmo tempo.*

"Não acho que exista uma boa solução," Rob disse. "Faça o que você precisa."

Dylan assentiu. "Está bem, então. Vamos sair daqui. Falar com nossas famílias e amigos. Compartilhar o que for necessário para deixar as pessoas cautelosas. Segurança primeiro. Encontrar aqui às nove da manhã. Jesse, você ficará de plantão até as dez da noite e então eu o substituo. Vamos nos revezar cobrindo a noite até que a situação seja resolvida."

Todos os homens concordaram com acenos silenciosos de cabeça. Então Dylan saiu da cadeia e virou à esquerda, indo para o norte até que pudesse ver a telha acima do café. *Preciso falar com ela. Descobrir se ela está segura sozinha à noite e o que ela quer fazer.*

O outono se aprofundava a cada dia. As folhas das poucas árvores raquíticas e açoitadas pelo vento brilhavam em vermelho e laranja enquanto se agitavam na brisa fria. A grama na pradaria além dos limites da cidade estava ficando amarela e quebradiça à medida que o inverno se aproximava. Mesmo assim, depois do calor bestial do verão, a hora da morte melancólica era um alívio.

Dylan respirou o ar fresco e frio e soltou o ar. *Eu me pergunto se Lydia já terminou de limpar o almoço ... se ela pode tirar algum tempo do dia para mim. Parece que preciso abraçá-la.* Embora seu corpo reagisse ao pensamento de maneira óbvia, seu coração também ansiava pela proximidade que só o ato de amor poderia trazer. *Preciso da minha mulher.*

Ele aumentou o passo, mal olhando ao redor da rua silenciosa antes de deslizar para o beco que levava ao portão do jardim dos fundos.

No silêncio, o vento sussurrava em seu ouvido. Pensando na gangue de ladrões, sem saber onde eles apareceriam em seguida, Dylan percebeu que não havia seguido seu próprio conselho. Sua atenção concentrada em chegar a Lydia, ele mal notou as ruas ao seu redor e não tinha ideia de quem tinha saído, que cortinas estavam abertas para que as pessoas pudessem espiar a rua, que venezianas se fecharam em segredo. "Que homem da lei você é," ele murmurou, feliz que ninguém tivesse visto sua concentração obstinada e falta de consciência.

"Você acertou, Senhor Brody," uma voz oleosa falou em seu ouvido, o som acompanhado por um clique metálico sinistro.

. . .

Lydia terminou de limpar a cozinha. Ela já tinha mandado Esther e Billy para casa há muito tempo. *Eu me pergunto se Dylan virá me ver. Eu gostaria disso.* Embora ela não se sentisse tão entusiasmada em ir para a cama como esperava, não tinha sido horrível e todos os beijos, toques e proximidade a agradaram. *Sim, tudo isso foi muito bom. Imagino que o resto virá com o tempo.* Um formigamento suspeito disse que ela poderia, talvez, estar protestando demais.

Pegando a bacia de água da louça, ela saiu pela porta dos fundos da cozinha. *Apesar do frio crescente, não choveu muito. Melhor regar as plantas. Vou precisar trazê-las para dentro em breve, mas a parte de trás parece tão triste sem elas.*

Os tijolos vermelhos, que combinavam com a rua principal da cidade, tinham ficado empoeirados e vários apresentavam rachaduras profundas. *Vou precisar fazer alguns reparos na primavera, pelo que vejo ... talvez Dylan possa me ajudar.* Ela derramou a água morna com sabão no tomate, embora provavelmente não sobrevivesse por mais uma semana e tinha certamente parado de produzir. *Mantenha-o vivo mesmo assim. Ainda está verde e tem um cheiro agradável e limpo.*

Ela se moveu pelo espaço compacto até suas videiras. Elas estavam penduradas com cachos de frutas. Ela pegou uma e provou, sorrindo com o gosto azedo. *Mais uma semana e estarão prontos para prensagem.* Ela borrifou a água perto das raízes e continuou ao longo da cerca até o portão, que destrancou, enfiando a chave de volta no bolso do avental. Que estalou quando caiu.

Questionando-se se algum de seus vizinhos mais intrometidos poderia estar olhando para o beco, ela abriu o portão. *Talvez isso não seja uma boa ideia. As pessoas veem Dylan entrando sorrateiramente no meu quintal, elas saberão que travessuras estamos aprontando.*

Embora reconhecesse a validade do pensamento, isso não a impediu de espiar, só por precaução. Seu coração e respiração pararam como um. Uma figura de casaco e chapéu preto estava diante dela, o braço estendido, segurando uma forma negra feia contra a nuca de Dylan. Seu amado parecia congelado, mas ela podia ouvir sua respiração aguda e superficial.

"Tinha que ser você, não é," uma voz familiar com um sotaque oriental sibilou na quietude. O vento da pradaria pegou as palavras e as levou aos ouvidos de Lydia. "Você tirou meu filho e agora tirou também minha mulher. Será um prazer matá-lo, Brody."

Lydia respirou fundo, forçando seus medos profundamente, bem profundo, para que seu comportamento superficial se acalmasse, as mãos firmassem. Enfiando a mão no bolso, ela tirou lentamente uma pequena derringer com cabo de madeira. A luz do sol brilhou no cano brilhante, mas seu adversário não pareceu notar. *Este é um tiro e tanto,* ela reconheceu *e estou sem prática. Ainda bem que eles estão tão perto. Senhor, por favor, não me deixe errar.* Ela focou sua atenção apenas no braço esguio, coberto de preto, que segurava o revólver preto. *Nunca fui sua mulher, Blaylock,* ela pensou enquanto apertava o gatilho.

O rugido da pistola deixou Dylan de joelhos, se para se esquivar ou porque suas pernas simplesmente cederam, ele não sabia. Ele não sentiu dor, embora a forte concussão tivesse deixado seus ouvidos zumbindo. O fedor de pólvora e fumaça encheu suas narinas. *Estou entorpecido? Não dói, mas não quero morrer. Não tive tempo suficiente com Lydia, e ela ainda está em perigo.*

Ele respirou fundo, o arrependimento consumindo-o enquanto esperava que algo acontecesse. Dor. Inconsciência. O chão sob sua bochecha. Mas nada aconteceu. Ele abriu um olho cauteloso e olhou diretamente para o cano de uma arma pequena. Uma nuvem de fumaça saia do cano. Atrás, emoldurada contra a parede de trás de sua casa, Lydia estava no portão aberto. Dylan piscou e se virou para ver um casaco preto balançando enquanto a pessoa que o vestia mancava rapidamente entre dois prédios e desaparecia.

Ele percebeu a umidade na parte de trás do seu pescoço e

levantou os dedos, depois olhou para a vermelhidão. "Fui baleado?"

Um soluço rompeu o zumbido em seus ouvidos e em seguida um barulho alto. A arma derrapou nos tijolos ao longo do beco e veio descansar em seu joelho. Então Lydia se atirou em seus braços.

Quando a audição de Dylan clareou, sua mente permaneceu confusa. "O que você fez?"

Lydia tremeu, soluçando em seu ombro, os dois punhos agarrando sua camisa.

Ele agarrou seu queixo e ergueu seu rosto para que pudesse olhar em seus olhos inchados e manchados de lágrimas. "Lydia, não estamos seguros aqui. Volte para dentro de sua casa e tranque todas as portas." Ele tateou em busca da sua derringer e pressionou-a em sua mão novamente. "Recarregue isso. Já volto." Ele beijou seus lábios e depois a colocou em pé, empurrando-a de volta pelo portão e fechando-o. Ele ouviu um baque surdo quando ela o trancou.

"Fique escondida," ele insistiu. "Não sabemos quantos são ou onde podem estar."

"Tudo bem." Ele mal conseguiu distinguir as palavras através dos seus soluços e fungadas, mas reconheceu a aceitação. Suas botas estalaram nos tijolos enquanto ela caminhava em direção à casa.

Ela ficará zangada quando eu voltar, mas estará viva. Essa é a parte importante. Se vamos nos casar, ela vai ter que se acostumar a ficar em segundo lugar na segurança da cidade.

Tirando a arma do coldre, forçando sua reação a diminuir, Dylan correu na direção que viu o criminoso ir. *Com aquele mancar, ele não será capaz de ir longe.* No momento em que alcançou a abertura entre a casa dos Spencer e seus vizinhos, os Millers, nenhum movimento traiu uma pessoa passando ou se escondendo. Ele passou pela casa grande e branca, mantendo os olhos grudados na casa desocupada ao lado. *Este seria um ótimo esconderijo.* Ele tirou o chapéu e espiou pela janela para ver uma sala cheia de móveis cobertos por lençóis. Nenhuma pegada marcava a poeira espessa no piso de madeira. *Espero que os Millers voltem para casa logo. Esta casa está vazia há muito tempo.*

Contornando a estrutura com cuidado, ele se esgueirou até a varanda e verificou a porta. Trancada e nenhuma das janelas imundas tinha sido quebrada. *Parece seguro. E agora?*

Ele esquadrinhou a rua. À direita, mais algumas casas ficaram maiores e mais afastadas, até que, logo após a casa nova dos Wests, a cidade deu lugar a uma pradaria aberta.

À direita, as telhas de Lydia agitavam-se e batiam com o vento interminável do Kansas. Mais ao sul, a altura imponente do hotel e o campanário alto da igreja projetavam sombras sobre a rua. Ele mal conseguia distinguir a estação de trem no extremo oposto da cidade.

Algumas pessoas circulavam pela rua, correndo de um prédio para o outro, segurando casacos e chapéus para se proteger do frio. Ninguém parecia nem um pouco perturbado. Dylan agarrou o braço de um homem cujo colarinho virado o tornava anônimo. A cabeça se virou para revelar o rosto murcho de Billy Fulton. *Obrigado, Senhor.* "Billy, você viu algum estranho por aqui?" Dylan perguntou.

Billy pareceu mastigar a pergunta, ou talvez a língua, até que Dylan sentiu vontade de dançar no lugar. "Sim, sinhô," ele finalmente disse. "Casaco preto e chapéu?"

"Sim, Billy," Dylan respondeu, tentando manter a calma. *Ele o viu. Obrigado, Senhor.*

"Ele foi naquela direção." Billy apontou para o norte, em direção à periferia da cidade. Dylan esquadrinhou o horizonte, mas não viu nada. *É melhor eu buscar ajuda.*

"Obrigado, Billy. Essa foi uma informação muito importante. Agora, você pode ir cuidar da Senhorita Lydia? Um homem mau chegou muito perto dela."

Billy assentiu de maneira sombria, parecendo entender a gravidade da situação e correu rua abaixo em direção ao café.

"Bem, droga," Dylan murmurou, afastando-se de sua presa e

voltando para a cadeia. "Ele estava muito perto. Muito perto. Quem era aquele cara, afinal? Ele parece familiar, mas não consigo localizá-lo. Claro, nesta cidade só isso já deveria ser aviso suficiente. E de que diabos ele estava falando, roubou sua mulher? Não roubei nada."

"Claro que não."

Dylan assustou-se violentamente, surpreso ao se encontrar de frente para a mesa dentro do prédio da cadeia, olhando para o rosto sorridente de Jesse.

"Se você roubasse algo, Xerife, eu teria que prendê-lo."

Dylan baixou as sobrancelhas. Então ele afundou em uma cadeira, seus joelhos não mais dispostos a sustentá-lo. "Ele está aqui. Ele saltou sobre mim. Minha hora de morrer quase chegou, West."

O sorriso de Jesse desapareceu. "Quem?"

"O chefe. Ele me alcançou do lado de fora da casa da Lydia. Se ela não tivesse sacado sua derringer, você encontraria meu corpo na manhã seguinte."

"Que diabos você disse? Lydia atirou nele?" Jesse se levantou da cadeira.

Dylan baixou o queixo. "Acho que sim." Ele tocou o ponto pegajoso em seu pescoço. "Este sangue não é meu. Ela o expulsou. Billy Fulton o viu indo para o norte. Anda mancando, ele disse. Um velho como aquele não estaria executando assaltos."

"Certo. Por trás dos bastidores. Mancando, você diz? Então talvez ele seja o mesmo que encontrei no Colorado. Ele mancava. Precisava até de ajuda para caminhar."

"Talvez ele tenha uma lesão?" Dylan especulou. "Talvez esteja parcialmente curado?" *Como diabos Jesse ou qualquer um saberia a resposta para isso? Pare de tagarelar, cara.*

"Poderia ser," Jesse concordou, coçando a barba dourada em seu queixo.

"O que há ao norte?" Dylan perguntou. "Não é apenas uma pradaria aberta?"

"Jesse! Jesse!" A porta se abriu e Rob entrou na sala,

acenando um pedaço de papel no ar. Ele notou Dylan e parou de repente. "Xerife. Desculpe."

"Não se desculpe," Dylan assegurou-lhe. Ele considerou se levantar, mas seus joelhos lhe garantiram que tal movimento não seria apreciado ou bem-sucedido, então ele virou a cadeira. "Eu estava prestes a enviar Jesse para procurá-lo. O que você tem aí?"

"A resposta ao telegrama de Jesse," Rob respondeu. Apesar de ter bem mais de um metro e oitenta, ombros largos e musculosos, o comportamento de Rob revelava seus escassos vinte anos. *Ele é apenas uma criança. Não deveria estar aqui. Claro, eu não era mais velho quando comecei. Espero não ter que enterrá-lo.*

"O que diz?" Jesse exigiu, contornando a mesa e encostando-se na parede oposta, abaixo da minúscula janela gradeada, então os três homens formaram um triângulo. "Leia para nós, Rob. Vamos ouvir juntos."

O menino passou os dedos pelo cabelo escuro e abriu a missiva. "É longa. Diz que o Xerife de Pueblo que descobriu quem estava enviando as cartas. Uma viúva. Ela estava fazendo companhia a um sujeito mais velho, um estranho que fixou residência na cidade. Ele não é visto há semanas. De acordo com o dono da mercearia, ela tem recebido cartas com carimbo de Garden City e às vezes de Dodge City há algum tempo e depois volta no dia seguinte ou até mesmo mais tarde no mesmo dia e enviava cartas endereçadas a você.

"Então ela está apenas passando a mensagem?" Dylan presumiu. "Isso se encaixa." Ele franziu o cenho.

"Isso não é bom," Jesse acrescentou. "Parece que ela é única lá, o que significa que quem sobrou, sem mencionar quem eles recrutaram desde então, está em outro lugar. Aposto que eles estão por perto."

"Eu concordo com toda a operação estando por perto. Eles têm o nome do sujeito mais velho?" Dylan perguntou.

Rob passou os dedos pelo papel. "Sam Bly," ele disse,

apunhalando o papel. Que rasgou sob seu dedo. Ele corou. "Desculpe."

"Calma, filho," Dylan encorajou. "Ok, então temos um nome, embora eu não conheça nenhum Bly. Vocês?"

Rob e Jesse deram de ombros.

"E sabemos que eles estão aqui. Bly deve ser o chefe. Provavelmente, ele também é o homem que tentou atirar em mim."

"Xerife, o quê?" Rob encarava perplexo, parecendo mais jovem do que nunca.

Adoração do herói. Droga, garoto, não olhe para mim assim. Somos uma equipe aqui. "Tive uma altercação com o Sr. Bly do lado de fora do café de Lydia. Ele apontou uma arma para mim. Se Lydia não tivesse intervindo, eu estaria morto agora."

"O quê?" O rosto de Rob torceu em consternação. "Lydia o salvou?"

Dylan assentiu. "Nunca subestime uma mulher, filho. Elas são muito mais fortes do que qualquer um de nós sabe quando estão irritadas. Não vou jurar, mas acho que ela pode ter tirado a arma da mão dele ... enquanto ele a segurava na minha cabeça. Era um tiro em um milhão e ela conseguiu. Não tenho certeza se poderia ter feito isso."

"Oh, Deus. Eles estão apaixonados." O jovem revirou os olhos para o céu.

"Vai acontecer com você também se você viver por tempo suficiente," Jesse comentou embora o sorriso mal contido que persistia nos cantos de sua boca evocasse imagens de uma linda grávida de cabelos ruivos incandescentes. "E não é ruim. É o motivo pelo qual fazemos isso. Temos que manter as mulheres seguras."

"Exceto quando estão nos mantendo seguros," Dylan comentou. "Agora, isso não vai além dessas portas, senhores. Estão ouvindo? Elas poderiam insistir que eu a torne uma subdelegada e então quem assará as tortas?"

Eles se entreolharam e caíram na gargalhada, afastando a tensão.

"Então, você deu uma olhada no cara?" Rob perguntou, segurando a barriga enquanto risadas fracas tentavam escapar.

"Infelizmente, não." Dylan enxugou os olhos e penteou o bigode com a ponta dos dedos. "Ele veio por trás de mim e devo admitir que estava distraído. Ele estava usando um casaco preto e chapéu. Billy Fulton o viu correndo para o norte. Estava perguntando a Jesse o que fica ao norte porque não me lembro de nada."

"Existem algumas propriedades abandonadas," Jesse disse, pensando em voz alta, "Um silo de grãos, algumas terras para pastagem de gado. Não muito. Nenhuma proteção para mencionar."

"Certo," Rob confirmou. "Existem cidades em todas as direções se você for longe o suficiente. Dodge é a mais próxima embora não tão perto. Liberal ao sul e algumas fazendas ao leste, mas ao norte ... nada além de pradaria até chegar à fronteira com Nebraska, e mesmo assim, não é muito. Ouvi dizer que você pode ir para o Canadá sem esbarrar com uma cidade."

Parecendo perceber finalmente que estava balbuciando, Rob fechou a boca com um estalo.

Jesse semicerrou os olhos, não por causa das palavras de Rob, mas como se tivesse pensado em algo.

"O que está acontecendo, Jesse?" Dylan perguntou. "O que você está pensando?"

"Há um lugar possível, a nordeste da cidade. Uma grande casa de adobe. Eu costumava brincar nela quando era criança. Kristina, Allison e Wesley se lembrariam. Costumávamos brincar de xerife e ladrão lá. A estrutura é meio subterrânea e realmente coberta de vegetação. Você tem que saber onde está para vê-la e também havia os restos de um celeiro, se bem me lembro. Uma pequena operação poderia montar acampamento lá, se não se importarem de viver na miséria.

"Quão pequeno?" Dylan quis saber. "Quantas pessoas poderiam se esconder lá?"

O foco nítido nos olhos de Jesse desapareceu até que ele

parecia estar estudando algo que Dylan não conseguia ver. "Oito ou dez, talvez. Não muito mais do que isso, a menos que montem acampamento em tendas. O problema é que realmente não há como verificar isso. A grama é muito quebradiça e barulhenta nesta época do ano e não há nenhuma elevação para se ter uma visão panorâmica. A única maneira de chegar até eles seria um ataque total, o que pareceria terrivelmente tolo se não houvesse ninguém lá"

"Vou arriscar," Dylan disse de maneira sombria. "Esses bastardos têm sido uma fonte contínua de problemas há muito tempo."

"Concordo," Rob acrescentou. "Eles tornaram isso pessoal, mas nós vamos vencer."

"Vamos pensar sobre isso," Dylan encorajou. "Se vamos montar um grupo e ir contra eles, precisamos saber o máximo possível. Droga, eu gostaria de ter mais para continuar."

Jesse começou a pensar em voz alta. "Eles teriam que mandar alguém para a cidade buscar suprimentos e enviar cartas. Temos muitos estranhos passando por esta cidade todos os dias. Você se lembra de alguém novo?"

Dylan balançou a cabeça. "Não consigo pensar em ninguém. Você consegue, Rob?"

"Na verdade, não, chefe," o garoto disse, coçando a cabeça. "Você perguntou a sua senhora?"

Dylan e Jesse se viraram para ele. "O quê?" Dylan exigiu.

"Bem, ela o viu. Ela atirou nele. Pergunte a ela se ele parecia familiar."

Dylan voltou os olhos piscantes para Jesse, que estava de queixo caído.

"Garoto, você é um gênio. Ok, vocês dois podem cobrir as coisas por um tempo? Não deixei as coisas muito bem com Lydia. Antes que ela me deixe cair como uma pedra quente, provavelmente eu deveria tentar fazer as pazes."

"Sem problemas," Rob concordou, seu rosto brilhando com o

elogio que recebeu. Jesse acenou com a cabeça, um sorriso astuto em seu rosto.

Dylan olhou de maneira ameaçadora para o subdelegado mais jovem. "Pretensioso," ele murmurou baixinho.

Jesse cutucou a bochecha com a língua, mas não disse uma palavra.

Lydia olhava para seu acompanhante com uma sobrancelha levantada. "Você tem certeza que não quer correr para casa, Billy?" Ela perguntou.

"O Xerife Brody me disse para cuidar de você," Billy explicou, tomando café em uma caneca de estanho.

Dylan, sério. "Eu sei, Billy. Ele é muito protetor, mas prometo que posso cuidar de mim mesma."

"Ele te ama." Billy recostou em sua cadeira.

Os lábios de Lydia torceram para um lado. *Tenho que derreter um pouco com cada lembrete? Entendo trancar e me agachar, mas Billy é uma alma gentil. É provável que eu precise cuidar dele assim como ele de mim.* Ela olhou para o jovem quando ele começou a esfarelar a crosta de uma fatia de torta de maçã. *Espero que Dylan apareça para substituí-lo do dever em breve. Quatro anos de emprego e de repente, minhas instruções não valem mais. Homens e suas conspirações.*

Lydia suspirou. A exaustão causou um leve tremor em seus dedos. Ela queria descansar desesperadamente, mas com Billy aqui, isso se tornou impossível. *De qualquer maneira, duvido que eu dormiria.* A imagem do seu amado Dylan, uma arma apontada para a cabeça, iria assombrá-la para sempre. *Minha bala atingiu muito perto. Se ele tivesse se contorcido, teria sido eu quem atirou nele.* Ela colocou o pano no balcão e se dirigiu a uma cadeira bamba, afundando-se nela e relembrando os momentos aterrorizantes várias vezes.

. . .

"Xerife Brody! Xerife Brody!" Uma voz feminina interrompeu os pensamentos de Dylan enquanto voltava para o café de Lydia.

Maldição, homem, acorde! Afastando a miríade de pensamentos que enchiam seu cérebro, ele fez uma pausa para observar Ilse Jackson navegando em sua direção, a saia ondulando ao vento. Sua amiga Mary trotava ao lado dela.

Oh, senhor. O que agora? "Posso ajudá-la, Senhorita Jackson?" Ele perguntou, lutando para ser cortês.

"Xerife Brody," ela ofegou, correndo até ele e colocando uma mão estratégica no inchaço do seu corpete. Seus dedos tremeram.

Eu me pergunto se ela percebe que está fazendo isso. O flerte parece vir para ela tão naturalmente quanto respirar. "Sim, Senhorita Jackson," ele disse. *Apresse-se. Tenho coisas mais importantes a fazer do que lidar com você.*

Ela endireitou-se em toda sua altura e observou-o atentamente, acenando uma folha de papel em seu rosto. "As mulheres da cidade criaram e assinaram uma petição, que insistimos que você leia imediatamente."

Com um suspiro, Dylan agarrou a folha e a removeu dela, em seguida fez uma careta ao ler o título. "Senhorita Jackson, minha tarefa é manter esta cidade segura, não interferir no funcionamento de um local legítimo e legal de negócios. Desculpe, mas isso não significa nada para mim." Seus olhos percorreram a página, captando o nome de quase todas as esposas e filhas da cidade. "Sugiro que você convoque uma reunião municipal. Agora, se me der licença ..."

"Xerife Brody," ela retrucou, "o saloon ameaça a segurança desta cidade muito mais do que qualquer ladrão de trem. Mina as famílias por dentro, com as tentações da bebida e das mulheres perdidas. Mesmo se algumas pessoas forem mortas, a própria cidade permaneceria intacta, independentemente dos ladrões de trem."

Dylan olhou para a mulher. *Sua cabecinha de minhoca ignorante.* "Você não poderia estar mais errada," ele disse sem rodeios, "mas não vou perder tempo para explicar. Deixe sua petição no gabinete do prefeito e veja se seu pai quer ou convoque uma reunião. O que você quiser. Não estou envolvido nisso."

Largando o papel na rua, ele se apressou em seu caminho, ignorando os resmungos dela.

Ao chegar na porta do café, ele bateu. Um flash de cor apareceu na janela, e então ele ouviu uma saia farfalhar atrás da porta um momento antes de ser aberta, deixando-o cara a cara com sua mulher. *Ela não parece feliz.*

"Você pode, por favor, entrar e dizer a Billy para ir para casa?" Ela pediu. "Ele não irá embora até que você diga."

"Oh, claro. Desculpe."

Lydia se moveu para o lado e Dylan ultrapassou a soleira, vendo o objeto de sua conversa sentado à mesa, seu rosto em uma caneca de café. "Termine, por favor, Billy," Dylan pediu. "Estou aqui agora e preciso falar com a Senhorita Lydia."

"Sozinho?" O jovem sorriu. "Ok. Eu cuidei bem dela, xerife."

"Obrigado, Billy, posso ver isso."

Billy engoliu seu café e enfiou um pedaço de torta na boca antes de correr para a porta, dando risadinhas.

Lydia girou a chave na fechadura, olhando para Dylan com uma expressão azeda. "Isso era mesmo necessário? Não acabei de provar a você que posso cuidar de mim mesma?"

Oops. "Desculpe, querida. Foi um impulso. Segurança em números e tudo isso."

Lydia revirou os olhos.

"Você está zangada comigo?" Dylan perguntou, educando sua expressão para uma contrição profunda.

A risada de Lydia soou exasperada. "Você não parece um menininho, então pare de fazer essa cara."

"O que, isso?" Ele piscou repetidamente.

Ela bateu no braço dele. "Homem tolo." Então ela suspirou. "Assim que tive a chance de me acalmar e pensar, entendi tudo que você precisava fazer, exceto mandar Billy aqui. Não sou burra, Dylan. Você é o xerife. Claro, você tem que proteger a cidade, e é claro que isso vem primeiro. Eu teria preferido ficar chorando em seus braços um pouco mais, mas entendi. Você conseguiu pegar Blaylock?"

Suas palavras fizeram com que ele parasse de repente. "O que você disse?"

"Você não estava ouvindo?" Ela exigiu. "Eu disse que entendo..."

"Não," Dylan interrompeu, colocando a mão em seu ombro. "O nome, Lydia. Você conhecia aquele homem?"

Seus olhos escuros arregalaram. "Ele se apresentou a mim como Samuel Blaylock. Um cavalheiro mais velho com cabelos grisalhos e bigode engomado. Anda mancando. Ele está na cidade há alguns meses. Disse que estava abrindo um negócio aqui."

Dylan fez uma careta. "Sim. O negócio do caos. Blaylock, hein? Igual aquele garoto que executamos."

"Então ele realmente era pai dele?" Os joelhos de Lydia vacilaram, mas ela os enrijeceu.

"Parece que sim. Como você sabe tanto sobre ele?"

Ela mordeu o lábio. "Ele comeu aqui algumas vezes. Mais recentemente, ele deu a entender que queria um relacionamento comigo. Claro, eu recusei. Não só já estou comprometida," ela agarrou a mão de Dylan nas dela, puxando-a do seu ombro e entrelaçando seus dedos, "mas ele era muito mandão e agressivo para mim. Você sabe como sou independente."

Dylan assentiu. "Amo isso sobre você."

"E é por isso que eu te amo," ela respondeu.

Ele a puxou contra seu peito, sorrindo para si mesmo quando os braços dela deslizaram ao redor do seu pescoço. Ele apoiou o queixo em seu cabelo escuro e macio. "Blaylock, hein? Ele se autodenominou Sam Bly em Pueblo. Não acredito que ele disse a você seu nome verdadeiro. Que bastardo arrogante."

"Ele está zombando de todos nós," Lydia comentou. "Acha que somos um bando de camponeses burros."

"Bem, Jesse acha que sabe onde fica o covil. Estaremos reunindo um grupo assim que terminarmos nosso plano de ação. Você pode descrever Sam Blaylock para o grupo? Uma coisa que não queremos é que ele vá embora."

"Claro," Lydia insistiu. "Vou ajudar de qualquer maneira que puder. Cheguei muito perto de perder você, Dylan."

Seus braços apertaram.

"Você me salvou," ele admitiu. Inclinando a cabeça, ele beijou seu cabelo. "Você realmente tirou a arma da mão dele com um tiro?"

Ela balançou a cabeça sob o queixo dele. "Eu não poderia. Estava muito perto de você. Atirei nas proximidades do cotovelo. Eu sabia que ele não seria capaz de segurar a arma ou apertar o gatilho."

"Ah. Mas que tiro."

Ela ignorou isso. "Tive sorte. Não estava a mais de dez passos de distância. Ainda bem que passei óleo nas dobradiças do portão recentemente. Ele não sabia que eu estava lá."

"Ainda foi um tiro ótimo. Estou impressionado, Lydia. Como você sabia fazer isso?"

Lydia se afastou no círculo dos seus braços. "Não, Dylan. Não quero contar histórias agora. Você cuidou dos seus negócios e estará correndo perigo muito em breve. Nesse momento, você me deve. Venha aqui."

Ela puxou sua nuca.

Ele encontrou seus lábios em um beijo de ternura dolorida. Lydia não aceitaria nada disso. Ela apertou a boca na dele, deslizando a língua para dentro para se enredar com a dele.

A paixão explodiu em Dylan. A lembrança de quão perto ele esteve da morte, o medo que reprimiu, o arrependimento, tudo despertou nele, trazendo consigo um fogo que ameaçou consumi-lo. *Lydia é como o ar. Não posso viver um minuto sem ela.* Seus lábios suavizaram nos dela, mantendo o beijo, mas reduzindo a força.

Lydia não queria sua gentileza. Seus dedos trabalharam nos botões de sua camisa e deslizaram para dentro, tocando sua pele.

"Eu estava com tanto medo," ela murmurou em sua boca. "Pensei que iria assistir você morrer."

"Em vez disso, você me salvou." Ele segurou seu rosto na mão.

"Dylan, eu ..." o que ela ia dizer desapareceu quando ele reivindicou sua boca mais uma vez, lentamente levando-a para trás em direção à porta da cozinha. *O planejamento terá que esperar. Nesse momento, preciso da minha mulher e ela precisa de mim. Este é o motivo pelo qual temos que lutar.*

Ela alcançou atrás dela para mexer na maçaneta. A porta se abriu. A escada para seu apartamento aguardava do outro lado da sala, mas eles não chegaram tão longe. Uma vez fora da vista das grandes vidraças que davam para a rua, a paixão fervilhando entre eles, de repente transbordou.

Dylan recuou Lydia contra a parede, as mãos entrelaçadas em seu cabelo. Os grampos se soltaram e se espalharam no chão sem serem notados. Ele sentiu as mãos de Lydia dentro de sua camisa mais uma vez, acariciando sua pele. Ela acariciou seus mamilos, enviando uma onda de arrepios através do seu corpo.

Oho, meu amor. Dois podem jogar esse jogo. Ele agarrou a frente da sua camisa e puxou, enviando uma chuva de botões para ficar esquecida entre os grampos de cabelo. Rápido como um raio, ele desabotoou sua saia, o que a deixou vestida apenas com uma camisa fina e pantalets[1]. Querendo absorver a visão do seu corpo nu, ele soltou sua boca e levantou a camisa por cima da sua cabeça. "Ah, Lydia," ele suspirou, reverentemente passando uma mão sobre seu seio rechonchudo. Ela mordeu o lábio, a bochecha escurecendo. *Ela ainda é tão nova nisso, não está acostumada a se despir para seu homem.* Ele alcançou o mamilo e deu uma beliscada travessa em seu mamilo sensível.

Lydia respirou fundo.

"Você quer isso, amor? Você quer fazer amor de novo?" Ele perguntou.

Ela se aproximou dele e com coragem agarrou sua mão, arrastando-a para dentro das pantalets. "Estou desejando você, Dylan," ela disse. "Preciso sentir que você é real, cada pedacinho de você; que você não morreu e eu estou sonhando neste momento."

"Estou vivo, Lydia," ele lembrou a ela, deslizando os dedos entre as dobras para encontrá-la molhada e inchada. "Estou vivo e realmente aqui com você."

Sua respiração ficou presa em um soluço quando ele empurrou dois dedos para dentro dela, mas dentro dos limites apertados de sua roupa íntima, ele não conseguia manobrar o suficiente para fazer algo mais interessante.

"Por que você não tira isso, querida," ele sugeriu.

"Você também vai se despir?" Ela quis saber.

Ele começou a desabotoar a camisa. "Oh, sim. Sim, em um instante estaremos nus e dando prazer um ao outro."

Lydia mordeu o lábio e apoiou um pé em uma cadeira.

Dylan riu. Em sua pressa em tocá-la, ele esqueceu que ela ainda estava com as botas.

Eles se despiram rapidamente. Dylan correu por seus botões e laços, removendo com facilidade sua roupa enquanto Lydia lutava com um nó no cordão que prendia sua calçola. Ele estendeu a mão para ela a tempo de deslizar o tecido branco sobre a curva suave de seu traseiro. Ela saiu da calça.

"Coloque seu pé novamente na cadeira," ele ordenou.

Ele piscou. "Dylan?"

"Confie em mim, querida, você vai gostar."

Seu rosto era uma máscara de incerteza, ela ergueu um pé e apoiou a mão na mesa. O movimento deixou seus lugares secretos expostos ao escrutínio dele ... ao seu toque.

"Boa garota. Fique assim." Dylan se aproximou e passou um braço ao redor da cintura de Lydia, reivindicando seus lábios em um beijo doce e terno. Em contraste, os dedos de sua mão livre executavam uma dança perversa em seu sexo pouco experiente.

Lydia gemeu enquanto ele acariciava, espalhando o líquido

da sua paixão sobre cada dobra de carne. *Agora é fácil,* ele lembrou a si mesmo enquanto se aproximava do clitóris. *Ela é tão sensível.* Com cuidado gentil, ele manipulou o botão macio.

Ele soltou seus lábios e abaixou a boca para capturar o pico de um seio, revirando os olhos para cima para observar o olhar de Lydia sobre eles. Ele deu um grande show ao lamber o mamilo enquanto deslizava dois dedos profundamente dentro dela. Agora que o estorvo das suas vestes não interferia mais, ele poderia enchê-la por completo, dilatando seu sexo para prepará-la para sua união.

"Oh, Dylan," Lydia gemeu, os olhos fixos nele.

"Assim, querida?" Ele perguntou.

Ela não respondeu, mas a onda de umidade em seus dedos disse a ele tudo o que ele precisava saber.

Sentindo-se aventureiro, ele desceu beijando pela sua barriga lentamente.

Ela inspirou lentamente, enquanto ele se aproximava de seu destino, mas não ofereceu nenhum protesto. Empurrando os dedos profundamente dentro dela, ele beijou o centro tenro do seu prazer e então o provocou com uma passada da sua língua.

Lydia choramingou, as pontas dos dedos arranhando a mesa por causa da sensação inesperada.

Ele não deu a ela misericórdia, posicionando-se para agradá-la com lambidas longas, lentas e gentis, mas insistentes. Seus dedos relaxaram e avolumaram-se novamente.

Lydia soluçava e se contorcia, seu corpo contraindo à medida que seu pico se aproximava. Um grito de êxtase irrompeu dela, seus músculos travando.

Dylan segurou firme com a mão nas costas dela enquanto ela estremecia. Dylan afastou os dedos dela e girou seu corpo com gentileza, então ela tinha as duas mãos apoiadas, inclinando-a sobre a mesa. Ele pediu que ela abaixasse o pé para que se ajoelhasse com um joelho na cadeira, enquanto ainda estava de pé com o outro no chão. *Gosto disso. Isso a mantém.*

Ele tinha ignorado a dor insistente em sua ereção até agora, mas a visão do traseiro nu de Lydia e abaixo dele, o rosa brilhante de sua feminilidade, destruiu sua força de vontade.

"Me acolha, querida," ele murmurou, esfregando a ereção em seu traseiro.

Ela balançou os quadris para trás em um convite. Dylan agarrou seu sexo e procurou a abertura dela. Em uma única investida suave, ele empurrou completamente para dentro do seu corpo.

Lydia choramingou.

"Você está bem, querida?" Ele perguntou. "Você sente alguma dor?"

O cabelo escuro jogado ao redor dos seus ombros enquanto ela balançava a cabeça. "Não dói. É uma sensação intensa e ... grande. Um pouco avassalador, mas não sinto nenhuma dor."

"Oh, bom." Ele recuou e avançou novamente. A contração do seu poço suculento o acariciava com um prazer lascivo.

Dylan tentou possuir sua senhora lento e devagar, mas logo o deslizar gentil deu lugar a investidas fortes e poderosas que a balançaram para frente e reivindicaram cada centímetro dela para si mesmo.

Perdido na sensação do corpo voluptuoso de Lydia, ele quase não percebeu suas reações; isto é, até que ela gritou e seu corpo travou nele. A tensão extra de seu segundo orgasmo o oprimiu, e ele explodiu com um rugido.

Lydia gritou quando a ereção murcha de Dylan saiu dela. Ele afundou na cadeira e a colocou em seu colo. Ela descansou a cabeça em seu ombro. A madeira gemeu com o peso combinado, mas aguentou.

Uau, foi diferente dessa vez. Não apenas 'agradável', mas muito intenso, poderoso. Nossas circunstâncias loucas fizeram a diferença ou estou me ajustando? Provavelmente um pouco de ambos. Ela teve que admitir que a conexão física do sexo tinha sido exatamente o que ela precisava para se reconectar ao homem que amava depois de um dia tão assustador.

"Você tem que ir de novo?" Ela perguntou de maneira melancólica, arrastando os dedos pelo peito dele.

"Muito em breve, sim," Dylan admitiu. "Precisamos reunir o grupo. Achamos que sabemos onde eles estão se escondendo e fica perto. Tenha cuidado, Lydia." Sua voz ficou sombria.

"Tudo bem, Dylan. Terei cuidado, mas você faça o mesmo. Não quero perdê-lo." Ela deslizou os braços ao redor do peito dele e apertou com força.

"Farei o meu melhor para voltar para casa inteiro, mas você sabe que não posso fazer promessas. Estes são homens mortalmente perigosos e seu líder tem uma vingança pessoal contra mim."

"Eu sei," Lydia admitiu. "Não estou fingindo o contrário, Dylan."

Ele mudou de posição e o assento gemeu.

"Hum, você acha que podemos continuar com isso lá em cima," ela sugeriu. "Não acho que esta cadeira nos segure por muito mais tempo."

Dylan riu. "Vamos, então."

Ela se levantou, assustada ao descobrir que seus joelhos tremiam. *Foi um ato amoroso intenso.* Sorrindo, ela juntou suas roupas espalhadas. "Se eu levar esta blusa para Becky consertar, ela saberá exatamente o que aconteceu e me provocará muito."

"Ela não tem pedras para atirar," Dylan comentou.

"Ela não está oferecendo nada," Lydia respondeu enquanto subia a escada. Dylan passou uma mão de dono sobre seu traseiro nu, "mas você não pode esperar que ela não provoque."

"Jesse também iria," Dylan comentou. "Estou muito feliz que esse jovem tenha vindo para a cidade. Ele pode simplesmente fazer a diferença."

"Fico feliz em ouvir isso," ela disse. "Gosto muito dele. Da sua esposa também."

Eles alcançaram o patamar e seguiram diretamente para o quarto. Lydia jogou sua pilha de tecido no chão para cuidar mais tarde e puxou os lençóis de sua cama bem feita. Esticando-se nua, ela estendeu a mão para Dylan e ele se juntou a ela. Ela descansou a cabeça em seu ombro. Ele acariciou seu corpo com uma mão incitando arrepios enquanto roçava seu mamilo distendido. *Eu me pergunto se ele vai querer mais, assim que recuperarmos o fôlego.*

Dylan riu baixinho.

"O que é?" Ela perguntou.

"Oh, nada. Apenas pensando em algo que aconteceu mais cedo."

"Conte." Lydia rolou de lado e se apoiou no cotovelo, olhando nos olhos de Dylan. Ele brincou com as pontas de seu cabelo.

"Com tudo o que está acontecendo, aquela cabecinha de minhoca da Ilse Jackson está me incomodando com uma petição ..."

"Para fechar o bordel?" Lydia perguntou sem rodeios.

Ele assentiu. "Parece que todas as mulheres da cidade assinaram. O que eu quero saber é o que vocês, senhoras, acham que posso fazer sobre isso."

"Espere, o quê?" Lydia franziu o cenho consternada. "Eu não assinei aquele lixo. Eu recusei. Assim como Kristina, Allison e várias outras mulheres. Não acho que teria sido mais da metade." A raiva borbulhava na barriga de Lydia, suplantando o relaxamento lânguido e o desejo latente. "Aquele pequena..." Ela rosnou. "Ela deve ter falsificado nossos nomes. Ooooh, da próxima vez que a vir ..."

"Ôa, querida," Dylan disse, acariciando sua pele nua. "Você não assinou?"

"Claro que não. Não é apenas idiota, é cruel. Aquelas pobres garotas estão fazendo o melhor que podem para sobreviver, mas Ilse e suas amigas querem tirar seu sustento pelo bem do seu próprio desconforto pessoal."

O rosto de Dylan contraiu e ele pareceu perdido. "Você se preocupa tanto com o destino de algumas prostitutas?"

Lydia mordeu o lábio. "Qualquer um de nós pode acabar assim," ela disse baixinho.

"Acho que pode haver mais nessa história," Dylan adivinhou. "Importa-se em compartilhar?"

Lydia fechou os olhos e admitiu a verdade que guardou para si mesma nos últimos cinco anos. *Por favor, não me odeie, meu amor.* "Eu costumava trabalhar em um bordel."

Confusão dominou as feições de Dylan até ele parecer uma versão enrugada e encolhida de si mesmo. "Mas ... espere, o quê? ... Lydia ..." Ele gaguejou até parar, respirou fundo e tentou novamente. "Eu tirei sua virgindade. Como isso é possível?"

"Bem, hum ..." Ela inspirou profundamente e soltou um suspiro. "Você me contou sua história. Imagino que gostaria de ouvir a minha?"

"Por favor," ele respondeu.

Lydia considerou. *É realmente assim que quero passar meus poucos minutos preciosos com Dylan? E se algo acontecer com ele ...?* Ela percebeu que se, Deus nos livre, Dylan não voltasse da sua missão, ela queria que ele soubesse a verdade sobre ela. *E me escolhesse mesmo assim. Por favor, Senhor, que assim seja.*

"Você me beijaria mais uma vez, Dylan? Ela implorou. "Tenho medo de contar isso a você."

"Você acha que alguma coisa vai mudar o que eu sinto por você, Lydia?" Ele perguntou, sua consternação se transformando em ternura. "Eu te amo. Isso não vai mudar, mas eu quero conhecer a verdade sobre você."

Ela assentiu. Abaixando o rosto, ela reivindicou seus lábios uma vez, então se acomodou em seu abraço. "Eu cresci pobre, em um bairro violento de Boston. Meus pais eram imigrantes, meu pai era da França, minha mãe era da Itália. Eles se conheceram no barco e se casaram antes de chegarem aqui. Eles abriram um restaurante e atendiam marinheiros, operários e estivadores. Foi uma existência humilde, mas feliz. Eu não me importava. Eles me ensinaram a cozinhar." Ela fez uma pausa. *Nunca vou deixar de ser grata por isso.*

A mão de Dylan percorreu seu braço e ele agarrou seus dedos com suavidade.

"A área das docas é um pesadelo de doenças e quando eu tinha dezesseis anos, a febre tifoide apareceu. A população foi arrasada. Todos nós ficamos doentes. Minha mãe foi a primeira a morrer. Ela estava grávida. Eles estavam tentando há tanto tempo ter um segundo filho." Ela ponderou. "Acho que, quando papai soube que ela havia partido, ele desistiu. Ele faleceu dois dias depois. Depois disso, não me lembro de vários dias. Se foi luto ou febre, não tenho certeza, mas sobrevivi. Levei uma eternidade para recuperar minhas forças, mas me arrastei para fora da cama muito mais cedo do que deveria e voltei para o restaurante, só para encontrar outras pessoas cuidando dele."

"Elas simplesmente assumiram o controle?" Dylan exigiu. "Não deveria ter sido sua herança?"

Ela deu de ombros. "Meus pais nunca chegaram a fazer um testamento. Não sei como essas novas pessoas a tinham, mas elas a tinham. Quero dizer, entrei em contato com a polícia e eles explicaram que esses homens tinham a escritura, então não havia nada que eu pudesse fazer a respeito."

"Querido Senhor, Lydia. Então você ficou sem nada?"

"Elas foram gentis o suficiente para me deixar tirar minhas roupas do meu quarto." Lydia suspirou. "No início, tentei encontrar um emprego em um restaurante, mas eu era criança e não tinha experiência de trabalho. Todos riram de mim, disseram que brincar de cozinha com minha mãe não me tornava uma cozinheira. Fiquei com muita fome por um tempo. Eu era uma menina gordinha, Dylan, provavelmente é o único motivo pelo qual ainda estou viva."

Seus dedos percorreram sua figura madura. "Não sei sobre gordinha, mas suas curvas me deixam tonto, Lydia. Sempre fui um otário por uma mulher corpulenta."

Ela sorriu. "Obrigada. Eu não era gordinha após sobreviver à febre tifoide e passar semanas tentando descobrir o que fazer comigo mesma."

"O que você *fez*?" Dylan perguntou. "Onde você dormia?"

"Eu não dormia muito," ela admitiu. "Não era seguro. Conheci algumas outras garotas em situações semelhantes, eventualmente e cuidávamos umas das outras. Afinal, um bando de garotas é mais seguro do que uma garota sozinha. Roubávamos comida às vezes. Outras vezes, costurávamos uma bainha ou resolvíamos alguma coisa em troca de uma moeda. Enquanto ela falava, sua mente voltava ao longo dos anos até que ela tinha dezesseis anos novamente, sua barriga doendo de fome, tentando não devorar um pedaço de pão inteiro que tinha roubado de uma barraca do mercado, mas levá-lo para suas amigas. "Nós chamávamos a nós mesmas de Garotas Perdidas." Ela sorriu sem humor. "Nós compartilhávamos tudo que tínhamos, não importa quão pequeno."

Lydia carregou o pão para o beco onde Edwina, Ruby, Beth e Rose esperavam. De maneira sombria, elas dividiram a pequena porção em cinco pedaços iguais.

Ruby enfiou seu pedaço inteiro na boca de uma vez, quase engasgando com ele. Seu cabelo loiro sujo balançava enquanto mastigava o pedaço seco de comida. "Isso não está dando certo," ela disse, jogando migalhas no chão molhado e sujo.

Beth partiu um pedacinho do seu pão e o mordiscou devagar, seus olhos azuis lacrimejando. Ela afastou os cachos castanhos médios da testa. "Você está certa, mas o que podemos fazer?"

"Há uma opção," Edwina sugeriu, puxando sua trança preta grossa.

Lydia estremeceu. "Nós precisamos?" Mesmo enquanto comia, seu estômago vazio continuava a ter câimbras, respondendo a pergunta antes que ela pudesse fazê-la.

"Acho que exaurimos todas as nossas outras opções," Rose admitiu de maneira sombria, balançando a cabeça até que seu cabelo ruivo

sedoso escorregou de novo dos grampos. "Isso dói. Eu iria preferir ter comida, você não?"

"Claro," Edwina concordou. "Dizem que garotas decentes preferem morrer de fome. Acho que sou indecente."

"Eu também," Lydia disse de maneira leal. "Pelo menos seremos alimentadas. Vamos ficar juntas. Talvez não seja tão ruim. Alguma de vocês já esteve com um homem?"

"Eu já," Rose disse. "É meio miserável, um velho sujo serrando entre suas pernas, mas se você fechar os olhos e gemer de vez em quando, pode fingir que está em outro lugar." Ela parecia tão triste ao dizer isso que Lydia sabia que ela estava mentindo para si mesma.

Mesmo assim, com a refeição escassa esgotada, elas deram os braços e se dirigiram para a orla marítima de Boston, onde, como em qualquer grande cidade, casas de má reputação surgiram para aliviar as necessidades dos marinheiros cansados. Corações batendo forte, respirando superficialmente, elas bateram na porta. Uma mulher carrancuda de meia-idade olhou para elas com desinteresse entediado. "Estamos lotados, garotas," ela disse, a voz carregando os tons da Irlanda. "Se descerem três portas, sei que estão procurando ajuda. Acabaram de abrir. Sem cozinheiro. Só o dono, que cuida do bar e uma garota magricela. Provavelmente eles aceitarão vocês."

"Obrigada," Ruby disse de maneira séria.

Cada passo pela rua parecia para Lydia como melaço arrastado a seus pés. Mesmo assim, o prédio dilapidado aguardava, uma luz na janela. "Não quero fazer isso," ela sussurrou baixinho.

"Ninguém quer," Edwina disse, dando tapinhas em seu braço, "mas pense em comida. Comida quente e saborosa."

Embora Lydia odiasse admitir, seu estômago ainda sabia o que ela precisava fazer. "Você acha que dói?"

"Na primeira vez dói," Rose disse a ela, entreouvindo a conversa delas, "mas depois disso, não é tão ruim. Lembre-se, imagine que você está em outro lugar. Não é como se tivéssemos que fazer isso para sempre. Economize seu pagamento e siga em frente."

"Então, só por um tempo?" Lydia perguntou.

As outras assentiram.

Não ajudou. Sua barriga vazia ameaçou se inverter dentro dela. Ela queria implorar a Rose para não bater na porta, mas a batida soou mesmo assim e a porta se abriu.

"O que temos aqui?" Um jovem perguntou, acariciando um bigode marrom escuro. Lydia o achou bonito, de uma maneira rude. Seu cabelo caía um pouco longo demais, cacheando ao redor das orelhas.

"Estamos procurando trabalho," Edwina anunciou com ousadia.

"É mesmo?" Ele perguntou, olhando para ela de cima a baixo.

"Sim," Ruby concordou. "A senhora descendo a rua disse que você poderia precisar de garotas para começar seu negócio."

Ele sorriu para elas e de repente ele não parecia mais atraente para Lydia. "Não posso dizer que alguma de vocês seja uma grande beleza e todas parecem um pouco magras, mas acho que mendigos não podem escolher. Alguma de vocês sabe entreter cavalheiros?"

"Eu sei." Rose encontrou seus olhos com um olhar desafiador.

"Você vai ter que me mostrar," ele disse. "Na verdade, considere isso uma audição. Preciso ter certeza de que você não mudará de ideia quando os clientes pagantes aparecerem."

Lydia prendeu a respiração e as lágrimas arderam em seus olhos. A fome guerreava com a modéstia.

"Duvido que você esteja pronto para 'fazer uma audição' com todas nós em uma noite. Você também parece com muita fome," Edwina comentou, sua bravata mascarando seu medo, mas suas mãos tremiam, no entanto.

"Bem, você não está errada," ele disse. "Não sou um grande cozinheiro. Alguma de vocês sabe como lidar com a cozinha?"

"Eu sei," Lydia disse, esperando que pudesse adiar o inevitável fazendo o jantar. "Tem comida ali?"

"Um pouco," ele respondeu, "embora eu tenha investido a maior parte do meu dinheiro na reforma desta pocilga. Por que não vemos se você consegue preparar para todos nós algo que valha a pena comer?"

"Eu poderia." Lydia também tentou a bravata, mas falhou da mesma maneira. "Se houver algo com o que trabalhar."

"Vamos então," o homem encorajou.

"Espere," Rose disse. "Você tem um nome, senhor?"

"Sou Joseph. E vocês, garotas?"

Ele liderou o caminho até a cozinha enquanto eles se apresentavam. Dentro da cozinha, Lydia olhou consternada para as paredes, pisos e bancadas sujas, as fezes de roedores nos cantos e a vidraça quebrada.

"Este lugar está imundo," ela exclamou. "Minha mãe ficaria horrorizada. Você planeja servir os clientes nesse buraco?"

"Quem é sua mãe e por que eu deveria me importar?" Joseph perguntou.

"O nome dela era Stephania Carré. Ela e meu pai tinham um restaurante perto daqui"

"Eu me lembro daquele lugar," Joseph disse, seus olhos suavizando. "Seus pais tinham um restaurante ótimo."

"Eles tinham." Ela engoliu em seco.

"O que aconteceu?" Ele quis saber.

"Eles morreram." Lydia olhou para as mãos. "Eles pegaram febre tifoide."

Joseph respondeu com uma careta.

Afastando-se para esconder as lágrimas, Lydia pegou um pano, cheirou-o e jogou-o em um canto escuro. Tirando um lenço do bolso, ela bombeou água na pia suja e adicionou sabão, lavando rapidamente uma panela e duas caçarolas e deixando-as secar enquanto examinava os ingredientes.

Ela tirou gorgulhos da farinha, acendeu o fogão com fuligem e esquentou água. "Seria melhor se eu tivesse fermento, mas por enquanto ..." As garotas olhavam por cima do seu ombro enquanto ela explicava, mantendo as mãos e a mente ocupadas para evitar pensar no futuro. "Tomates enlatados também não são muito bons, mas já que estão aqui ... Joseph, você tem queijo?"

Em uma hora, Lydia preparou um pão achatado quente e crocante com tomates temperados e queijo derretido com bolhas. A outra prostituta de Joseph, um galho de menina de dezesseis anos chamada Maddie, desceu para compartilhar a refeição. Então, Joseph pegou Rose e deixou o resto delas sozinhas.

Ao longo dos dias seguintes, Lydia limpou a cozinha. Comida nova chegou e ela cozinhou. Enquanto isso, as outras garotas 'faziam a audi-

ção' para Joseph, mas quando chegou a vez de Lydia, ele a chamou de lado.

"Olha, Lydia, eu sei por que você veio aqui, mas acho que não vai funcionar. Você tem muito medo dos homens e não querendo ser rude, mas não é tão bonita. Esse nariz, entende?"

Após uma semana comendo, a ideia de voltar às ruas doeu mais do que o insulto. "O que eu vou fazer?" Ela perguntou em voz alta, com os lábios tremendo.

"Você gostou de cozinhar para nós?" Ele perguntou.

Sem saber por que as palavras lhe deram uma bolha de esperança, Lydia respondeu, "Eu gosto de cozinhar."

"Você ajudava no restaurante? Você sabe como cozinhar para uma multidão?"

"É claro," ela disse.

"Bem, posso lhe oferecer um emprego como minha cozinheira, então. Você está de acordo?" Sua falsa resposta casual disse a Lydia que essa tinha sido sua intenção desde o início e o ataque à sua aparência tinha sido apenas um disfarce, não que ela se importasse. Apesar da culpa que sua oferta produziu, ela não pôde deixar de concordar.

"Eu cozinhei," ela explicou a Dylan, enquanto a lembrança se dissipava e seu quarto voltava ao foco, "mas eu sabia que cozinhar em um bordel não era melhor do que entreter os cavalheiros. Eu nunca teria um histórico de trabalho, então, como as outras, tudo que eu podia fazer era economizar dinheiro e eu economizei. Durante dez anos acumulei cada centavo e então comecei a trabalhar por conta própria. Acabei em Garden City, comprei um celeiro decrépito e você sabe o resto."

Ela olhava para o teto, sem vontade de encontrar seus olhos para não ver a condenação ali. *Muitas pessoas estão dispostas a julgar uma mulher por causa das suas associações. Se Dylan for um deles, eu preciso saber.* "Veja, eu estava disposta a fazer o que elas fizeram e só a sorte me poupou. Às vezes eu gostaria que não tivesse. Odeio que minhas amigas se tornaram prostitutas e eu mantive minha virtude, pelo menos fisicamente. Parecia injusto, mas foi assim que aconteceu. Trabalhei em um bordel ... como cozinheira."

O silêncio se prolongou entre eles, se esticando como uma folha de massa e ela queria chorar de medo de que seu vínculo, que ontem parecia mais forte do que ferro fundido, pudesse quebrar se ela respirasse errado.

Então, uma sensação quente de cócegas tocou sua orelha. Um hálito quente exalado. Dentes se fecharam ao redor do lobo sensível. Ela engoliu em seco, mas não se moveu, os olhos fechados com força. Uma mudança na qualidade da luz que batia em suas pálpebras sugeria uma forma bloqueando o sol que entrava pela janela. O peso de Dylan caiu sobre ela, prendendo-a na cama. Suas mãos permaneceram unidas. Os lábios dele percorreram sua bochecha e procuraram sua boca. Um soluço escapou de Lydia quando Dylan devastou sua boca com uma ternura violenta. Ela passou a mão livre pelas costas dele e seus cabelos.

"Minha pobre querida," ele murmurou em sua boca. "Você deve ter ficado tão assustada. Você é tão corajosa, Lydia. Você realmente achou que eu me afastaria de você? Sem chance. Se você tivesse que entreter em vez de cozinhar, eu teria entendido."

Lágrimas escorreram das suas têmporas até o cabelo. Lydia abriu bem as coxas para acomodar Dylan melhor. Seu sexo tinha inchado até a tumescência total e ele o introduziu suavemente mais uma vez nela. Lydia choramingou, seus soluços se fundindo em gritos silenciosos de prazer.

"Eu te amo." Os lábios dela traçaram as palavras nos dele enquanto ele mergulhava profundamente em seu poço, puxava para trás e mergulhava novamente. Cada impulso profundo fazia seu sexo contrair e sua pele formigar.

"Você sabe que eu te amo, Lydia."

A alegria brotou dos lugares sombrios que ela tinha esquecido que tinha, transformando-os em um brilho estrelado. *Não importa o que o amanhã traga, nunca esquecerei este momento.* "Sei que você me ama, Dylan. Nós nos amamos. É perfeito."

Ela se agarrou a ele, uma mão em seu pescoço, a outra travada com a dele enquanto suas investidas deliciosas deixavam sua carne ansiosa em chamas. Puro êxtase irradiou para cada membro, cada fio de cabelo até que ela teve certeza de que deveria estar brilhando. Ela respirou fundo e soltou o ar com um suspiro suave, o poder do orgasmo muito forte para gritos. Em vez disso, ela acolheu a reivindicação de Dylan e devolveu a ele. *Nunca mais vou me sentir assim. Este homem é único. Nós somos um.*

A paixão diminuiu e ela meio que adormeceu, sem perceber quando Dylan se levantou, vestiu a roupa e se preparou para partir. Ela sentiu seu beijo suave e ouviu-o murmurar, "Voltarei em breve" e fechou os olhos. Ele puxou as cobertas sobre seu corpo nu. Suas botas ecoaram no assoalho.

CAPÍTULO 10

"O que o prendeu, Xerife?" Rob exigiu, arrancando uma gargalhada de Jesse.

"Deixe isso para lá," o homem loiro ofegou, coçando a barba por fazer em suas bochechas.

"Isso mesmo, deixe para lá, seus pretensiosos. Jesse, qual é o problema com sua esposa que ela não faz você se barbear?"

Jesse apenas riu com mais força. "Ela ainda estava dormindo esta manhã quando saí, então fugi sem o sermão sobre respeitabilidade. E cuidado com quem você está chamando de pretensioso, velho."

"Muito engraçado," Dylan resmungou, mal se juntou à brincadeira. Seu coração permaneceu com sua mulher, aconchegado naquela cama quente. "Lydia diz que o estranho se chama Samuel Blaylock, que, tenho certeza que você concordará é muito parecido com Sam Bly. Ele é mais velho, tem cabelos grisalhos, um bigode chique e manca."

A risada de Jesse parou quando as engrenagens em sua mente analítica começaram a girar. "Parece exatamente como o sujeito do Colorado. Não é interessante que eu vim para casa para encontrar uma vida mais segura para minha esposa e filho só para encontrar o mesmo assassino que tentou nos matar no estado ao lado?"

"Isso é alguma coisa, Jesse. Você teve alguma sorte," Rob disse, empoleirando seu traseiro na mesa. Jesse caminhou pela sala e encostou-se na parede.

Dylan contornou a mesa e caiu em sua cadeira, apoiando os pés na madeira e derrubando deliberadamente Rob da beirada.

"Então, senhores, quais são suas sugestões? Sei que sou o chefe aqui, mas Jesse, você cresceu nesta cidade e Rob, você nunca saiu. Tenho subdelegados não apenas para apoio, mas para ter um retorno. Como invadir uma fortaleza em uma pradaria plana e vazia sem que todos nós morramos?"

"Traga um grupo grande," Rob respondeu imediatamente. "Quanto mais alvos houver, melhores serão as chances de todos."

Dylan assentiu. *Há sentido nisso.*

"Ir até eles à noite," Jesse acrescentou. "Tarde da noite. Isso nos dá uma vantagem. Certamente haverá uma vigília, mas uma vigília não é o mesmo que um acampamento inteiro circulando. Mantenham as lanternas o mais escuras possível. Comuniquem-se com o canto dos pássaros."

"Quem conhece o canto dos pássaros?" Rob reclamou.

"Minha esposa," Jesse respondeu prontamente. "Ela está me ensinando. A maioria das pessoas não percebe os pássaros, mas imitar um pássaro diurno à noite é uma forma de comunicação. Também deveríamos ir a pé."

"Sem cavalos?" Dylan franziu o cenho. "Estar no chão tira uma vantagem, Jesse."

"Sim, talvez, mas é mais silencioso. Cavalos são grandes e pesados. Eles farão muito mais barulho batendo na grama seca."

Maldição, esse garoto é inteligente. Eu nunca teria pensado em ir a pé.

"Precisa ser um grupo realmente grande," Rob comentou. "Se não temos cavalos, deveríamos ter ainda mais homens."

"Todo mundo que quiser pode ir, eu diria," Dylan respondeu.

"Acho que poderíamos nos surpreender com o que encontramos lá e não quero ser derrotado. Esses são criminosos e assassinos profissionais. Podemos ter mais homens, mas são bons homens de família. Banqueiros, lojistas e fazendeiros. Eles têm que proteger suas famílias, mas isso não significa que saibam como tirar uma vida. Quem aqui além de mim realmente matou um homem e não vai congelar no momento crítico?"

"Eu não," Rob disse, "a menos que o enforcamento que assisti conte contra meu crédito. Juro que não vou congelar."

Espero que não, Dylan pensou.

"Eu já." Jesse encontrou o olhar de seu chefe com um olhar frio e duro.

Esse garoto nunca deixa de me surpreender. Então é isso que ele está escondendo sob todo aquele humor? Tenho sorte dele estar do meu lado. "Pode ser isso então," Dylan admitiu, "mas suponho que essas coisas sejam normais o suficiente em um grupo de cidade pequena."

"Sim, e não se esqueça, cada homem nesta cidade estará à altura da ocasião, independentemente da experiência," Jesse lembrou. "Eles têm esposas e filhas, mães, namoradas e irmãs que estão em risco. Ninguém vai esquecer a maneira como eles bombardearam o local de trabalho de uma mulher inocente para criar uma distração. Outro membro da gangue, que não será nenhum incômodo para nós, tentou matar Addie no Colorado ..."

"E o resto não se importou em matar um trem cheio de mulheres e crianças," Dylan acrescentou.

Rob fez uma careta.

"Eles já provaram ser incivilizados e perigosos. Não estamos exagerando que a ameaça à cidade incorpora todos os homens, mulheres e crianças."

Rob estremeceu. "E pensar que eles estiveram espreitando ao nosso lado por sabe-se lá por quanto tempo, apenas esperando por uma chance." Ele balançou a cabeça. "Vamos derrubar esses bastardos."

"A parte difícil será planejar isso sem que eles descubram que estamos chegando. Não sabemos se alguém na cidade está do lado deles. Assim que convocarmos a reunião, estamos comprometidos," Jesse disse. "Ninguém pode ser autorizado a sair depois de saber nosso plano."

"Bem, então, vamos convocá-los amanhã ao pôr do sol. É tarde demais para começar agora," Dylan informou, olhando para a luz fraca na janela. "Então, vamos planejar isso e depois voltar para casa. Vou fazer a primeira vigília, pois já fiz uma pausa. Temos que estar em guarda agora."

"Vou ficar também," Jesse se ofereceu.

Dylan balançou a cabeça. "Vá avisar a Addie para manter a cabeça baixa. Ela é um alvo provável, pois sabe-se que ela está associada a você. Rob..."

"Estou indo para casa," o jovem respondeu. "Tenho que informar Mãe e minhas irmãs que devem se esconder."

"Bem pensado."

"Lydia ficará bem?" Jesse perguntou.

"Acho que sim," Dylan respondeu. "Ela estava muito zangada comigo por ter pedido a Billy Fulton para cuidar dela."

A risada que saudou seu pronunciamento soou mais como tensão do que alegria, mas o que mais poderia ser esperado nessas circunstâncias?

Após alguns minutos de descanso, Lydia acordou com o pôr do sol escarlate brilhando em seu rosto. Embora o final da tarde normalmente fosse preenchido com um jantar simples e se preparar para dormir, desta vez a energia borbulhava através dela. Ela se sentia bem acordada e agora que Dylan tinha ido embora, com raiva.

"Vou falar algumas verdades para aquela Ilse Jackson," ela murmurou. Balançando as pernas sobre o lado da cama, ela começou a ensaiar tudo o que queria dizer àquela pirralha desonesta em murmúrios furiosos e sibilantes enquanto lavava o resíduo do amor de Dylan das suas coxas e vestia roupas limpas e intactas.

Uma torção hábil tornou seu cabelo preto e grosso apresentável para o público. Em seguida, ela pegou sua *reticule,* na qual residia sua derringer agora recarregada, seu peso um conforto bem-vindo contra todas as crueldades da vida. *Não vou atirar em Ilse. Não vou, mas não vou prometer não esbofetear um pouco de senso nela. Ela precisa disso.*

Seus pensamentos se concentraram na mulher que tornava miserável a vida de todos, Lydia saiu correndo da loja e desceu a rua em direção à casa dos Jackson.

"Lydia? Lydia?" Uma suave voz feminina a chamou, interrompendo sua concentração intensa. Ela se virou para ver Addie West, seu cabelo lustroso escapando de um coque recatado, aproximando-se dela vindo da direção da casa que ela e Jesse haviam comprado.

"O que posso fazer por você, Addie?" Lydia perguntou, não querendo menosprezar sua amiga.

Addie se aproximou tanto de Lydia que quase se tocaram. "É verdade sobre o Xerife?"

O alarme silencioso de Addie disparou sinos de alerta em Lydia. Ela respondeu em um sussurro intenso: "O que você ouviu?"

Addie respirou fundo e colocou a mão no inchaço agora inconfundível de sua barriga. "Que ele quase foi baleado. Que você o salvou. Que os ladrões estão se movendo diretamente para cidade."

Lydia assentiu de maneira sombria. "Você pode atirar com uma arma, Addie?"

A mulher mais jovem baixou o queixo.

"Então, sugiro que você faça questão de se armar onde quer que vá."

O olhar de Addie endureceu, revelando um âmago de aço que Lydia nunca tinha visto antes. "Nunca estou desarmada. Nunca."

Lydia assentiu. "Boa garota."

"Jesse me contou um pouco sobre esses ladrões. Eles não têm respeito pelas mulheres ou crianças. São inimigos de todos. Cuidado, Lydia."

"É claro," Lydia concordou.

Addie pareceu relaxar um pouco. "Então, para onde você foi com tanta pressa?"

Quando Lydia abriu a boca para falar, um lampejo de movimento do outro lado da rua atraiu sua atenção. Ela se virou e seu rosto endureceu.

"Que diabos, Lydia?" Addie ofegou.

"Lembra de quando você passou pela loja após ouvir boatos sobre uma petição para fechar o saloon?"

"Sim," Addie admitiu. "Algumas pessoas têm muito tempo em suas mãos."

"Isso elas têm," Lydia concordou. "Como você se sentiria se alguém acrescentasse seu nome a um documento sem sua permissão ou conhecimento?"

Addie fez uma careta. "Eu tomo minhas próprias decisões."

"Exatamente, e uma decisão que tomei foi não ter nada a ver com aquela petição. Um momento, por favor."

Deixando sua amiga, ela atravessou a rua de tijolos vermelhos até a frente do mercantil. Lá dentro, ela podia ver Becky Heitschmidt trabalhando em sua máquina de costura. A mulher levantou o braço em um aceno amigável, mas Lydia, concentrada em sua presa, não retribuiu a saudação. "Senhorita Jackson," ela enunciou em extremo desgosto.

A cabeça de Ilse disparou da cesta de compras que acabara de levar do mercantil e ela franziu o cenho para Lydia. "Sim?"

"Preciso ter uma conversa séria com você, senhorita." O movimento periférico revelou que Addie estava atrás de Lydia e agora a flanqueava, também lançando um olhar furioso de olhos castanhos para a cidadã mais irritante da cidade.

"Não pode esperar?" Ilse perguntou com uma risada negligente, alisando uma mecha de cabelo preto brilhante para trás sob a touca azul. "Tenho que levar essas mercadorias para casa. Não lhes ajuda em nada ficar ao ar livre."

"Sinto muito, Ilse," Lydia disse, suas palavras educadas, mas a raiva escorrendo de cada palavra. "Não pode esperar. Você cruzou a linha desta vez e espero que você ouça o que tenho a dizer sobre isso."

Ilse riu, mas diante da raiva de Lydia, pareceu tenso. *Bom.* "Que diabos você quer dizer?"

"Eu disse que não apoiava sua petição. Deixei perfeitamente claro que não queria ter nada a ver com isso. Você ter escrito meu nome nela mesmo assim foi errado. Estou mortificada e com muita, muita raiva. Você já viu o que acontece quando uma mulher italiana fica zangada, Senhorita Jackson? Não é a raiva fria que seus irmãos alemães preferem e não me importo nem um pouco em fazer uma cena."

A incerteza se espalhou pelo rosto bonito e amuado de Ilse. Ela mordeu o lábio inferior e deu um passo para trás como se fosse fugir.

Oh, acho que não, sua pirralha. É hora de enfrentar a música. Lydia respirou fundo, pronta para matar Ilse a tiros, mas nunca teve a chance.

"Oh, não!" Becky ficou de pé, jogando um colo cheio de tecido preso no chão. "James! James, você está aí?"

"O que é, querida?" Seu marido correu até ela e colocou a mão em suas costas. "O bebê...?"

A respiração estremecida que ela inspirou em seus pulmões. "Havia homens ... estranhos ... na rua. Oh, meu Deus. Elas..." Ela gaguejou até parar e engoliu em seco. Uma lágrima escorreu pelo seu rosto. "Chame o Xerife, James. Rápido."

"O quê? O que aconteceu? Rebecca, o que você está dizendo?"

"Eles as levaram. Lydia, Addie e Ilse. Os estranhos as levaram embora!"

James congelou no lugar, olhando para a rua, que de repente parecia assustadoramente vazia. Em seguida, ele enganchou um braço ao redor da cintura de sua esposa e puxou-a para trás, para longe da janela.

"James, o que você está fazendo? Vá buscar o xerife."

"Não vou deixá-la sozinha." Ele a puxou para trás do balcão e puxou a espingarda que normalmente escondia ali. "Vamos juntos."

Mantendo o braço firme ao redor da sua cintura, James conduziu sua esposa até a porta e saiu para a rua.

"Então, você está dizendo que a casa de adobe em questão está aqui?" Dylan tocou em um mapa rudemente esboçado que Jesse havia desenhado das terras não reivindicadas ao norte da cidade.

Jesse assentiu.

"Espere, eu conheço esse lugar!" Rob exclamou, de repente dominado pela exuberância. "Uma vez eu levei ..." Ele parou, seu rosto ficando vermelho. "Deixa para lá," ele murmurou.

Jesse ergueu uma sobrancelha para ele. "Não é um bom lugar para um interlúdio romântico," ele comentou. "Você não teve nenhuma classe, garoto?"

"Vamos discutir sobre Sarah em um momento diferente," Dylan pediu, não querendo ser arrastado para uma longa conversa sobre a namorada que o menino fingia não ter. O murmúrio zangado de Rob mudou para um choque de cair o queixo.

"Como você...?"

"Mais tarde," Dylan insistiu. "Jesse, pare de provocá-lo. Este não é o momento."

"Desculpe," o homem mais jovem disse, embora não parecesse nem um pouco envergonhado.

"Então, reunimos os homens da cidade amanhã ao pôr do sol e dizemos a eles ..."

A porta da cadeia se abriu com um estrondo retumbante que sacudiu as vidraças e fez vibrar as grades. Dylan virou a cadeira com ele ainda nela. Sua cabeça bateu com força no chão e, por um instante, pequenas estrelas pareciam estar circulando.

"Agora espere um minuto maldito," Jesse gritou alto o suficiente para fazer a cabeça de Dylan latejar ainda mais forte do que o golpe. "Você enlouqueceu, Heitschmidt? Você não pode entrar aqui com isso! Que diabos está fazendo?"

Sacudindo-se, Dylan se levantou devagar para ver James, um braço apertado ao redor da esposa, o outro segurando uma espingarda.

Becky se jogou contra o marido como se tentasse se esconder. Lágrimas escorriam pelo seu rosto e ela chorava com tanta força que mal conseguia respirar.

"O que está acontecendo?" Dylan perguntou, sentindo-se lento e idiota.

"Xerife! Xerife! Você precisa vir, você tem que ... Oh, Senhor!" Ela levou as mãos ao rosto e chorou.

"O que é?" Dylan exigiu. "James, é melhor você apontar essa coisa para outro lugar."

James deixou a boca da espingarda cair para o chão. Ele se apoiou no cano robusto como se quisesse se apoiar. "Eles estavam aqui. Os ladrões. Eles agarraram mulheres da rua. Rebecca viu."

"O quê?" Jesse deu um passo à frente, os olhos selvagens. "Que mulheres? Quem eles levaram?" Sua respiração soprou entre os lábios como um touro furioso. "Que mulheres?"

"Acalme-se, Jess," Rob pediu. "Não assuste a senhora. Senhora Heitschmidt, quem eles levaram?"

Ela respirou fundo várias vezes e esfregou o rosto com as mãos. "Ilse ..." Ela engoliu em seco. "Addie..."

Jesse amaldiçoou de maneira vil e não se desculpou.

"...e Lydia."

As estrelas voltaram, pontinhos de luz flutuando ao redor da cabeça de Dylan. Ele piscou para dissipá-las, mas seus joelhos cederam e ele caiu, empoleirando o traseiro na mesa para se apoiar. "Você tem certeza?"

Ela assentiu. "Eu vi. Elas estavam conversando. Addie e Lydia pareciam loucas. Então cinco homens pularam entre o mercantil e o banco, você conhece aquele pequeno beco escuro ..."

Embora ele tivesse que se esforçar para entender entre seus soluços intermináveis, as palavras de Becky bateram em sua cabeça como um martelo. Ele assentiu, sentindo-se entorpecido.

"Um colocou a mão sobre a boca de cada mulher. Um pegou a bolsa de Lydia e jogou na rua e eles as levaram de volta para o beco."

"Você viu em que direção eles foram?"

"Sinto muito, Xerife," James disse, soando qualquer coisa menos arrependido. "Eu não ia deixar minha esposa grávida sozinha por um minuto, nem a levaria a qualquer lugar perto de homens perigosos e violentos. Viemos direto para cá."

Embora ele quisesse ficar com raiva, ele tinha que admitir que James tinha razão. *Ele não é um homem da lei.* "Senhores, nossos planos mudaram. Peguem todos que puderem encontrar e me encontrem na igreja em uma hora. Se eu não aparecer, façam o ataque sem mim."

"Mas..." Rob começou.

"Robert Fulton," Dylan disse com sua voz mais baixa e fria. "Você é um homem da lei. Cumpra seu dever."

"Sim, senhor." O rapaz engoliu em seco e depois se endireitou.

"Vou com você," Jesse rosnou. A pele ao redor da sua boca parecia tensa e branca. Seus punhos se cerraram com tanta força que os nós dos seus dedos estalaram e suas mãos tremeram.

Dylan colocou uma mão instável no ombro do jovem. "Foco, Jesse. Precisamos de sua cabeça fria agora. Temos que reunir o grupo. Rob não consegue chegar a todos rápido o suficiente. Preciso que você seja o subdelegado agora, não um marido, certo? Você terá uma chance melhor de salvá-la se fizer seu trabalho."

Jesse inspirou profundamente. Suas mãos se firmaram, mas a fúria ardente em seus olhos permaneceu intacta. "Vá para o sul," ele gritou para Rob. "Bata em cada porta. Eu irei para o norte.""

Enquanto Dylan corria para a entrada, ele mal viu o aceno de cabeça de Rob.

Na rua, a temperatura caíra de agradável para o frio do outono, e a luz vermelha do sol poente parecia banhar as ruas de tijolos de sangue. Sombras longas projetadas pelos prédios pairavam baixas e frias sobre a cidade e cada janela parecia um olho malévolo. Dylan ignorou tudo. Na frente do mercantil, a visão da bolsa de Lydia atraiu seu olhar. Ele estendeu a mão e ergueu-a lentamente, com o coração partido ao sentir o peso inegável da sua derrière dentro. *Ela está desarmada.*

Uma cesta de fios, fitas e balas de alcaçuz jazia esparramada nas proximidades, os juncos delicados esmagados na forma de uma bota de homem. Dylan ergueu os olhos para o beco escuro e decadente, cheio de sujeira e pedaços de lixo, esperando desesperadamente por algum sinal, mas é claro, não havia nada.

Lentamente, ele entrou no espaço escuro entre os dois edifícios, apenas o suficiente para dois homens caminharem ombro a ombro. *Como eles poderiam ter forçado três mulheres relutantes aqui? Claro, Ilse não é uma lutadora. Provavelmente ela iria humilde e esperaria por um resgate. Addie poderia lutar, mas ela é minúscula. Mas Lydia?* Ele balançou a cabeça. *Ela não é pequena nem dócil. É melhor eles tomarem cuidado.* Embora soubesse que ela iria lutar, ele não sabia qual seria o resultado.

No final do beco, um feixe fraco de luz escarlate iluminou um objeto caído no chão. Dylan se abaixou e olhou para uma chuva de grampos de cabelo abandonados, alguns pretos, outros vermelhos. *Boas garotas. Bom trabalho.* Os grampos estavam no chão quase em uma trilha levando ... "Norte." Dylan deu um suspiro. *Ou isso é uma armadilha e eles estão à espreita para me matar ou estão levando as mulheres para o acampamento para mantê-las por um resgate. É hora de convocar o grupo.* "Por favor, Deus," ele murmurou baixinho, "proteja essas mulheres até que possamos chegar lá."

Ele correu na escuridão crescente rua abaixo até a igreja, onde o campanário lançava uma cruz no chão. Um raio de sol irradiava através da torre do sino, caindo no rosto de Dylan. O sino balançou de um lado para o outro, seu tom musical encorajando a congregação a entrar na igreja.

Ele parou por um instante, os olhos erguidos, orando sem palavras por coisas que ele não conseguia começar a articular. Então, estimulado pela urgência da situação, ele subiu os degraus da igreja e entrou pela porta, acenando com a cabeça ao ver uma sala cheia de paroquianos que aguardavam suas instruções. No fundo da sala, Jesse andava devagar de um lado para o outro, murmurando baixinho. Sua angústia ressoou em Dylan. *Isso me lembra demais de Justine e nosso filho, sabendo que eles estão em apuros e não pode ajudar. Espero pelo bem de Jesse que o resultado seja melhor.*

Caminhando para a frente, Dylan encontrou Cody em seu lugar habitual, tentando acalmar a multidão. Embora sem informações, ele lutava para controlar o zumbido da conversa.

"Reverendo, se eu puder." Dylan, que nunca tinha passado além do corrimão da comunhão, caminhou direto para o púlpito sem pensar duas vezes. Um silêncio nervoso desceu sobre a igreja. "Cidadãos, antes que muitos rumores comecem, aqui estão os fatos. Sra. West, Srta. Jackson e ..." Ele engoliu em seco. "... Srta. Carré acabaram de ser levadas agora pelo que só podemos supor ser o bando de ladrões de trem que atacou o pastor e a Sra. Williams em dezembro passado."

Um murmúrio percorreu o grupo reunido. Ele quase podia adivinhar o que estavam dizendo. *Todo mundo adora Lydia. Todo o mundo. Sem mencionar que Addie está grávida. Ilse é bonita de um jeito que faz os homens quererem possuí-la. Isso despertará alguns instintos de proteção poderosos.* "Amigos, já estávamos planejando reunir um grupo amanhã e ir atrás deles ..." Ele interrompeu o palavrão por causa das várias mulheres na plateia, "canalhas, mas com a vida de três mulheres inocentes em jogo, temos que fazer isso agora. Meus subdelegados e eu achamos que sabemos onde eles estão se escondendo, mas precisamos de todo homem disposto a apontar uma arma conosco e precisamos ir imediatamente antes que eles tenham tempo de machucar as mulheres." De maneira sombria, ele reprimiu a vozinha desagradável que indicava quanto tempo já havia passado e quanto mais seria necessário para deixar todos armados e prontos. *Não posso pensar nisso. Não se quisermos ter sucesso.* "Vamos a pé. Se você tiver um rifle, espingarda ou pistola em casa, vá buscá-la e me encontre aqui em meia hora." Juntos, os homens da congregação se levantaram, seus rostos endurecidos em linhas idênticas de determinação sombria e todos saíram em fila.

Um barulho de botas em degraus de metal revelou Kristina Heitschmidt Williams descendo correndo da galeria do coro. Ela correu até o marido e jogou os braços ao redor dele. "Você vai, Cody?"

Ele assentiu. "Eu preciso."

Ela o apertou com força, seus olhos selvagens. "Volte para casa novamente, Cody. Volte para casa em segurança."

Ele beijou seus lábios. "Eu te amo, Kris."

"Reverendo," Dylan disse, interrompendo o momento de ternura, "se você não tiver uma arma, posso lhe emprestar uma."

Cody assentiu, parecendo um pouco assustado. Ele deu um último abraço em sua esposa, borrou seus lábios com os dele e se virou para se juntar ao Xerife enquanto eles caminhavam pela nave e saíam pela porta. "Você acha que elas vão ficar bem?" Ele perguntou.

Dylan balançou a cabeça. "Espero que sim, Cody. Eu realmente espero que sim."

CAPÍTULO 11

Lydia afundou os dentes com força na palma da mão sobre sua boca.

O cretino uivou e sacudiu a mão ferida, agitando os dedos.

"Solte-me, *fils de putain*," ela rosnou em francês, adicionando vários palavrões em italiano enquanto dava uma cotovelada em suas costelas.

Ao lado dela, Addie chutou para trás com força com um pé pendurado, cravando o salto da bota na canela do sequestrado. Ele a deixou cair de bunda e sua respiração saiu em um sibilo. Ambas as mãos voaram para sua barriga.

"Calma aí, garotas," uma voz zombeteira falou. Lydia olhou com cara feia para um homem de constituição forte, com uma careca brilhante e um bigode luxuoso. "Basta cooperar e ninguém se machucará."

"Cooperar com vocês, bastardos? Esqueça." Addie se levantou e cuspiu no solo na frente de botas dele.

"Que linguagem," ele repreendeu. "Você planeja beijar seu bebê com essa boca?"

"Ela apresenta um bom ponto," Lydia disse, a raiva acalmando-a para uma condescendência gelada. "Há apenas cinco de vocês. Até onde você planeja chegar se nos recusarmos a cooperar?"

"Oh, vocês irão cooperar," o homem disse, exibindo os dentes manchados de tabaco. A luz do sol lançou um tom vermelho sangrento sobre eles e ela estremeceu. Ele sacou uma pistola do quadril e apontou casualmente para o lado da barriga de Addie. "Ela poderia muito bem viver, mas e a criança?"

Do seu lugar, ainda presa por um homem usando apenas um braço, o outro cobrindo sua boca, os olhos de Ilse arregalaram.

Derrotada, Lydia baixou os olhos em submissão. "Para onde vamos?"

Jesse liderava o caminho para fora da cidade, sua lanterna praticamente escura, exceto por uma haste fina para iluminar o caminho à sua frente e outra que caia em seu rosto, deixando-o visível por trás. O vento aumentou, chicoteando a grama alta da pradaria e balançando-a em todos os tipos de farfalhar ruidoso.

Dylan, seu rifle embalado no braço, aproximou-se do seu subdelegado, desejando encorajá-lo, falar as palavras que tranquilizariam Jesse, mas ele não se atreveu. Ele não tinha como saber se eram verdadeiras. *Pode muito bem ser que Jesse não chegue a tempo para salvar sua esposa. Dizer o contrário seria tolice.* Seu estômago deu um nó. *Lydia também. Ela é forte e inteligente, mas gostaria que ela tivesse sua arma.*

"Devo fazer um pouco de chá?" Kristina perguntou, olhando para suas amigas, que estavam sentadas no sofá da sala do vicariato. Allison ergueu os olhos dos olhos de seu filho pequeno. Então ela apoiou o menininho no ombro e balançou a cabeça. Melissa, empoleirada ao lado da madrasta, encostou a bochecha no braço de Allison, fechando os olhos.

"Não, obrigada," Becky disse com a voz trêmula. "Provavelmente eu ficaria enjoada de novo." Do seu poleiro ao lado da irmã no sofá, suas mãos repousavam sobre sua barriga, mas não no gesto típico que costumamos ver com frequência as mulheres grávidas fazendo. Seu rosto tinha ficado mortalmente pálido.

"Tenho certeza de que todas ficarão bem," Kristina comentou.

"Não, você não tem," Allison disse de maneira ríspida. "Não fale bobagem, Kristina."

"Vá devagar," sua irmã encorajou.

Allison balançou a cabeça. "Isso não está certo. Algo não está certo. Por que não consigo acertar em cheio?"

Kristina afundou em uma poltrona ao lado de suas amigas. "O que não está certo, Allie?"

"Por que eles não as mataram na rua?" Allison olhou bruscamente para a criança ao seu lado e, notando que Melissa havia adormecido, continuou. "Se eles queriam vingança matando a mulher do Xerife, por que simplesmente não atiraram nela?"

Kristina piscou. "Não sei, mas o que mais eles poderiam querer?"

"Resgate?" Becky sugeriu.

Allison franziu o cenho. "É pouco provável. Eles teriam que saber que se pegassem as mulheres, os homens da cidade estariam atrás delas em força ..." Ela parou e então respirou ruidosamente. "Oh, meu Deus. Eles estavam contando com isso." Ela ficou de pé. "Temos de ir."

"Ir? Para onde estamos indo?" Kristina olhou para a amiga, confusa. *A última coisa que quero fazer é sair de casa, especialmente no escuro. Já me sinto tão exposta.*

"Somos alvos fáceis, todos nós, sozinhos em nossas casas e isolados. Eles não levaram Lydia e Addie por levá-los. Eles as levaram para atrair os homens para longe do resto de nós. Vamos."

Suas palavras fizeram com que a sensação de mal-estar de Kristina se cristalizasse em medo absoluto. Seu pulso começou a bater forte em seus ouvidos.

"O que vamos fazer?" Becky exigiu.

"Vamos até a loja do seu marido para pegar todas as armas que os homens não levaram. Depois, vamos reunir todos que vão ouvir e nos reunir na igreja. Não há muitos de nós que conseguem, então precisamos ficar de guarda em um lugar onde alguns atiradores fazem a maior diferença."

Becky engoliu em seco audivelmente.

O sangue de Kristina latejava em seus ouvidos. *Oh, Deus, por favor, proteja os homens ... mas, por favor, nos proteja também.*

Os cavalos trovejavam pela pradaria, o balanço de seus corpos se misturando ao nervosismo de Lydia até que ela temeu gritar ou vomitar.

Quinze minutos ao norte da cidade e depois uma curva acentuada para o oeste, na estreita faixa escarlate de luz do dia que permanecia visível na borda do horizonte intacto. Lá, uma fileira de tendas estava ao lado dos restos de uma cabana, as janelas caídas, teias de aranha agrupadas densamente nos beirais.

Os ladrões frearam seus cavalos de maneira brusca e deslizaram para o chão, trazendo as prisioneiras com eles. Uma multidão de homens rudes e de aparência de má reputação se aglomerou ao redor, cutucando-as e aplaudindo. Então a multidão se separou e uma figura familiar aproximou-se mancando.

"Samuel Blaylock," Lydia sibilou com desagrado. "Que diabos você está pensando?"

Ele riu. "Deveria ter vindo comigo quando teve a chance, Senhorita Lydia."

Ela bufou. "Sem chance. Tentei ser gentil com você, Sr. Blaylock, mas isso não significa que eu queria cavalgar até o pôr do sol com você e sinto muito, mas de onde estou, meu café é muito mais agradável do que este bando de rufiões em tendas."

Sua risada cresceu em volume. "Estas são acomodações temporárias, minha querida. Depois de nos livrarmos de algumas pessoas desnecessárias, vamos nos mudar para um local diferente, longe daqui e começar uma nova vida. Minha noiva viveria como uma rainha. Que pena que não será você. Não perdoo facilmente e uma bala no braço é a última coisa que eu preciso."

Lydia ergueu mais a cabeça. "Não sinto muito. Você merecia levar um tiro. Além disso, não desejo ser a rainha do crime, Sr. Blaylock. Você escolheu o lado errado desta batalha e eu me recuso a ficar com você."

Sua risada deu lugar a uma careta. "Não consigo imaginar como aquele Xerife desajeitado conquistou seu coração, minha senhora, mas foi você quem escolheu o lado errado." Ele gesticulou e o bandido segurando o braço de Lydia puxou, incitando-a em direção à casa decadente.

"Eu irei com você," uma voz suave e astuta falou na noite.

"Ilse, você é louca," Addie protestou.

"Não," a garota respondeu. "Vocês são todos loucos, defendendo suas noções de certo e errado. É muito tarde para isso. Nossa única chance de sobreviver é cooperar. O que você diz, Sr. Blaylock? Seus planos podem ser ligeiramente alterados?"

"Você é muito jovem." Ele olhou para Ilse de cima a baixo. "As pessoas vão imaginar que você é minha filha, mas não importa. Leve-a para minha tenda. Tranque essas outras duas na casa."

A pressão no braço de Lydia se intensificou até que o homem quase a arrastou. Mais uma vez, ela considerou lutar, mas com uma dúzia de homens armados por perto, não parecia fazer muito sentido. Ela permitiu que ele a conduzisse até a porta e a empurrasse para dentro, Addie logo atrás dela. A porta se fechou com um baque e a chave clicou na fechadura, o som suave crescendo em volume em seus ouvidos cansados.

Da galeria do coro, Allison observava o santuário. Mães ocupadas tentavam fazer com que crianças superexcitadas deitassem nos bancos e descansassem. Os bebés choravam e se impacientavam. Crianças nervosas choramingavam e circulavam pela sala. Nas janelas, um punhado de mulheres e os homens restantes, a maioria deles idosos, aleijados ou de outra maneira muito debilitados para o grupo, haviam se posicionado perto dos painéis de vidro transparente, com as armas aninhadas no colo.

Ela se virou para a janela acima do banco do órgão, olhando para a cidade escura e silenciosa. O brilho fraco da luz fraca da lâmpada vinda de baixo não prejudicou sua visão. Uma rajada de vento fez com que folhas marrons rolassem pela rua vazia. *Eu fiz tudo que podia, então por que ainda tenho essa sensação de coceira entre minhas omoplatas? O que eu esqueci?*

Um passo suave nos degraus de metal a alertou e ela encontrou os olhos de Kristina. "Melissa está dormindo," ela disse baixinho, "mas acho que este pequeno companheiro precisa de você."

Ela entregou o bebê de Allison e a jovem mãe afundou em uma cadeira do coral e desabotoou a camisa de botões. "Espero que você não se importe."

Kristina deu de ombros. "Alimente-o." Allison obedeceu enquanto sua amiga continuava falando. "De qualquer maneira, você realmente acha que eles virão atrás de nós?"

"Não sei," Allison respondeu. "Espero que não. Espero, que quando a manhã chegar, que o pior resultado da noite seja algumas mães cansadas e um pouco de constrangimento."

"Eu concordo," Kristina disse. Ela assumiu o posto de Allison, olhando para a cidade. "As sombras não se parecem demais com figuras rastejantes?"

Allison assentiu. "Eu poderia jurar que sim, mas quando estudei cada uma, descobri que eram árvores, folhas ou um gato. Mas ainda não consigo evitar a sensação de que estou esquecendo de algo."

"Sem dúvida é apenas tensão," Kristina respondeu.

"Sem dúvida," Allison concordou, aproveitando a oportunidade para olhar para o rosto do filho enquanto ele mamava contente, um punho rechonchudo balançando no ar.

"Você acha que Lydia e Addie ficarão bem?" Kristina perguntou. "Ah, e Ilse, é claro."

Allison fechou os olhos. "Não."

Kristina inalou pelo nariz. Sua respiração ficou presa no meio em um soluço inconfundível. "Com Deus todas as coisas são possíveis."

"Reze, então," Allison sugeriu. "Mesmo se os homens os encontrarem, as chances são contra eles saírem ilesos."

Kristina reconheceu a declaração com um longo momento de silêncio. "Os homens ficarão bem?"

"Kristina, você sabe que eu não sei," Allison disse baixinho enquanto trocava o bebê para o outro seio. "Provavelmente alguns irão e alguns não e tudo o que podemos fazer é deixá-los nas mãos de Deus e esperar pelo melhor. Tenho certeza de que há muito mais homens nossos do que ladrões, então isso está a favor deles." Allison estudou seu filho mais uma vez. "Se algo acontecer com Wesley, e comigo, você e Cody ficariam com as crianças? Meus pais estão velhos, e minha irmã tem seu próprio filho a caminho agora, então ..."

Kristina não a repreendeu. "É claro. Você nem precisa me pedir isso."

Ela é a melhor amiga que alguém poderia pedir. Sou tão abençoada com meus amigos, meus pais, minha irmã ... até meu marido está muito melhor agora. Por favor, Deus, não os leve embora. Deixe-nos passar por isso com segurança e me ajude a lembrar o que estou esquecendo. Tem a ver com Lydia. Eu sei que sim. Com algo que importava muito para ela. "Kristina, o que minha irmã disse que Lydia estava fazendo quando foi levada?"

"Confrontando Ilse sobre alguma coisa," Kristina respondeu distraída, o olhar na janela.

Oh, garoto. "Sobre o quê? Alguma ideia?"

"Ouvi alguém dizer que Ilse colocou todos os nossos nomes

na petição idiota do saloon. Lydia estava furiosa com aquela coisa. Talvez seja por isso."

Como o rolar de dados na cabeça de Allison, as ideias cambaleantes se encaixaram no lugar. "Oh, merda," ela sussurrou baixinho.

"O que você acha que eles querem dizer com isso?" Wesley sussurrou para Dylan enquanto eles seguiam lentamente para o norte em direção a casa de adobe abandonada.

"Causar problemas," Dylan sussurrou de volta.

"Sim, é claro," Wesley concordou, "mas por que levá-las?"

"Eles me odeiam por enforcar aquele garoto na primavera passada e odeiam Jesse por destruir seu ninho no Colorado. O que mais você precisa saber?"

"Blaylock ameaçou Cody também, mas não levou Kristina," Wesley comentou.

"Então? Ela não estava lá."

"Ela estava sozinha praticando na igreja a tarde toda. Eu ouvi. Não seria preciso nada para agarrá-la, mas eles não o fizeram."

"Você está tentando demonstrar um ponto de vista, Fulton?"

Wesley assentiu, o movimento quase invisível na escuridão. "Se eles pegassem a mulher de outra pessoa, você e Jesse teriam se sentado e desvendado isso. Eles pegaram as suas e fizeram vocês reagirem sem pensar. Aposto que foi intencional."

"Quer calar a boca?" Jesse sibilou. "Estamos quase lá."

As palavras de Wesley tocaram fundo Dylan, mas ele não conseguiu encaixar as peças por causa da preocupação mais urgente com a segurança de Lydia.

Addie parecia lamentável, curvada no chão, os braços ao redor dos joelhos como se quisesse proteger o filho ainda não nascido de qualquer mal que esses criminosos pretendiam infligir a eles.

Lydia agachou-se ao lado dela. "Você está machucada? Eles largaram você com muita força."

Addie ergueu o rosto do joelho, atordoando Lydia com sua expressão determinada e zangada. Sua respiração ofegava entre os lábios tensos em pequenas arfadas. "Até agora, acho que estou bem."

Lydia abriu a boca para falar, mas uma voz irritante no lado de fora da janela a interrompeu.

"Acha que eles morderão a isca?"

"Inferno, sim," outro tom masculino áspero rosnou. "Eles ficarão vasculhando a pradaria por horas, tateando no escuro. O resto deles será um alvo fácil."

"Ainda não gosto deste plano," uma terceira voz mais suave falou na noite. "Matar mulheres e crianças simplesmente não está certo."

"É por isso que você não vai," Blaylock disse. "Randall, se você não fosse meu último filho restante, eu mesmo o enforcaria. Você é tão fraco quanto sua mãe. Apenas fique com a bunda sentada aqui e vigie essas duas. Acha que consegue administrar isso?"

"Que escolha eu tenho?" O jovem perguntou com amargura. "Estamos a quilômetros da civilização, sem contar aquela cidade podre e todos os cavalos partirão em breve."

"Você não precisa de cavalos, idiota," a voz rouca respondeu com uma gargalhada. "Entre a perna machucada do chefe e o braço machucado, ele não consegue montar e da última vez que você montou em um cavalo, você caiu, lembra? Aterrissou bem na merda do cavalo." Rugindo de tanto rir, o homem de voz rouca foi embora.

A voz suave não respondeu e dois passos, um suave e outro irregular, se afastaram da janela. Sob o luar pálido, Lydia viu os olhos de Addie arregalarem. "Oh, Deus. Eles estão nos usando como isca para atrair os homens para longe da cidade," ela sussurrou.

Lydia assentiu.

"Precisamos fazer alguma coisa. Pelo menos avisá-los."

"Como?" Lydia exigiu em um silvo furioso. "Eles jogaram fora minha arma. Se eu a tivesse, poderia ser capaz de fazer algo, mas estou desarmada."

"Você pode estar, mas eu não." Addie enfiou a mão na bota e puxou uma lâmina fina e de aparência perversa.

"Você sabe como usar isso?" Lydia perguntou: "Ou Jesse deu a você de presente?"

"Uma vez, um homem me ameaçou ... e este bebê." Ela acenou com a mão na direção da barriga. "Esse homem não vai incomodar ninguém novamente." Seus olhos se estreitaram em fendas e sua mandíbula travou. "Não me confunda com uma garota fraca e educada na cidade, Lydia. Sou metade mulher da montanha selvagem e metade índio Kiowa. Sei lutar e não tenho medo de fazê-lo."

Sua ferocidade trouxe um sorriso malicioso aos lábios de Lydia. "Então temos motivos para ter esperança. Guarde isso até precisarmos e vamos elaborar um plano."

"Billy," Allison disse com sua voz mais suave, "Preciso da sua ajuda. Você pode vir comigo?"

"Nós vamos lá fora, Senhorita Allie?" Os lábios grossos de Billy Fulton contraíram em confusão.

"Isso mesmo, Billy. Esquecemos algumas pessoas e não está certo. Você e eu vamos buscá-las."

"Não sou bom com uma arma, Senhorita Allie. Elas me assustam."

Ela colocou a mão em seu braço volumoso. "Eu sei, Billy. Eu vou carregar a arma. Preciso que você tenha certeza de que ninguém está se esgueirando atrás de nós, ok?"

Ele assentiu. Allison lançou um olhar de nostalgia para o filho, agora aninhado nos braços de Becky e para a enteada, dormindo ao lado delas no banco. Ela ergueu os olhos para receber o aceno solene de Kristina da varanda. Então ela e Billy escapuliram para a escuridão, se abaixaram entre dois prédios e se dirigiram para o lado leste da cidade.

"Maldição!" Dylan rugiu e Jesse proferiu uma maldição mais obscena ao ver a casa de adobe abandonada e seu celeiro decadente, ainda vazio exceto pelas aranhas que haviam fixado residência. Nenhum sinal de acampamento ou qualquer habitação humana há muito tempo.

"Não entendo," Rob murmurou. "Simplesmente não entendo. O que mais eles poderiam ter feito? Armar acampamento na pradaria aberta?"

"Se fizeram isso," Jesse respondeu de maneira sombria. "boa sorte em encontrá-los."

"Não existem outras propriedades ou estruturas que poderiam ser transformadas na fundação de um acampamento improvisado?" Dylan perguntou.

"Muitas." Wesley caminhou até eles, esmagando a grama da pradaria sob seus pés. "Senhores, não acho que esse sequestro foi nada menos do que uma tentativa calculada de nos atrair para fora da cidade. Sim, eles se vingarão do Xerife e do seu subdelegado, mas também deixamos o resto das mulheres desprotegidas."

Um murmúrio percorreu o grupo.

"O que você sugere então, Wes?" Dylan exigiu. "Você quer que abandonemos Ilse, Lydia e Addie à sua sorte?"

"Wesley, você tem sido meu melhor amigo desde que nascemos." Mesmo à luz fraca da lâmpada, Dylan podia ver a vermelhidão nos olhos de Jesse. "Perdi uma mulher que amava. Por favor, não me peça para perder Addie também."

"Claro que não," Wesley insistiu. "Eu nunca sugeriria tal coisa. Acho ... acho que precisamos nos separar. Então enviar metade dos homens para casa. Nós mergulhamos rápido demais, comprometemos muitos homens. Metade de nós ainda deve ser capaz de derrubar um pequeno acampamento de ladrões se, na verdade, eles ainda estiverem todos em seu acampamento."

"Bem pensado, Wes," Dylan concordou.

O coração de Lydia batia tão forte que ela temia que suas costelas quebrassem, mas assentiu devagar. "Isso pode funcionar." Ela encontrou os olhos castanhos de Addie e viu uma severidade fria e chocante lá.

"Se vou morrer, prefiro morrer lutando."

"Poderíamos não morrer," Lydia comentou.

"Não faça isso," Addie pediu. "Temos que tentar, mas você sabe quais são as chances. Sem falsa esperança, Lydia."

Ela está certa, Lydia admitiu para si mesma. Sua respiração ficou presa. Quantas respirações mais eu ainda tenho? Quantos batimentos cardíacos? Ela fechou os olhos ao sentir uma pontada repentina. "Não desista. Dê tudo o que você tem. Pelo seu bebê. Por Jesse."

"Por Dylan," Addie respondeu. Lydia assentiu. "Estou feliz por ter conhecido você, Lydia Carré. Não foi por muito tempo, mas você foi uma grande amiga."

"Também estou feliz por ter conhecido você, Addie," Lydia respondeu. "Ainda tenho que ter esperança. É o meu jeito, mas se alguma coisa acontecer, lembre-se, você e seu bebê vem antes de mim. Prometa-me."

"Eu gostaria de discutir isso com você, mas não posso." Addie interrompeu o contato visual, olhando para o chão. Finalmente, sua compostura pareceu ceder. Seus ombros tremeram e sua inalação sustentou o eco de um soluço.

Lydia estendeu a mão e agarrou o braço dela.

De uma curta distância, vozes se ergueram em discórdia, gritando. Uma mulher gritou e então uma explosão breve e aguda interrompeu o grito em um silêncio assustador.

. . .

Rastejar entre os prédios no escuro era algo que Allison nunca considerou fazer. Ninguém nunca a desafiou. Ninguém jamais encorajou um feito tão selvagem. *E, no entanto, aqui estou, uma mulher adulta, uma esposa e mãe, esgueirando-se pelas sombras como uma criança travessa ... direto para um prédio que nunca ousei me aproximar na minha vida.*

"Ooooh!" Billy disse, apontando. "Conheço este lugar. Senhorita Julie mora aqui."

"Senhorita Julie?" Allison ergueu as sobrancelhas.

"Uh-huh. Ela é minha amiga. Eu vou e falo com ela. Às vezes ela me deixa entrar em seu quarto, mas não devo falar sobre isso." Ele deu uma risadinha.

Bem, aí está, Allison pensou. Ela suspirou e rastejou até a frente do prédio silencioso de três andares. Mesmo ao luar, a pintura vermelha berrante parecia brilhar e o nome dourado, Saloon do Chester captava a luz fraca e brilhava. Embora o bar estivesse sido fechado, as luzes brilhavam no interior e o som de mulheres conversando se espalhava pela rua.

Allison suspirou e bateu na porta.

"Estamos fechados," alguém gritou.

"Eu sei," ela gritou de volta. "Não é por isso que estou aqui."

Saias farfalharam lá dentro e um instante depois uma mulher madura com cabelos ruivos desbotados apareceu em um halo de luz. "O que você quer? Você não pode fechar o saloon, sabe."

"Eu sei," Allison disse de maneira ríspida. "Não tive nada a ver com isso. Por favor, preciso que você me ouça. Estamos todos em perigo."

"Que perigo?" Um rosto redondo emoldurado por longos cachos castanhos escuros apareceu ao lado da mulher mais velha.

"Senhorita Julie!" Billy aplaudiu, acenando para a linda morena.

"Oh, oi, Billy," ela respondeu, sorrindo.

"Presumo que Chester está com o grupo?" Allison adivinhou, focada no perigo.

"Sim," a ruiva confirmou.

"Bem, então todo mundo está. Quero dizer, todo mundo. Todos os homens saudáveis da cidade fugiram e nos deixaram. Nós nos reunimos na igreja por segurança, mas me ocorreu que ninguém pensou em avisá-las."

"Obrigada por nos avisar." A mulher tentou fechar a porta.

"Espere," Allison disse. "Ouça, não acho que vocês deveriam ficar aqui. É mais fácil se todos ficarmos juntos."

A ruiva ficou de queixo caído. "Você está... nos convidando para a igreja?"

Allison assentiu. "Lydia gostaria que fosse assim."

"O que aconteceu com Lydia?" Outra jovem, esta loira, passou pela mulher mais velha na varanda.

"Ela foi sequestrada junto com suas outras mulheres," Billy disse em voz alta.

"Billy." Allison lançou um olhar exasperado para o jovem. "Por favor, mantenha a voz baixa. Se alguém estiver se aproximando sorrateiramente de nós, não queremos que saibam onde estamos."

"Lydia foi sequestrada?" A morena olhava horrorizada.

"Sim, foi por isso que o grupo foi formado." Allison estudava as tábuas do assoalho.

"Bem, isso é simplesmente terrível," a loira disse e pelo tom da sua voz, ela estava falando sério.

"Sim, é. Então, os homens foram buscá-las, mas não queremos que eles voltem para uma cena de massacre. Você vai se juntar a nós?"

"Por favor, venha, Julie," Billy disse baixinho, estendendo a mão de dedos grossos para a prostituta de cabelos castanhos. Ela olhou para suas companheiras e então saiu para a varanda, colocando seus dedos finos na palma da mão dele.

"Tudo bem," a ruiva cedeu. "Meu nome é Ruth. Já volto com quem quiser aceitar seu convite."

Allison assentiu.

Ruth voltou para o saloon.

"Oh, Ruth?"

A mulher virou a cabeça e olhou por cima do ombro.

"Alguma de vocês sabe atirar?"

Um sorriso largo apareceu no rosto de Ruth.

"Sabe o que seria bom?" Becky perguntou a Kristina, acariciando o cabelo de Melissa com uma das mãos.

"O quê?" Kristina olhava fascinada para o bebê dormindo em seu colo.

"Quando Dylan e Lydia voltarem, vamos surpreendê-los."

"Como?" Kristina quis saber.

"Bem, eu sei que eles vão se casar, mas o tempo de planejamento deles foi destruído por causa desse assunto dos ladrões. Depois de todo esse tempo, eu odiaria que eles perdessem isso."

"Eu imagino," Kristina disse a amiga, "que eles vão querer fazer isso imediatamente. Não desperdiçar um segundo."

"Exatamente!" Becky dobrou um joelho no banco para que pudesse olhar para Kristina mais de frente. "E quando o fizerem, como seria se tivéssemos o casamento inteiro esperando por eles. Música, comida, vestido e tudo?"

"É uma ótima ideia," Kristina admitiu, "mas como você planeja executá-la?"

"Oh, confie em mim, eu tenho um plano," Becky sorriu. "Podemos conversar sobre tudo agora e estar prontas para entrar em ação pela manhã. Você está interessada?"

"Conte-me mais."

Dylan observava enquanto Rob liderava metade do seu grupo de volta para a grama alta da pradaria, James Heitschmidt ao seu lado.

"Estou surpreso que você tenha ficado," ele disse a Wesley, que estava ao seu lado. Um pouco mais longe, Jesse andava nervoso de um lado para o outro.

"Sei que James cuidará deles," Wesley respondeu, "mas se eu voltasse para casa sem Lydia, minha esposa poderia não falar comigo por um mês. Além disso, eu tive outra ideia sobre onde eles podem estar escondidos e não é muito longe daqui."

"Você conhece um lugar que eu não, Wes?" Jesse, ao passar, interrompeu.

"Como posso saber se você conhece?" Wesley respondeu. "Você fez toda sua corte às claras ... quando estava aqui." Ele lançou um sorriso completamente inapropriado para o amigo, que Dylan atribuiu à tensão. "Eu, por outro lado, conheço alguns lugares para ficar sozinho, caso haja necessidade. Existe a ruína de uma casa, cerca de oito quilômetros a leste daqui. Eu estive lá. Não seria muito, pois não é muito maior do que esta casa de adobe, mas seria um lugar para começar a procurar."

"Leve-me até lá," Dylan encorajou. *Aguente firme, Lydia. Estou chegando.*

"Eles foram embora?" Addie sussurrou.

Lydia olhou pelas janelas. "Dez homens a cavalo acabaram de cavalgar para o sul."

"Típico," Addie murmurou. "Mesmo ferido, um líder adequado lidera." Ela balançou a cabeça. "Lamentável."

"Não o subestime," Lydia pediu. "Ele é mais rápido do que você imagina com aquela perna machucada e também é muito astuto."

Addie sorriu. "Nós também." Ela se acomodou ainda mais no canto da sala, ao longo da parede adjacente à porta. Seu sorriso desapareceu e aquele olhar de tensão gelada perseguiu suas feições mais uma vez. "Pronta?"

Lydia baixou o queixo em reconhecimento, respirou fundo e gritou: "Senhor! Ei, senhor!"

A porta da cabana abandonada abriu uma fresta e um nariz longo e fino apareceu na sala. "Você precisava de algo?" Perguntou o homem de voz suave.

"Minha amiga está doente. Você sabe, grávida e tudo. Ela precisa comer alguma coisa ou vai vomitar e eu vou vomitar ..."

"Deixe-me ver o que posso encontrar," a voz suave disse. "Já volto. Peça a ela para esperar."

"Senhora Williams?" Uma voz chamou da varanda.

"Sim?" Kristina disse baixinho.

"Alguém está lá fora."

O coração de Kristina começou a bater forte. Ela se levantou lentamente e subiu a escada para a galeria do coro, onde um homem idoso, Jacob Fulton, um dos tios-avôs de Wesley, estava sentado no banco do órgão, olhando para a escuridão.

"Alguma ideia de quem poderia ser?" Ela perguntou.

Ele balançou a cabeça. "Não dá para dizer daqui, mas estão se movendo nas sombras, realmente assustador. Ele comentou.

Kristina apertou os olhos e seu coração afundou quando a luz da lua brilhou nos canos das armas em punho. Um minúsculo ponto de luz brilhou na escuridão e então se transformou em uma luz maior.

"Oh, Senhor, proteja-nos," ela orou. Em seguida ela disse a congregação abaixo. "Existem pessoas por aí com armas e tochas e estão se comportando de uma maneira que não acho que nossos familiares fariam. Estejam prontos. Se você não for capaz de lutar, mantenha a cabeça baixa ... e enquanto estiver lá, ore. Estamos com sérios problemas." O estômago de Kristina embrulhou e deu um nó de tensão. *Eu queria que Allison estivesse aqui. Ela é muito melhor em assumir o comando. Deus me ajude. Estou com tanto medo.*

Do lado de fora, uma voz masculina rouca chamou: "Saiam, saiam de onde estiverem ..."

Em resposta, Kristina se inclinou sobre o banco do órgão e gritou na direção da janela: "Saia daqui. Siga em frente. Saia."

Jacob agarrou Kristina e puxou-a de volta da janela segundos antes da imagem chumbada da crucificação explodir em fragmentos coloridos.

Lá embaixo, mais vidros se estilhaçaram quando um membro da congregação atirou no atirador.

"Eles estão armados!" Ela mal podia ouvir um dos criminosos gritar por causa do zumbido em seus ouvidos e as batidas de seu coração. "Eles estão prontos para nós."

"Eles são um bando de velhos e garotas," outro respondeu. "Podemos acabar com eles."

"Claro que podemos," o primeiro homem concordou, "mas não vamos perder nossas cabeças. Até uma garota com uma arma pode ter sorte."

"É isso," Kristina falou da varanda. Uma criança, acordada pelo tiroteio, começou a chorar, o que por sua vez acordou mais crianças.

Por favor, Deus, isso não. Precisamos ouvir o que eles estão fazendo lá fora, não ouvir um punhado de bebês chorar. Claro, uma vez que o choro começou, não havia como pará-lo.

Sensível ao som, Kristina ansiava por tapar os ouvidos com as mãos. Sua tensão aumentou ainda mais. *Não posso fazer isso. Allison onde você está?*

O som de tiros ecoou entre os prédios. Allison praguejou baixinho. "Eu sabia que algo assim iria acontecer, maldição."

"Parece que você adivinhou certo," Ruth respondeu.

"Por Deus, eu queria estar errada." Allison rastejou ao longo do beco, onde emergia ao lado do café de Lydia e deu uma espiada.

"Quantos?" Julie sussurrou em seu ouvido.

"Posso ver seis," Allison respondeu, "mas pode haver mais que não consigo ver."

"O que eles estão fazendo?" Outra mulher, cujo nome Allison não conseguia se lembrar, sussurrou da parte de trás do grupo.

"Apontando armas para as janelas da igreja," Allison respondeu. "Senhoras, parece que eu as trouxe para um ninho de vespas. Se quiserem voltar para o saloon ... ou fugir neste momento, eu não as culparia. Isso está prestes a ficar muito feio."

"O que você vai fazer?" Ruth exigiu.

"Minha irmã, minha melhor amiga e meus filhos estão lá. Não tenho escolha," Allison respondeu de maneira sucinta.

"Vou ficar," Ruth disse, colocando a mão no ombro de Allison. "Sei que as mulheres desta cidade não pensam muito de nós, mas não vou esquecer o que você fez esta noite. Vamos ver se podemos dar a esses rufiões algo em que pensar."

Allison sorriu com tristeza. "Você é uma boa mulher, Ruth. Obrigada."

"O que eu faço?" Billy perguntou.

"Não sei," Allison respondeu com toda honestidade. "Rezar?"

Ele assentiu, levando a sugestão a sério.

Allison saiu sorrateiramente para a rua, mantendo-se na sombra do café. Focado na igreja, nenhum dos ladrões notou seus movimentos furtivos. Selecionando um dos homens perto da porta da frente, que carregava uma tocha em chamas, ela mirou e esperou.

A porta da casa da fazenda se abriu lentamente e um homem entrou. Baixo, magro e possuidor de um nariz verdadeiramente épico, ele não parecia nem temível nem ameaçador. Lydia quase sentiu pena do que estavam prestes a fazer. *Quase.*

"Aqui está. Desculpe, tudo que consegui foi mingau. Estamos com poucos suprimentos e ... espere, onde ela está?"

Ele olhou ao redor da sala em consternação e aquele momento de choque provou ser sua ruína. Rápida como um raio, Addie passou um braço ao redor da sua cintura e com o outro, colocou a faca na sua garganta, pressionando apenas o suficiente para ele sentir a picada da lâmina. O mingau caiu com estrépito, o conteúdo úmido escorrendo para as tábuas apodrecidas do assoalho.

Lydia se aproximou e tirou a arma do coldre, apontando-a de maneira casual na direção dele. "Vamos dar um passeio?"

"Não atire ao acaso," Kristina encorajou. "Certifique-se de ter um alvo claro. Nossos suprimentos de munição não são ilimitados."*Estou fazendo certo? Estou dizendo as coisas certas? Não faço ideia.* Embora sentisse que suas entranhas estavam prestes a serem expelidas, Kristina forçou seu rosto e sua voz a uma certa calma inexpressiva. Ao seu redor, mulheres balançavam bebês inquietos e acalmavam crianças agitadas. O pandemônio estava se formando rapidamente dentro da igreja, que ela tinha certeza de que não faria nada além de distrair os doze indivíduos da padaria agachados ao lado das janelas, esperando pela chance de fazer algo, qualquer coisa para aliviar a situação.

Will Watson, que insistira, apesar de não ter mais de 12 anos, que era grande o suficiente para ajudar, apontou um rifle para uma imagem quebrada do Jardim do Éden e apertou o gatilho.

Um grito lá fora revelou que a criança havia acertado o alvo, mas com que fim Kristina não sabia.

Uma bala zuniu de volta pelo local onde Will tinha estado, voou pelo santuário e se cravou na parede oposta.

Kristina mordeu o lábio até que o sabor metálico em sua boca a lembrou para relaxar. Ela limpou o sangue do queixo, sem saber o que fazer ou dizer a seguir. *Deus, por favor, ajude-nos!*

"Aqueles bastardos," Allison rosnou. Os homens na frente da igreja pareciam estar empilhando o que parecia ser jornal na estrutura de madeira. "Eu sei para que serve aquela tocha."

Um tiro soou lá de dentro e um dos homens parado perto das janelas caiu para a rua, segurando o ombro. Um de seus companheiros respondeu ao fogo.

Allison respirou lenta e profundamente e concentrou sua atenção na tocha. "Você não vai queimar meus bebês." Com infinito cuidado, ela apertou o gatilho.

A bala voou direta e certeira, atravessando o cabelo escuro e grosso e alojando-se em seu cérebro. Ele caiu sem um som, a tocha apagando enquanto rolava várias vezes nos tijolos vermelhos da Rua Principal até parar, agora inofensiva, no trono de um carvalho atrofiado. O disparo do rifle atraiu o olhar dos outros homens na sua direção e várias armas brilharam ao luar. Somente então Allison percebeu seu erro. Embora ela tenha dificultado ser vista, a frente do café oferecia pouca proteção. Ela caiu no chão sob uma saraivada de tiros, apenas para ver o flash de pistolas e espingardas ao seu redor. Mais ladrões praguejaram e gritaram, caindo na rua.

Distraídos pelo aparecimento repentino de vários atiradores, os criminosos não notaram Allison voltando para a proteção do beco. De lá, ela encontrou outro alvo, um homem alto em um colete de couro esfarrapado e enviou a ele sua recompensa justa ... diretamente acima do botão superior da roupa.

Tiros explodiram das janelas da igreja. *Agora eles não sabem para onde olhar,* Allison pensou com uma satisfação sombria. *Eles vão se arrepender de ter enfrentado Garden City. Não somos uma cidade de dândis civilizados e urbanos.*

Uma sombra mais profunda bloqueou o luar e Allison rolou para olhar diretamente para o olho fixo do cano de uma espingarda e, além dela, para uma cabeça calva com um bigode enorme. Ela engoliu em seco. *Então é assim que termina.*

A aparência e o cheiro do acampamento de ladrões fizeram Lydia torcer o nariz de desgosto. *Que bando de porcos imundos.* Parecia que estar desarmado e ter duas armas apontadas para ele havia tornado o guarda delas completamente dócil, embora Lydia não confiasse exatamente nisso. Nem, ao que parecia,

Addie. Embora ela tivesse recuado para permitir que o homem se movesse, sua faca ainda brilhava na luz das estrelas.

"Oh, Deus," Addie disse, parecendo revoltada.

Lydia se atreveu a dar uma olhada rápido e seu estômago embrulhou ao ver Ilse Jackson, ou o que restava dela, esparramada na terra com a saia levantada até a cintura. O sangue escorria lentamente de um buraco em sua têmpora. Os olhos azuis, desprovidos de sua animação astuta usual, olhavam fixamente para o céu noturno.

Addie engoliu em seco duas vezes e depois vomitou.

Lydia mal conseguiu suprimir sua própria vontade de vomitar. Ela desviou rapidamente os olhos do fim ignominioso de sua rival.

Blaylock saiu mancando da sua tenda e avançou de modo errático até os três "Randall, que diabos? Por que essas mulheres saíram? Você perdeu o juízo?"

"Não, senhor, Senhor Blaylock," Lydia respondeu, a voz calma, mas as mãos tremendo. "Ele perdeu a arma. Felizmente para mim, eu a encontrei." Ela acenou com a arma na direção dele antes de apontá-la de volta para seu filho. "Agora, se você quiser que o membro remanescente da sua família não morra na terra, sugiro que entre na casa. Ele se juntará a você em breve."

Os olhos de Blaylock patinaram para Addie, que se inclinou para frente fracamente, as mãos nos joelhos, olhando para a bagunça que acabara de fazer. Lydia não conseguia mais ver a faca. *Espero que ela não a tenha deixado cair. Precisamos de todas as vantagens que pudermos obter.*

Em uma explosão repentina de movimento, Blaylock sacou sua pistola do coldre, rápido, apesar do movimento desajeitado do seu corpo, e atirou. A bala rasgou a barriga de Randall e saiu por suas costas, arranhando o quadril de Lydia enquanto voava. O jovem se encolheu com um gemido. Sua queda revelou o inimigo de cabelos prateados de Lydia, de pé em um ângulo estranho, o braço direito em uma tipoia suja. Sua mão esquerda vacilou e balançou com o peso insólito da arma, mas com apenas alguns passos, até mesmo o pior tiro certamente não erraria.

"Seu bastardo!" Lydia gritou. "Como você pode matar seu próprio filho?" *Isso acaba agora!* Ela ergueu a pistola roubada e mirou na cabeça de Blaylock, sabendo que nunca o pegaria antes que ele a pegasse. *Então, nós dois morremos. Pelo menos Addie ficará bem.* O tempo pareceu desacelerar quando Lydia apertou o gatilho.

Um brilho dourado atraiu os olhos de James para o beco ao lado do café. Bastou uma olhada para revelar o cabelo amarelo da sua cunhada e a figura exuberante esparramada na rua de tijolos. Outra olhada enquanto corria em sua direção revelou um homem careca apontando uma arma diretamente em seu rosto. *Eu nunca vou conseguir*, ele percebeu com tristeza.

Ao redor dele, o resto do grupo que retornou se espalhava. Mulheres estranhas armadas com todos os tipos de armas saíram das sombras, aproximando-se de uma variedade heterogênea de criminosos amontoados perto da porta da igreja, costas com costas, ainda lutando contra um homem.

Ignorando a cena à sua frente, James correu em direção a Allison, tentando apontar sua pistola enquanto corria. O estranho que pairava sobre ela riu, balançando a cabeça. Ele puxou o martelo da espingarda lentamente, seu sorriso mostrando que ele a estava torturando de maneira intencional.

Um zumbido repentino de movimento parou abruptamente na cabeça calva do homem. Algo opaco e mais negro que a noite se conectou fortemente com a carne branca e brilhante. O homem pareceu vibrar com o golpe e seus joelhos se dobraram lentamente. Antes que ele pudesse atingir o chão, James finalmente conseguiu firmar sua mão e disparar um tiro. A garganta do homem explodiu em um jorro vermelho e ele caiu no chão, revelando as feições familiares de Billy Fulton, uma grande frigideira de ferro fundido agarrada com as duas mãos.

"Você me salvou, Billy," Allison disse com uma voz baixa e trêmula.

Billy baixou a frigideira e estendeu a mão para Allison, ajudando-a gentilmente a se levantar.

"Se você não bate nas mulheres, também não deveria atirar nelas," o jovem entoou com toda seriedade.

Allison sorriu e em seguida jogou os braços ao redor dele em um abraço apertado.

"O que está acontecendo?" James perguntou.

"O sequestro foi uma artimanha," Allison respondeu, com a voz abafada pelo casaco de Billy. "Eles queriam atrair todos vocês para que pudessem nos atacar e foi assim que planejaram se vingar da cidade. Eu tive um mau pressentimento, então fiz todos se reunirem na igreja onde aqueles de nós que podem atirar poderiam proteger mais pessoas."

"Você é uma garota esperta, Allison Fulton."

"Eu sei," ela respondeu com sua costumeira falta de sutileza, embora com consideravelmente menos confiança do que normalmente exibia.

"Mas então, por que você está aqui em um combate corpo a corpo? Por que não está lá dentro? Onde está Rebecca?"

"James" ela disse com um suspiro, "tenho certeza de que sua esposa está segura lá dentro, mas não é hora para contar histórias. Nada contra o Subdelegado Fulton, mas ele parece um pouco perdido lá."

James olhou e praguejou. O jovem homem da lei tinha o nó de ladrões sob a mira de uma arma, mas o olhar selvagem em seu rosto podia ser visto do outro lado da rua.

"Tudo bem. Mais tarde, então. Vá para um lugar seguro, Allison, sim?"

"Você se cuide, Heitschmidt," ela retrucou. "Não sabemos quantos são. Este sujeito aqui," ela acenou para o cadáver, "é a prova de que ainda não podemos relaxar."

Ele aceitou o conselho com um aceno severo de cabeça.

• • •

Uma clareira à frente mostrava uma terra lavrada que não havia revertido completamente para a natureza. Os destroços decadentes de uma pequena casa estavam apodrecendo contra o pano de fundo da pradaria sem fim, cercada por um bando de tendas remendadas e sujas. O vento soprava pelo acampamento, levando o fedor de corpos sujos, comida podre e dejetos humanos.

"Parece que encontramos," Jesse disse, a voz tão tensa que parecia pronta para estalar.

"Parece que sim," Dylan concordou.

"Não gosto disso," Wesley comentou. "Está quieto demais."

"Parece estranhamente quieto," Dylan concordou. "Ok, todo mundo. Siga em frente, mas lento e devagar."

Eles avançaram, atravessando a grama alta. Cada farfalhar e estalar parecia um anúncio da sua presença. Eles se arrastaram para o acampamento, em busca de sinais de movimento, ouvindo atentamente para conversas, respiração, qualquer coisa, mas o silêncio assustador permaneceu ininterrupto até ...

"Randall, que diabos?" Uma voz familiar rosnou. "Por que essas mulheres saíram? Você perdeu o juízo?"

"Não, senhor, Senhor Blaylock."

Oh, querido Senhor, essa é Lydia e ela parece muito zangada, então ela não pode estar gravemente ferida.

"Ele perdeu a arma. Felizmente para mim, eu a encontrei. Agora, se você quiser que o membro remanescente da sua família não morra na terra, sugiro que entre na casa. Ele se juntará a você em breve."

A noite pareceu respirar fundo, em seguida explodiu em um tiroteio.

Esquecendo a furtividade, Jesse avançou correndo, Wesley e Dylan em seu calcanhar. Eles irromperam no quintal, entre um restolho baixo de grama da pradaria meio crescida, bem a tempo de ver um jovem desconhecido desabar no chão, deixando Lydia e Blaylock, pistolas em punho, encarando um ao outro com expressões idênticas de determinação sombria. Embora o braço direito de Blaylock pendesse inútil em uma tipoia e sua mão esquerda vacilasse, a esta distância, ele ainda não podia errar.

Enquanto os dois miravam lentamente, outra figura se moveu ao lado deles. Addie, erguendo-se em sua altura diminuta. Ela empurrou a mão para frente. Prata brilhou. Cintilou. Revelando ser uma lâmina fina enquanto pousava e afundava profundamente na lateral do pescoço de Blaylock. No mesmo momento, Lydia atirou e caiu ao lado dela, esquivando-se de uma bala que nunca foi disparada. Blaylock soltou um uivo gorgolejante e caiu de joelhos, a mão no pescoço enquanto uma mancha vermelha escura se espalhava por sua camisa branca como a neve.

Os homens pararam de repente, olhando surpresos para Lydia e Addie.

Jesse saiu da sua surpresa primeiro, correndo até sua esposa e apertando-a em seus braços. "Addie, Addie ..." o vento carregava seu murmúrio de volta aos ouvidos dos homens.

Dylan deu um passo à frente, aproximando-se de Lydia e estendendo a mão para ajudá-la a se levantar.

"Dylan, você tem que ir. Voltar para a cidade. Eles enviaram o bando para atacar ..."

"Eu sei," ele disse baixinho.

"Você sabe?" Seus olhos brilharam no escuro.

Ele assentiu. "Wes descobriu. Mandamos metade dos homens para casa para ver o que estava acontecendo."

"Bem, não sobrou ninguém vivo aqui," Addie disse, com a voz fria. "Deveríamos voltar. Ver se podemos ajudar."

"Ilse?" Wesley perguntou.

Lydia balançou a cabeça.

Addie se desvencilhou das mãos do marido e alisou a saia da mulher morta sobre suas partes íntimas e pernas nuas. Ela murmurou algumas palavras que Dylan não conseguiu entender por cima do cadáver.

"Podemos voltar para buscá-los pela manhã, com cavalos," Wesley sugeriu.

"Parece bom," Dylan concordou. "Vamos tirar as mulheres daqui?"

Acenos de cabeça saudaram a sugestão.

"É uma longa caminhada de volta à cidade," Jesse comentou. "Você está pronta para isso, Addie?"

"Jesse, estou tão zangada agora que provavelmente poderia andar até chegar ao mar sem me cansar," sua esposa respondeu. "Ainda não sou feita de porcelana, sabe."

"Graças a Deus por isso," seu marido disse. Sua risada soou um pouco descontrolada, mas o alívio ecoou pela clareira.

Addie pode estar zangada o suficiente, mas estou começando a me sentir exausta, Lydia percebeu, quando eles cobriram metade da distância de volta à cidade. Ela vacilou e Dylan passou um braço forte ao redor da sua cintura. *Ainda bem que ele é tão forte. Estou longe de ser leve.*

Ele não ofereceu nenhum protesto, apenas ajudou-a em pontos irregulares e outros obstáculos invisíveis até que cada passo se misturasse com todos os outros.

Os pés de Lydia ficaram dormentes. Ela se sentia quase como se estivesse flutuando em vez de andar. *Sem Dylan para me apoiar, provavelmente eu deitaria na terra e dormiria até de manhã, o frio que se dane.*

Garden City apareceu como uma miragem no horizonte, banhada por um brilho rosa suave. Lydia tentou sorrir com a visão, mas seu rosto congelado e exausto se recusou a cooperar.

A Rua Principal também parecia estranhamente quieta, mas emanava barulho suficiente da igreja para tornar a cena menos assustadora. *Ou talvez seja a esperança restauradora do nascer do sol.*

À esquerda deles, Rob Fulton saiu correndo da cadeia. "Nós os pegamos, Xerife," ele gritou, acenando o chapéu no ar. "As mulheres descobriram que eles estavam vindo e se esconderam na igreja e depois Allison foi buscar as prostitutas no bordel. Elas quase tinham arrebanhado o grupo quando chegamos aqui. Elas conseguiram matar metade e a outra metade está trancada na cadeia."

Seus olhos pousaram em Lydia e Addie, cambaleando como bêbadas enquanto tropeçavam nos tijolos desiguais. "Elas estão bem?"

"Elas estão bem. Só cansadas." Jesse riu. "Que par de tigres. Diga, Xerife, você acha ...?"

"Leve-a para casa," Dylan respondeu. "Tenho certeza que ela está morta de cansada."

Sem uma palavra para Rob, apenas uma inclinação da cabeça, o cérebro fatigado de Lydia quase não entendeu, Dylan a acompanhou até o café no outro lado da rua, abriu a porta da frente e conduziu-a até seu apartamento. Com ternura, Dylan desamarrou suas botas e a colocou na cama. Lydia cochilou no segundo que sua cabeça tocou o travesseiro.

CAPÍTULO 12

"Ora, ora, ora," uma voz astuta falou na névoa. "Xerife Dylan Brody dormindo em sua mesa. Tsk tsk."

"Cale a boca, Jesse," Dylan murmurou. "Por que você está tão acordado?" Esfregando os olhos doloridos, ele olhou com cara feia para o homem mais jovem, que parecia estar pulando na ponta dos pés de excitação.

"Você está ficando mole, velho," Jesse provocou.

"Deixe-me adivinhar, você deu uma piscadela em sua cama agradável, quente e macia, com sua esposa linda, afetuosa e macia em seus braços. Você não viajou a noite toda pela pradaria e depois se sentou em uma cadeira dura como pedra e ficou acordado mais seis horas. Se tivesse, aposto que você estaria muito menos animado agora."

Jesse deu de ombros. "Semântica. Ouça, chefe, por que você não sai? Como você disse, estou bem acordado e pronto para assumir. Se não estou enganado, você também tem uma mulher afetuosa e macia que poderia precisar de um pouco de conforto."

"Ainda não estamos casados," Dylan resmungou.

"Não me impediu," Jesse comentou. "Além disso, vocês não estão enganando ninguém. Saia daqui."

"Arrogante," Dylan murmurou enquanto se levantava da

cadeira. Ignorando a sugestão de Jesse, ele saiu tropeçando para sua casa minúscula de um cômodo e caiu na cama ainda com as botas calçadas.

Bang! Bang! Bang! "Lydia, acorde!" Becky gritou, sua voz abafada pela porta. "O que uma senhora deve fazer para conseguir um pedaço de bolo por aqui?"

Lydia gemeu. "Vou ficar fechada hoje, Becky. Vá embora."

"Absolutamente não," sua amiga chamou. "Levante-se. Tenho uma surpresa para você."

Só então o cérebro confuso de Lydia reconheceu que a batida de Becky tinha vindo, não da porta externa do café, mas de seu apartamento.

Ficando de pé, ela confrontou a loira sorridente, que estava em sua sala de estar.

"Bolo? Você está brincando?"

"Em absoluto," Becky respondeu.

"O que você está aprontando, Rebecca Heitschmidt?" Lydia exigiu.

"Eu te disse, é uma surpresa," Becky respondeu, sorrindo até que os cantos dos olhos enrugaram. "Uma vez você disse a Esther que bolo de especiarias era o seu favorito, então faça um grande e bonito, ok?"

"Não faço ideia sobre o que você está falando," Lydia resmungou.

"Bom," Becky disse, dando meia volta. Então ela parou e se virou para encarar sua amiga novamente, estendendo a mão para agarrar a mulher mais alta em um abraço apertado. Sua barriga arredondada pressionou com força em Lydia, o inchaço se contorcendo entre elas. "Estou tão feliz que você esteja em casa sã e salva. Eu estava preocupado com você."

"Eu também estava preocupada. Ouvimos os ladrões dizendo que estavam atraindo os homens para longe para atacar a cidade."

"Eles tentaram," Becky admitiu, "mas entre Kristina mantendo todos seguros dentro da igreja e Allison vindo atrás deles por trás, eles não tiveram a menor chance. Então James e Rob levaram metade do grupo de volta para a cidade e tudo acabou. Nenhum de nós se machucou, exceto Allison, que tem alguns arranhões nas mãos."

"Perdemos uma." Lydia examinou suas meias, notando um buraco onde seu dedão do pé se projetava, sua pele estranhamente pálida em contraste com o tecido preto.

Becky suspirou. "Eu ouvi. Pobre Ilse. Eu não gostava dela, mas não lhe desejava mal."

"Nem eu. Ela era egoísta e equivocada, mas não era realmente uma pessoa má. Cody está preparando o funeral?"

Becky assentiu. "Para daqui a três dias."

Os lábios de Lydia se contorceram em uma careta triste. "Espero que possa me lembrar dela, bonita e atrevida, colocando seu narizinho atrevido nos assuntos de todos. Ela ficou um cadáver lamentável."

"Não pense nisso," Becky pediu. "Vista-se. Rápido. Você tem um bolo para assar. Lembre-se, faça-o grande e gele-o bem."

"Quão grande?" Lydia exigiu. "Quem está pagando por isso?"

"O maior que você pode fazer em meio dia e não se preocupe com os custos. Está coberto, não importa o quê."

Ainda intrigada, Lydia enxotou a amiga para fora do apartamento e tirou a roupa. Notar a grande quantidade de sangue em seu vestido fez pouco para sua compostura e a dor em seu quadril arranhado pela bala rompeu o resto do fio. Soluços sufocados subiram pela garganta de Lydia, quase cortando sua respiração. Ela caiu no chão com as calçolas rasgadas e a camisola suada e suja e chorou como se não tivesse chorado desde a morte dos pais.

"Bem?" Kristina exigiu, "O que ela disse? Você teve que dizer alguma coisa a ela?"

Becky balançou a cabeça. "Ela parece um pouco perdida, mas

acho que ela vai fazer. Agora, *você* fez o que *eu* pedi?"

Kristina ergueu o pedaço de tecido no qual um padrão de papel havia sido pregado. "Acabei de terminar. Tem certeza de que sou capaz de fazer isso?"

"É claro," Becky garantiu a ela. "Você tem dedos ágeis. Basta seguir minhas instruções e não se preocupe. Eu farei o trabalho de detalhe."

"Ok," Kristina concordou, parecendo em dúvida. "Não sou muito boa em costura, sabe."

"Você só não quer prestar atenção nisso, mas por Lydia?"

"Por Lydia, vou tentar. Podemos falar sobre música para manter minha mente longe disso?"

"É claro," Becky concordou uma risada. Parecia tenso. Demoraria um pouco antes que a vida voltasse ao normal.

Uma batida tranquila despertou Dylan depois de poucas horas. "Quem é?" Ele disse.

"É Cody," a voz com sotaque suave do pastor respondeu. "Posso entrar?"

Resmungando, Dylan foi até a porta e a abriu.

"Você parece terrível," Cody disse.

"Fico feliz em saber que sou consistente," Dylan brincou fracamente. "Entre, pastor, mas não posso prometer muita hospitalidade."

"Não precisa," Cody respondeu. "Estou aqui para avisá-lo. Há uma trama em andamento e você está envolvido. Não acho que você pode sair dessa, então você pode querer, você sabe, tomar um banho. Vestir roupas limpas."

"Já tive praticamente tudo que posso aguentar de tramas secretas," Dylan comentou, pisando duro para área ao longo da parede dos fundos que servia como cozinha.

"Tenho certeza de que é verdade," Cody concordou, indo atrás dele, "mas este não é perigoso, pelo menos acho que não. Veja, ontem à noite, quando elas estavam se escondendo na igreja, as senhoras decidiram que era hora de você e Lydia se casarem."

"Eu concordo," Dylan disse enquanto enchia uma chaleira e acendia o fogão. "Talvez agora que os ladrões se foram, podemos começar a planejá-lo."

"Bem, hum, você não precisará."

Dylan parou de jogar grãos no bule. "O que exatamente você quer dizer, pastor?"

"Quero dizer que a Sra. Heitschmidt e minha esposa assumiram a responsabilidade de casar vocês dois... hoje à tarde. Elas estão fazendo um vestido. Você consegue imaginar minha Kristina costurando?" Ele riu.

Dylan deu a ele um olhar azedo.

"Elas enganaram Lydia para fazer seu próprio bolo, mas se você não se limpar e colocar um terno bonito, vai parecer muito bobo. Senti que precisava avisá-lo."

Dylan suspirou. "Cody, sinto que estou exausto. A última coisa que quero fazer é dar uma festa chique."

"Eu sei," Cody respondeu, parecendo envergonhado. Ele passou a mão pelo cabelo, soltando os cachos negros da pomada. "Eu não sugeriria isso, mas se a vida de casado ensina alguma coisa, é que você não briga com as mulheres pelas pequenas coisas. Todas estão se sentindo muito empolgadas hoje e é melhor se deixarmos que elas façam o que querem."

Dylan franziu o cenho para a chaleira, desejando que fervesse mais rápido. "Oh, tudo bem. Acho que o resultado é o mesmo de qualquer maneira."

"É, e significa que da próxima vez que você dormir, será ao lado de Lydia. Ter uma esposa é muito bom." Sua expressão se suavizou em um sorriso privado.

Ah, isso parece bom, Dylan pensou. Embora cansado, o sexo de Dylan respondeu à lembrança dos seus encontros apaixonados anteriores com Lydia. *Ok, talvez este plano tenha mérito.* "Vou tomar banho, pastor. Obrigado."

"Passarei para buscá-lo às 4:30. O casamento é às cinco."

Dylan assentiu e despejou a água fervente no bule.

"Oh, e Xerife?" Dylan ergueu os olhos de seu café fervendo. "São três e quinze. Você pode querer começar a se mexer."

Dylan franziu o cenho em resposta.

"Tem um cheiro muito bom aqui," Allison disse, entrando na cozinha do café. Com um braço ela apertava o filho contra o peito. Com o outro, ela conduziu a pequena Melissa.

"Por algum motivo, sua irmã queria que eu fizesse um grande bolo de especiarias. Acabei de terminar. Você sabe para que é, Allie?"

"Sim," Allison respondeu Allison e seu tom de voz atraiu o olhar de Lydia. A loira tinha um sorriso zombeteiro no rosto.

"O que é?" Lydia exigiu.

"Venha comigo," Allison pediu, gesticulando com a cabeça.

Lydia observou a aparência da amiga. "Você parece muito chique. Deveria trocar de roupa?"

"Não," Allison disse. "Ainda não. Vamos. Deixe o bolo. Nós voltaremos."

Atordoada, Lydia foi atrás delas, através da sala de jantar e saiu para a rua gelada. Allison virou à esquerda e dobrou a rua. Uma rajada de vento frio de outono atravessou o vestido de Lydia. O bebê Peter começou a se agitar.

"Depressa," Allison chamou por cima do ombro. "Está muito frio para ficar na rua por tanto tempo."

"Para onde estamos indo?" Lydia exigiu, esperando por uma pista.

"O vicariato," Allison respondeu.

Bem, isso não me diz nada. Felizmente, a pequena casa ficava a apenas meio quarteirão do café. Lydia e Allison chegaram rapidamente à porta e correram para dentro. O salão, muito menor desde que as paredes internas foram adicionadas, parecia muito cheio de mulheres. Kristina imediatamente agarrou as mãos de Lydia e a colocou em uma poltrona.

"O que está acontecendo?" Ela exigiu. Becky puxou os alfinetes do seu coque de aparência bagunçada e produziu uma escova como se fosse do nada.

"Estamos preparando você," Kristina informou.

"Para quê?"

"Você verá," Allison provocou. Ela afundou no sofá e desabotoou a blusa, posicionando o bebê em seu seio.

"Estou atrasada?" Addie perguntou. "Desculpe, eu ainda estava cansada" A curva rechonchuda do bebê crescendo projetava-se na frente do seu vestido quase além do ponto de decência.

"Sem efeitos nocivos, Addie?" Lydia perguntou, momentaneamente distraída da sua perplexidade.

"Não," a ruiva minúscula respondeu. "Nem do meu regresso a casa também." Ela riu da própria travessura. "O pequeno ainda está escondido em segurança e sem sinais de problemas." Lydia percebeu que, embora as palavras de Addie parecessem leves, a tensão enrugou os cantos de seus olhos.

"Eu gostaria muito que alguém me contasse o que está acontecendo," Lydia comentou.

"Você e o Xerife Brody estão noivos, certo?" Becky perguntou com a boca cheia de grampos de cabelo.

"Sim, por quê?"

"Bem, não estarão por muito mais tempo." Kristina tirou um pedaço de cetim amarelo-manteiga de uma bolsa preta.

"O quê?" Lydia tentou pular da cadeira.

Becky a empurrou de volta para o assento. "Não é a melhor maneira de expressar isso, Kristina," ela disse. Pegando uma mecha do cabelo de Lydia, ela começou a trançar. "Ok, estamos perto o suficiente agora. Você pode descobrir."

"Não gostamos que o tempo de planejamento do seu casamento tenha sido interrompido por ... tudo isso," Allison disse.

"Então, o que, vocês fizeram isso por mim?" Lydia adivinhou.

Cabeças assentiram.

A garganta de Lydia queimou e seus olhos arderam com força. Por Deus. Não sei se devo rir ou chorar."

"Bem, acredite em nós, senhoras," Kristina disse, "qualquer um dos dois é possível e qualquer um dos dois está bem. Como está esse cabelo, Becky?"

"Chegando lá," Rebecca respondeu. "Dê-me dez minutos. Lydia, quando James e eu nos casamos, fiquei tão nervosa que quase desmaiei. Eu queria poupar você disso. Chegamos perto?"

"Depois de tudo o que aconteceu ontem," Lydia informou às amigas, "uma coisinha como se casar não vai causar muito mais do que uma palpitação."

"Concordo com você," Addie concordou. "Estou pronta para me aposentar das crises para sempre. E você?"

"Definitivamente," Lydia concordou.

"Então, hum, você precisa de alguém para ... explicar seus deveres de esposa para você?" Kristina perguntou, o rosto em chamas para combinar com seu cabelo.

"Oh, er, não, obrigada." As próprias bochechas de Lydia queimaram. "Sei o que preciso saber."

"Não que sejam deveres, sabe," a esposa do pastor acrescentou. "Ser casada é muito bom."

"Oh, eu sei," Lydia falou sem pensar. "Quero dizer... que é..."

"Não se preocupe," Addie disse. "Nem todo mundo se comporta como um pastor. Desde que você se case, não importa muito."

"Eu concordo," Lydia disse.

Dylan estava na frente da igreja, Jesse, James, Wesley e Rob dispostos atrás dele, todos vestidos com suas melhores roupas de domingo, de banho tomado, a barba feita e prontos. O suor umedeceu as palmas das mãos do Xerife e ele mudou seu peso de um sapato para o outro.

Kristina enfiou a cabeça pela porta e então subiu correndo a escada até a galeria do coro, onde se sentou no banco do órgão. Momentos depois, música gloriosa soou dos tubos, desafiadoramente alegre após uma noite tão terrível.

Ela definiu um ritmo talvez um pouco rápido para a música processional, de modo que quando Sarah, a amada de Rob, entrou no salão em um vestido vermelho de guingão, ela caminhou de maneira um pouco irregular.

Atrás dela, Allison, com um bebê em um braço, caminhou pela nave. Uma varredura rápida da congregação revelou Melissa sentada com os Spencers, os pais de Allison e Rebecca. Rebecca veio em seguida, sorrindo, vestida de escarlate, um vestido habilmente cortado que escondia a curva de sua gravidez avançada.

Dylan não pôde deixar de sorrir ao ver Lydia caminhando de braços dados com Addie. *Essas duas estão presas para o resto da vida, como irmãs,* ele pensou. *Estou tão feliz que ambas saíram disso em segurança.*

A luz do sol se derramava pelos vitrais quebrados e iluminava os buracos de bala nas paredes. *Já passamos por muita coisa, mas ainda estamos aqui. Ainda prontos para enfrentar o futuro juntos. A esperança continua viva. O amor continua vivo.* De repente, o plano maluco de concordar com este casamento no calor do momento parecia não estranho, mas perfeito.

Seu olhar pousou na mulher que amava. Seu cabelo escuro brilhava ao sol do fim da tarde. Seus olhos brilhavam com a luz do amor que iluminou seu rosto mais brilhante do que o pôr do sol lá fora. Vestida com um vestido simples e amarelo que realçava perfeitamente sua pele morena, ela parecia um anjo que desceu do céu para conduzi-lo à salvação.

Ela se aproximou e ele estendeu a mão e apertou a dela, aceitando tudo que seu futuro juntos significaria. Ela deu aquele passo final que a colocou diretamente ao lado dele, e a paz de seu amor se estabeleceu sobre a congregação.

EPILOGUE

No fim, levou muito menos tempo para limpar a igreja do que para limpar os espíritos assustados e feridos da pequena cidade na pradaria. Embora quase todos tenham sobrevivido ao ataque, algo se perdeu. Inocência, confiança. O conhecimento de que seu mundo estava seguro e que tudo ficaria bem.

Mesmo assim, a vida continuou, como sempre acontece.

O bebê de Addie e Jesse chegou na hora certa, uma menina saudável, embora pequena, com uma cabeleira avermelhada e bochechas rechonchudas que ninguém resistia beijar. Ela poderia ter sido nomeada para um registro de bebê mais beijado. Ela cresceu saudável e feliz, com três irmãos mais novos irritantes que a mantiveram humilde.

O filho de Allison e Wesley foi o primeiro de seis filhos que eles tiveram, junto com Melissa. Com o passar do tempo, a conexão entre eles cresceu, assim como sua paciência e afeição um pelo outro. Apesar do começo difícil, eles desenvolveram um relacionamento maduro e invejável que deu o tom para outros casamentos na cidade.

Cody e Kristina nunca tiveram filhos, mas eles realmente não se importavam. Anos depois, eles disseram que toda a igreja era sua família e o fato de não terem filhos pequenos para lutar lhes deixava tempo para se envolverem mais na comunidade. Eles não se arrependeram.

A filha de Becky e James, nascida apenas uma semana depois da filha dos Wests, encantou bastante a cidade ... até que ela aprendeu a andar. Foi só então que perceberam que dois pais de boas maneiras poderiam produzir uma encrenqueira. Eles a controlaram, mas apenas por pouco. Mesmo assim, eles a amavam e um ao outro, com uma alegria e gratidão que nunca teria fim.

Billy Fulton se casou com uma ex-garota do saloon chamada Julie e se ela teve que cuidar da família, bem, ele a sustentava e a amava mais do que qualquer outro homem poderia ter feito. Por fim, ela acabou sendo aceita na cidade, começando por Allison e suas amigas, é claro.

O resto das garotas do saloon finalmente se mudou e o que aconteceu com elas, ninguém nunca soube. Allison disse a todos que esperava que elas fossem felizes. Ela estava falando sério.

E quanto ao Xerife e sua noiva ... dois anos após o ataque a Garden City, Lydia chocou a cidade, e a si mesma, ao provar que os médicos estavam errados. Sua febre tifoide não a deixou estéril. A descoberta, aos cinco meses de gravidez, de que estava grávida, causou uma onda de nervosismo por parte do marido, que se resolveu no parto saudável de um filho grande, gordinho e adorável, e três anos depois, outro.

E desta maneira, embora não banisse a lembrança do mal, o amor curou corações feridos, restaurou vidas despedaçadas e trouxe de volta um pouco de paz para que Garden City, Kansas, mais uma vez se tornasse um lugar que as pessoas tinham orgulho de chamar de seu lar nas High Plains.

NOTA DA AUTORA

Garden City, Kansas é uma cidade real, uma cidade de gado nas High Plains do Kansas Ocidental, com ruas de tijolos no centro, algumas árvores raquíticas e um vento que nunca para de soprar. Hoje em dia, é uma mistura interessante de pitoresco e moderno, mas em 1889, era uma cidade nova, com apenas algumas décadas. A linha do tempo que criei se desvia um pouco da precisão histórica (a cidade, na verdade, surgiu da visão de um homem na década de 1870, em vez de ter sido incorporada a um assentamento existente), mas tenho trabalhado muito para manter a precisão além disso.

E a família Fulton foi realmente a base da cidade. A Fulton Street ainda é a principal via comercial batizada em sua homenagem. No entanto, os Fultons mencionados nesta história são minha própria criação, não baseados na família histórica.

Caro leitor,

Esperamos que você tenha gostado de ler *Paixão em High Plains*. Reserve um momento para deixar uma crítica, mesmo que curta. A sua opinião é importante para nós.

Atenciosamente,

Simone Beaudelaire e Next Chapter Team

A ANOTAÇÃO

CAPÍTULO 1

1. Potluck: festa em que cada convidado traz um prato de doce ou salgado. N. T.

CAPÍTULO 3

1. Ornamentação arquitetônica elaborada, como nas guarnições de frontões e varandas de uma casa vitoriana. N.T

CAPÍTULO 9

1. Calça comprida com babado na parte inferior de cada perna, usada principalmente por mulheres e crianças na primeira metade do século XIX

Paixão em High Plains
ISBN: 978-4-82411-930-8

Publicado por
Next Chapter
1-60-20 Minami-Otsuka
170-0005 Toshima-Ku, Tokyo
+818035793528

2 dezembro 2021

CPSIA information can be obtained
at www.ICGtesting.com
Printed in the USA
LVHW031250151221
706194LV00004B/289

9 784824 119308